文創風
287

繡色可餐 1

花樣年華 著

風文創
287

目錄

序

花樣年華

一轉眼，這已經是我在狗屋出版的第二套繁體小說了。很感謝狗屋，當初把《重為君婦》（注）內外都製作得特別漂亮，拿到樣書後都有些愛不釋手，捨不得翻看。

關於《繡色可餐》這個故事，起因是春節時和表姊聚餐。

表姊小時候生過病，體型很胖，也不夠漂亮，但是她一直很有自信，相信早晚會遇到屬於自己的白馬王子。

他在等著她。

大學時候，表姊報考西班牙語系，後來真的在馬德里遇到命中注定的男人。

她的王子是北歐人，身材高大勻稱，稜角分明的臉龐，還有一雙寶藍色的眼眸。表姊的臉龐依然有些圓潤，但是一顰一笑卻充滿魅力，表姊夫望著她寵溺的眼神，令我十分感嘆。

愛一個人，難道必須要求女人瘦弱嗎？

當紅顏老去，體型改變，你愛的那個女人是否就成為過去式？

於是我想，愛情，必然不只是看容貌身材，否則這天下間那麼多年近古稀依然在一起的男女，誰不是滿臉皺紋，卻依然執子之手。

漂亮的臉蛋、性感的身材，或許會讓女孩更有自信，但卻不是人生幸福與否的標準。

注：文創風171～173。

誰生下來都不是注定孤老終身，關鍵在於妳是否有足夠的勇敢和堅持去尋找更好的自己。

情人眼裡出西施，大千世界，每個人的審美標準並不相同。

我始終相信，這世上肯定有一個人在等著妳。沒有在一起，是因為還沒有遇到。早晚有一天，妳穿過人群，走過天南海北，會看到他的目光，落在妳的身上。

這才是愛，是命中注定，是兩廂情願，是至死不渝的等待，還有堅持。

關於這本書的男、女主角，不知道是否有人記得我曾在《重為君婦》中提到過的李太后娘家？

因為權勢鬥爭，鎮南侯府李氏被皇帝欲蓋彌彰地滅絕了。為了延續李家血脈，他們將唯一倖存的男丁送往白家過繼。後來男人生了一對雙胞胎，女孩是《重為君婦》中天真可愛的白若蘭，男孩則送到姓李的小村落，考慮到即便日後無法回到本家，還是姓李，可以傳宗接代；後來從軍歐陽穆麾下，是日後鼎鼎有名的小李將軍。

我們的女主角有些胖，遭家人嫌棄，甚至被村裡人惡言相向，但是她並不平庸。她師從顧繡遺珠，學習刺繡，一路闖蕩京城。她果敢、努力、樂觀、積極向上。她是小李將軍童年裡最溫暖的存在，她曾和他相依為命，卻沒想到會換來一世榮華。

這是一部小胖妞李小芸的逆襲人生奮鬥史。

她沒有很好的身材，但是有刻苦的決心，成為顧繡唯一傳人。

她沒有雄厚的背景，但是有忠犬小侯爺陪伴在側，終成一品侯夫人，享盡獨寵。

她沒有傾國的容貌，但是有世間最甜美真誠的笑容。

在小李將軍的眼裡，誰都不如她美，問世間多少功名利祿，都不如小芸唇角輕輕揚起的弧度令他動容。

胖妞，只心悅妳。

第一章

寧靜的小山村被朝霞籠罩。

天空盡頭的餘白衝破雲層，恍若碎金灑在孩童們身上，泛著耀眼的明亮。

幾個十歲左右的小男孩，穿著灰色布衣，小聲嘀咕著。遠處，一個梳著兩條小辮子的六歲女孩挽著空籃子小跑著前進，她身材渾圓，小肥腿不停移動著。

女孩叫做李小芸，是李家村村長的小女兒。李小芸跑累了，氣喘吁吁地坐在樹下休憩片刻。昨天晚上，她纏著哥哥、姊姊一起去山上看日出，卻因為太興奮睡不著，最後沒爬起來。

但願小花姊姊不會怪她貪睡。李小花是李小芸的雙胞胎姊姊，兩個人原本長得一模一樣，漂亮可愛，可是去年李小芸生了一場怪病，大夫開了好多中藥，她的身體彷彿吹氣球似的變得渾圓，往日裡圍在她身邊獻殷勤的小夥伴們一哄而散……

咚咚咚！調皮搗蛋的男孩子們從大樹後跳出來，嚇了李小芸一跳。

他們撿起石子往她身上扔，嚷嚷著。「李家大胖妞，看我的無敵彈弓！」

「哈哈哈哈哈哈哈哈。」

「二狗子你稍微輕點，前年你娘還說要讓村長家丫頭給你做媳婦呢。」

二狗子滿臉通紅，目光不善地看向坐在樹下的李小芸，厭惡道：「胡說什麼！誰會娶這個醜八怪，我娘是讓我娶小花！」

「小花？癩蛤蟆想吃天鵝肉吧，小花那是要嫁給縣城裡體面人的！」

李小芸垂下眼眸，豆大的淚珠在眼眶裡打轉。曾幾何時，她和小花同樣是村裡雙花，短短一年而已，卻變得物是人非。

小花依然是村裡小子們心中的神仙妹妹，她則成了眾人調侃嘲諷的對象。可是胖又不是錯！李小芸握緊拳頭，告訴自己不哭，哭有什麼用！

「哎呦呦，二狗子你媳婦被你欺負得要掉眼淚啦。」眾人繼續起鬨。

二狗子臉上發熱，盯著李小芸胖嘟嘟的圓臉蛋，越發覺得礙眼起來，忍不住跑上去踹她一腳，故意凶道：「打死我也不會娶妳這個大胖子！讓妳家死了這條心吧！」

李小芸咬住下唇，渾身發抖。

村東頭李大夫曾經說過，狗咬妳一口，妳難道還要咬回去嗎？世人多看重外在，所以妳才更應該修身養性，視旁人如糞土。

「哎呀，醜八怪發怒啦！」

「快跑，小心她大哥過來。」

臭小子們一溜煙就沒了影，李小芸擦了下眼角的淚水，她大哥才不會出現，他們都陪小花去看日出了，沒人會想起她。

沒有人……

李小芸獨自來到小溪邊，洗淨布滿塵土的小腿。她盯著清澈的河水發呆，一點都不覺得自己哪裡醜。

一切都是因為胖嘟嘟，才會把原本大大的眼睛擠小，尖尖的下巴不復存在，變成肥臉雙下巴……是有些慘不忍睹。

前些日子全家人去縣城姑姑家玩耍，姑姑的妯娌抓住小芸的錯處諷刺姑姑，從此姑姑就再也不讓她去了。好像肥胖會傳染，眾人將她當成瘟疫躲著。

「嗚哇……」

李小芸嚇了一跳，什麼聲音？

她扭過頭四處張望，在不遠的大樹下發現了一個娃娃！

娃娃年約三歲，生得可真好看，皮膚白白的，渾身肉肉的，此時正睜著渾圓大眼睛盯著她，目光裡隱隱透著幾分不屬於這年齡的謹慎。

李小芸走過去捏了一下孩子的臉蛋，不由得笑出聲，好嫩呀！她左右張望，空無一人。

「有人嗎？」大叫一聲，沒有回音。

她蹲下來，發現因為太胖了所以蹲不住，索性坐在地上，對著娃娃說：「你一個人嗎？怎麼會在這裡……」

娃娃也有些疑惑，皺了下眉頭。

李小芸見他努力揮舞著小手臂，結果卻什麼都做不了，不由得失笑。她伸手把他抱起來，抱怨道：「好沈啊，你可夠胖的。」

娃娃嗚嗚了兩聲，彷彿諷刺她更胖似的。

李小芸因為自己胖受人歧視，所以對胖娃娃心生好感。「你餓了吧，我先帶你回家。」

娃娃又嗚嗚了兩聲……

「你放心，我爹是村長。知道什麼是村長吧？就是一村之長！」

「這條小溪晚上會有野獸，所以你老實和我回家吧，讓我爹安置你。」李小芸抱著他一會兒就有些承受不住，於是使勁趕緊跑回家。

她走到家門口，再也撐不住地把娃娃放在地上，叮囑道：「老實待著，我讓爹過來抱你。」擦了下額頭上的汗珠，走了兩步又停下。

屋子裡傳來陣陣笑聲，全是熟悉的聲音，爹、娘、大哥、二哥，還有小花姊姊。

小花模樣不僅漂亮，聲音還特別好聽，姑姑可喜歡她了，嚷嚷著過兩年就把小花接到縣裡面，不讓她成為村姑。

什麼是「村姑」其實李小芸並不清楚，但是應該不是好話。因為討人厭的二嬸嬸說她注定只能當村姑，還是沒人娶的村姑！所以李小芸有個志向，就是一定要變瘦！然後嫁出去，不當留在家裡的賠錢貨。

李小芸小跑著進了屋子。「爹爹、娘……」

眾人因她的突然闖入，氣氛一下子變得沈默起來。

「咦，小芸妳起床了？」小花率先開口，站了起來。

李小芸盯著姊姊笑靨如花的臉，心裡難受極了。原來她的存在感已經這麼低了？連出過門都無人知曉。

「李小芸！妳這是野去哪裡了，新裁好的衣服都髒了！」

其實所謂的新衣服也不過是用姑姑家舊衣服的料子重製的而已，上好的新料子根本沒她的分，全都留給小花做衣服。

李家娘親盯著狼狽的李小芸，頓時氣不打一處來，怒道：「妳頭上的傷是怎麼回事？我說過多少遍了，不要老出門，幫我分擔下家事！」

李小芸暗叫糟糕，不敢開口，低著頭被娘親責罵。

「妳姑姑來消息了，明日大家一起進城，到時候無人看著妳，可不能鬧出什麼亂子。」

李小芸原本興奮的心情聽到「無人看著妳」，便曉得爹娘這次還是不肯帶她去。她突然很想哭，都快懷疑自己不是他們親生的了。

「好了，少說兩句吧。」李爹爹終於開口，這家裡爹算是最疼她的人，雖然尚不及小花姊姊半分，但是李小芸已經很感動了。

她同家人說了一會兒話，才猛然想起被扔在外面的娃娃，急忙拉扯爹爹的袖口。「爹爹，我在小溪邊發現個娃娃，生得好漂亮呢！」
全家人頓時愣住，李小芸怯懦地低下頭，她是不是又說錯話了？
良久，李家娘親爆發道：「妳一天到晚到底在幹些什麼？家裡養妳一個賠錢貨還不夠，上哪裡又弄出個孩子！」
李爹爹瞪了她一眼。「好了！事已至此，我去看一下。咱們村地處偏遠，就這麼點人，不應該平白無故出現孩子的。」
李家娘親狠狠拍了下李小芸肩膀，她紅著眼眶，咬著嘴唇帶爹出去——
家門口，居然沒有娃娃！
她心裡才咯噔一下，耳朵就被娘親揪了起來，大罵道：「小小年紀，還學會騙人了！」
李小芸強忍著淚，四處張望，看到她家大黃狗正叼著娃娃到處亂竄。
她急忙指過去。「爹爹！在那兒呢，快抓住大黃。」
她爹愣住，快速跑過去，李小芸擔心娃娃的安危，也掙脫了娘親的手臂衝了過去。眼看著大黃就要「親吻」娃娃的臉蛋，李小芸毫不猶豫地撲了上去，胳臂被大黃咬了一口。
李家娘子果然嚇傻，大步走過去打了李小芸好幾巴掌。「妳瘋了嗎？妳這個死孩子！」回頭喚來兒子。「大郎，快去找李大夫！」
她臉色煞白，瞪著眼睛罵道：「我怎麼生了妳這麼個不省心的傻子！」
李小芸流著眼淚，此時此刻她竟能感受到娘親的著急。

李村長抱住娃娃仔細端詳，見他腰間佩戴翡翠玉墜，通透潤滑，不由得陷入沈思。這孩子一看就大有來頭，為何會出現在李家村？他尚不及釐清思緒，遠處就來了大夫。

大夫是李家村唯一的秀才，名叫李邵和。他參加過科舉，後娶了京城一名藥商的女兒，最終沒當成官卻成了大夫。藥商女兒身體不好，幾年前過世，李邵和從此心死，回到村裡過上隱居生活。

「快把孩子抬到屋裡，被狗咬傷能死人的。」

李爹爹一聽腦中一片空白。

李邵和掃了一眼村長懷裡的孩子，愣了片刻道：「這孩子生得可真好。」

「是呀，小芸在溪邊撿到的娃兒，我瞅著像是大戶人家的子嗣。」

「哦。」李邵和盯著孩子看了一會兒，開口道：「那麼稍後派人去溪邊看看吧，若是找到孩子的家人，就把孩子還給人家。不過要是無人來認領，村長打算如何呢？」

李村長遲疑了片刻，說：「其實咱村近年來留守的男丁越來越少，也不差一張嘴，要是真沒人要這娃娃，怕是很多人家都樂意養他呢。」

李邵和嗯了一聲，忽地抬起頭。「村長，其實我也算孤家寡人，不如把孩子寄養在我名下，也省得村裡老人們老惦記著我過繼嗣子的事情。」

村長皺眉看向他。「邵和，你那麼年輕……真的不打算……」

「不打算了。」李邵和微微一笑，蒼白的臉上泛著陽光般的柔和。

「可是我上個月收到京城來信，岳丈大人身體欠安，我怕是要去一趟京城，所以孩子還得煩勞村長幫忙照看些時日。」

李村長聽後連忙點頭。「哪裡的話，小芸的命都是靠先生救治回來的，我早就當先生是一家人了，你且放心進京吧。」

李邵和唇角揚起，眼睛亮了一下，同村長進屋給李小芸診治。

李小芸咬著下唇，手臂處疼得要死。

她本有些埋怨地看向旁邊躺著的白淨娃娃，發現他正睜著無辜的黑眼珠滴溜溜盯著她，唇角彎彎，煞是可愛，不由得心底一軟……

後來眾人沿著小溪尋找，皆未見娃兒家人，娃兒對自己的來歷身世更是一問三不知，於是便由李大夫收養了，還給男娃娃起了個好聽的名字，叫做李桓煜。他親自教養了李桓煜一個多月後獨自上京，將小不點寄養在村長家。

李桓煜生性害羞，誰都不找，只親近李小芸，於是李村長索性把小不點扔給她。

春天將臨，哥哥們帶著李小花一起去摘果子，李小芸也想去，起了個大早在門口等候，李桓煜也追出來，兩隻手緊緊抱著她的胳臂。

李小花皺著眉頭看向他們。「小芸，妳留下來照看煜哥兒吧。他現在是李大夫的兒子，爹爹說萬不可出了事情。」

李小芸可憐兮兮扭過頭看向大哥。「我……我也想去……」

李家大郎和二郎對視一眼，道：「小芸，煜哥兒不找別人，妳留下來看孩子吧；否則……否則我們還要留著人看著你倆……」

李小芸咬住唇角，心裡不由得嫌棄李桓煜累贅……

這一天，二狗子和李三又聚在一起瞎混，李三調侃小夥伴道：「二狗子，聽說你家胖妞撿了個男孩回家，莫不是打算留著當夫君？」

二狗子拍了下他的腦門道：「別跟我扯李小芸，我說過一百遍了我要娶李小花！」

二狗子生得高頭大馬，是村裡孩童中的小霸王。他爹則是四處闖蕩的生意人，在外面也買了宅子；若不是他奶奶在村裡住慣了，死活不肯走，他或許已經是縣城人了，這不，爹說過不久要帶他四處闖蕩、見見世面呢。

「咦，那不是李小芸和她撿回來的奶娃子嗎？」

只見李小芸憤怒地盯著跟在身後的小弟弟——她唯一的閨中密友李翠娘約她玩耍，李桓煜偏偏不肯放過她，緊隨其後。

李桓煜不清楚李小芸生什麼氣，見她停下腳步，便迷迷糊糊站在原地，白淨的小臉在陽光下散發著令人嫉妒的光芒。

真討厭！李小芸心裡嘀咕一聲，她當初幹麼把他撿回家？和他站在一起，自己的模樣又更醜了！

她想擺脫李桓煜，便說謊道：「小不點，你不要老跟著我，乖乖回家等著，我去蘭姊姊家給你拿糖吃？」

蘭姊姊名叫李蘭，是村裡的寡婦，靠著繡活自給自足。

李桓煜瞪著眼睛思索著。他臉蛋圓潤，身材瘦弱，走路卻很穩。不愛說話，平日最多就是嗚哇幾聲，或者說幾個李大夫教他認識的單詞。李小芸覺得他挺笨的，因為她一歲多就可以說長句子了。

李桓煜好像明白「蘭姊姊」等於好吃的，想了片刻點點頭，直接坐在地上。

「你別在這裡等啊，趕緊回家！」村子不大，人口簡單，李小芸不擔心他會走丟。

李桓煜皺著眉頭，見李小芸凶他，委屈地掉頭往回走。

李小芸總算搞定跟屁蟲，轉身開開心心去找翠娘……

二狗子和李三見李桓煜一個人往家走，急忙跑過去攔住他。

兩個壞小子把他抱起來扔到大樹後面，還不忘用繩子捆住李桓煜的小手腕，讓他跑不掉。

「二狗子，這樣好嗎？」李三有些害怕。

「怕什麼，不過是讓他在樹下等他姊姊而已。」

「到時候村長生氣了怎麼辦？還有大郎！」李家大郎是村裡很能打的，小孩子都怕他。

二狗子眯著眼睛冷哼一聲。「那也怪他們家胖妞不好好看孩子！」

「可是你要娶小花呀！」

二狗子一怔，想起李小花，不情願地把繩子解開，凶道：「李小芸若要回家這裡是必經之地，你在這裡等她，懂不懂！」

李桓煜眨著大大的眼睛，迷惘地看著兩個大哥哥。

「這娃娃好可愛呀……」李三忍不住叫出聲，他們家幾個男孩生得都跟黑皮蛋似的。

「哪裡可愛了！長大了也是小白臉。」二狗子自認是村裡最帥氣的男娃娃，才不想被個小娃娃搶風頭，撇撇嘴不屑地說著。

李小芸的小夥伴李翠娘性子柔和，她外祖母家在縣城裡，遠比李家村裡的人家富裕得多，她又是家裡唯一的女孩，所以頗受父母疼愛。

兩個人嘰嘰喳喳說了好多話，最後才戀戀不捨地分開。

李小芸回家後，四處尋找，怎麼不見跟屁蟲呢？

「小芸，快去把弟弟抱過來吃飯了。雖說多個孩子不過是多雙筷子，但妳爹倒好，早中晚都要給他弄顆雞蛋，一顆雞蛋在鎮上賣一文錢，合著我一天光雞蛋就倒貼三文錢！」

李小芸心虛地低下頭，根本沒聽進去母親的抱怨，滿腦子閃過一句話——李桓煜不在家！

他居然沒回家?!天啊！

她急忙轉身跑回小屋子亂翻一通，連個人影都沒有！

「小芸？」

李小芸臉色煞白，唯唯諾諾地進大屋吃飯，說謊道：「弟弟睡了，一會兒我再餵他。」

李家人倒是沒懷疑什麼。

夕陽西下，李小芸害怕地沿著小路喊道：「李桓煜！」

「李桓煜，我是姊姊，我給你帶好吃的了。」

李小芸繞了一圈沒見到人影，猛地想起兩人分開時的大樹，遂趕緊前往，果然發現了睡著的弟弟，一時間淚水決堤，使勁打了他一下，抱怨道：「不是說讓你回家等嗎？」

李桓煜睜開眼睛，哭了起來。白淨的臉蛋因為一下午的曝曬布滿了紅色顆粒，是曬傷的疹子。

李小芸心裡有些內疚，用盡全身力氣抱他回家，給他熱了蛋羹吃。

她倒了熱水，把李桓煜脫光了擦拭。近來天氣漸熱，在太陽底下站久容易生出痱子，李桓煜又在外面待了許久，慘況可想而知。

李小芸盯著李桓煜白皙皮膚上的大片痱子，像是一根根小針扎著自己……真是心疼死了！

她望著李桓煜依賴的目光，垂下眼眸，一邊給他擦拭身體，一邊小聲道歉。「小桓煜，翠娘說下次來我家幫著帶孩子，我不會再輕易扔下你了。」

李桓煜眨了眨眼睛，看著她良久，道：「二狗……壞。」

李小芸一怔，以為自個兒聽錯了。「二狗？」她仔細一琢磨，明明看著弟弟往回家方向走了，為什麼又回到大樹邊？

「是不是二狗子把你帶回大樹下的？」

李桓煜認真地點了下頭，小眉頭皺了起來，奶聲奶氣道：「二……壞。三……壞。」

他吐字不清楚，李小芸卻可以立刻聯想到李三，他是二狗子的小跟班，什麼壞事都少不了他們。

她胸口處莫名湧出一股正氣，攥拳道：「小桓煜，下次看姊姊給你收拾他們！」她也不清楚哪裡來的底氣，反正在李桓煜清澈的目光下，不由自主就強大起來。

清晨，李小芸才剛起床忙著家事，李桓煜就拉著她的袖子，一個勁念叨道：「二……壞……打！」還真是個記仇的小屁孩。

她聽煩了，望著他黑白分明的大眼睛，小聲說：「弟弟，咱們不提二狗子，你會說話啦，來，跟姊姊學，美——人——兒——」

李桓煜一愣，目光似乎帶著七分疑惑、三分鄙夷。

李小芸滿臉通紅，但仍扳正李桓煜身子，認真道：「來，說美——人——兒——」
「美……」
「嗯，美人……」
「美……」
這三個字，怕是這輩子都同她無緣了。但是李桓煜盯著她，竟真的努力學習，艱難地說道：「美……人……」
「嗯！加油，小桓煜～～」李小芸心中一片感動。
「美人……姊姊。」李桓煜噗哧樂了，重複道：「美人……姊姊……呵呵呵。」
李小芸心滿意足地拍著弟弟的小腦袋。「桓煜真乖！」
這時門外傳來一聲吼叫。「李小芸！」
她心臟一緊，連忙跑出去，只見娘親瞪大眼睛，責怪道：「妳忘了餵豬嗎？」
李小芸愣住，她昨兒個睡得晚，今天早上一睜眼就開始忙碌，只記得餵雞忘了給豬下飼料了。
「春妮，妳快點吧，車伕在催了。」李爹爹沈厚的嗓音在院外響起。
李小芸的娘叫夏春妮，他們一家今天要去縣城姑姑家。
此時正值三月底，縣城舉辦賞花節，村裡的姑娘們都打扮得花枝招展進了城，偏偏夏春妮一句「煜哥兒無人照看」，又把李小芸留在家裡。

她沒時間訓斥李小芸，皺著眉頭說道：「稍後記得下飼料，最好別出門，省得惹禍。我們會出去兩天，妳帶著桓煜去隔壁李嬸嬸家吃飯，我和妳爹跟人家商量好了。」

「美人……」

稚嫩的聲音從身後傳來，李小芸臉頰一紅，急忙轉身捂住李桓煜的嘴巴，衝著娘親不停點頭。「知道了，我會去李嬸嬸家吃飯。」

其實她有些失落，她彷彿是這個家裡多餘的累贅……

晌午，李家嬸嬸見李小芸穿梭於前院後院，感嘆道：「小芸真棒，這麼小就給家裡幹活了。」

「李嬸嬸。」李小芸擦了下額頭上的汗水。「您這麼早就過來啦？」

李嬸嬸遞給她一顆蛋。「鴿子蛋，老貴呢，妳嚐一下，比雞蛋好吃。我怕你們不安全，想早點接你們過去。」

「啊，那怎麼好意思。」李小芸紅著臉，李嬸嬸家四個男娃娃，她還是挺不好意思的。

「沒什麼，嬸嬸剛洗了衣服，妳可以過來幫忙晾。」

李桓煜第一次來到鄰居家做客，發現房內擺設充滿陽剛氣息，便爬到椅子上，將牆壁上掛著的弓箭扯下來。

李三和二狗子從大門口走進來，看到胖妞居然在院子裡晾衣服，嚇了一跳，立刻轉身就跑。

李嬸嬸一把揪住兒子。「小芸幫我幹活呢，你們兩個臭小子去帶著煜哥兒玩。」

李桓煜扔掉小弓箭，眯著眼睛看向外面的大哥哥。

他想起就是這兩個壞蛋騙他去大樹下曬了一下午，還想用繩子綁住他。

仇人見面，分外眼紅！

他朝完全是他兩倍身高的二狗子撲了上去。

二狗子只覺得身體側面飛來一團肉，腳下不穩地仰躺在地上。李桓煜坐在他胸口處，兩隻手攥拳朝著他臉蛋打了過去。

二狗子愣了片刻，右手拽住李桓煜的衣領，準備扔他出去。

李桓煜動作敏捷，側頭躲開他的手，不過終歸年紀小，沒一會兒氣勢就弱下來，他心裡一著急，咬牙切齒瞪著二狗子，二話不說頭衝著他狠狠撞下去，聽到對方一聲哀號。

李桓煜怔住，細皮嫩肉的額頭傳來劇烈疼痛，原本抿成一條直線的唇角慢慢彎了下去，哇的一聲大哭起來。

李嬸嬸和李小芸衝進屋子，埋怨道：「二狗子你怎麼回事？沒事欺負煜哥兒幹什麼？」

李小芸急忙抱開煜哥兒，目光落在他額頭滲出血的印子上，紅了眼眶。「煜哥兒不怕疼哦，姊姊給你揉揉。」

「疼……」李桓煜眨著無辜的大眼睛，豆大的淚珠順著眼角不停落下，可憐至極。

她看向二狗子，憤怒道：「我知道你嫌棄我胖，但是我胖和你有什麼關係？幹什麼欺負我弟弟？」

二狗子捂著腦門，滿臉脹紅，他欺負她弟弟？

李嬸嬸一時頭大，想要息事寧人。「二狗子，嬸嬸也覺得是你不對。」

二狗子胸口憋悶，目光凶狠地看向罪魁禍首李桓煜。

李桓煜居然完全沒有愧疚之心，小手揪著李小芸的袖子，哀怨地流著淚水，一副「理所當然是你不對」的表情盯著他。

到底是誰先動手的呀！

二狗子惱羞成怒，挽起袖子直奔李桓煜，這個臭小子剛才居然騎在他的身上打他！

李小芸見狀，用身體擋住弟弟，她膀大腰圓，二狗子撞上居然沒有把她撞倒。

「你敢碰我弟弟一根汗毛，我就……我就打你！」李小芸發狠話，李桓煜眨了眨眼睛，滿是崇拜地盯著她。

二狗子被大家拉走，李小芸望著攬在懷裡的小弟弟。「不怕，他們走了。」

李桓煜紅著眼圈，彷彿是受了驚的小兔子，惴惴不安地看著她。

「沒事了，姊姊把壞人打跑了！」

李桓煜鼓著臉蛋，定定地望著大姊姊，忽地踮起腳尖，在李小芸下巴處用力親了一下，然後破涕為笑。

李小芸一怔，滿臉通紅。「李桓煜！你撞傻了嗎？」

李桓煜波浪鼓似地搖頭，他感到李小芸的反應很奇怪，於是再次踮起腳尖，朝她的大餅臉又是一口，不過這一次是用力啃著。

「喂，你幹什麼！」李小芸怒了，一巴掌拍開他，力道卻沒控制好，把李桓煜拍坐在地上。

李小芸無語，急忙又蹲下來哄他。「煜哥兒……沒事兒吧。」

「嗚嗚嗚……」

李桓煜淚水在眼眶裡打轉，待李小芸探頭過來，又張開嘴巴朝她的額頭啃了一口，只聽得她一聲慘叫。

「李桓煜！」她真的怒了，居然三番兩次被個奶娃娃欺騙輕薄。

李桓煜發現情況不妙，急忙後退，眸底滿是得逞的笑意。

他揮了揮手，轉身跑出去。

第二章

入夜後，李小芸和李桓煜共睡一張大炕。

李桓煜一沾枕就入睡了……

李小芸側身躺著，視線落在李桓煜熟睡的臉龐，忽地覺得踏實下來，特別安心。深夜裡的小山村靜得嚇人，雖然家裡人都走了，但是好在有小不點陪著她。

咯噔一聲，小不點右腿踹開被子，掛在李小芸大腿上，頓時破壞了她感傷的情懷。

「……揉腳……」

「啊？」她扭頭看過去，李桓煜的眼睛緊閉著，明顯是睡著了。

「揉……腳……」他唇角微微動了一下，吐出兩個字。

這小子平時正經話不會說，倒是挺會享受的。她伸手按了按李桓煜的腳底，沒一會兒，他又扭著身子伸出另外一隻腳……

她繼續揉按另外一隻腳底，忽地想起來睡前忘了讓弟弟尿尿了。

李小芸平時會讓他睡前先尿一泡，然後等到寅時讓他起來再尿一泡，這樣才不會尿床。

小不點同其他孩子不一樣，特別淺眠，從未睡過整宿覺，可能是被人拋棄過，所以天生缺乏安全感，半夜很容易就可以叫他起床尿尿，再倒頭繼續睡。

他睡覺的時候總是揪著李小芸的手，不然就是摸著耳朵，把一條肥腿蹭到她懷裡。

李小芸迷迷糊糊地睜開眼睛，拍了下小不點，輕聲說：「小桓煜，起來尿尿吧。」

李桓煜不情願地翻了個身子，屁股朝向外面，沒有起身。興許是今兒個在鄰居家吃了大魚大肉，所以睡得沈一些。

李小芸拍了下他的屁股，安撫道：「快點起來，尿一泡接著睡。」

噗噗，小不點反抗似地放了兩聲屁。

小孩子都是直腸子，李小芸也是四歲多才懂得什麼叫做憋住。

她眼看著黃色痕跡落在床單上，頓時傻眼，一股惡臭味在鼻尖徘徊，她恨不得給小不點兩巴掌，可是看著他緊閉的雙眼，長長的睫毛微微翹，整個心又融化了。

難怪連小時候喜歡抱著她的大哥都更寵愛小花……誰不眷戀美好的事物呢。每次她和小花姊姊同時犯錯，大家都會指責她帶壞了小花，小花哭了，梨花帶雨的模樣連她都會心痛，可是她哭了，又有誰會難過。

可是……李小芸目光落在小不點的身上，李桓煜不曾嫌棄她呢；雖然這傢伙咬她臉蛋咬得好痛，可是他居然親她……

於是，李小芸決定不嫌棄他的……便便。

她跑到門外拿了濕布，藉著月色幫李桓煜擦了下大腿，翻過身，拎起他的小肥腿，擦著屁股。沒一會兒，忽地額頭發濕——小不點居然躺著尿了，還是正對著她的腦門！而且竟然隨著她抬頭，正中臉蛋！尿滴順著她的頭髮、側臉，慢慢流淌……

「李、桓、煜！」李小芸惱羞成怒，她伺候著人家小祖宗，他居然尿了她一臉！

李桓煜迷茫地睜開眼睛，略帶責怪的目光掃過李小芸，小肥腿不高興地踹了幾下被子，右腿用力一踢，整個身子側翻過去，繼續大睡。

他居然還有臉不高興！

李小芸咬牙切齒定定看著小不點，最後發現也只能定定看著他。於是她決定大人不記小人過，立刻清理全身，可是臉蛋洗了好幾次似乎都還帶著某人的「味道」！

清晨，暖暖陽光透過窗櫺灑落下來，李小芸用手擋了下刺眼的陽光，感覺肚子處沈沈的。她探頭一看，李桓煜整個人仰躺在她肚子上，打著鼾聲，青蛙肚子好像一座小山，擋住她的視線。

李小芸兩條腿用力一抖，甩開李桓煜。

李桓煜小腦袋掉在床上，被震醒了。他揉了揉眼睛，眨了眨，又揉了揉眼睛，只見李小芸眯著眼睛目露凶光盯著自個兒，低頭一看，他居然光著身子！

小不點愣了片刻，臉上一片通紅，立刻用小肥胳臂捂住胸口，又察覺哪裡不對，垂手率先捂住下半身。他雖然年齡小，但是很有節操的。

原來這傢伙還曉得什麼叫做羞恥呀？

李小芸鄙夷地盯著小不點。

「羞……不……要臉……」李桓煜惱羞成怒地擠出幾個字，目光幽怨地盯著李小芸。

李小芸一怔，這個白眼狼，居然敢說她不要臉！

「姊姊……不要臉……」李桓煜小臉皺起來，十分懊惱。

「你再說一遍？」李小芸不客氣地揪住他的耳朵。

「嗚！不要臉……痛……」李桓煜耳根處一疼，沒節操地哇哇大哭。

「小芸在家嗎？」一道好聽的女聲從門外傳來。

她鬆開李桓煜的耳朵，急忙去開門。「翠娘？」

「嗯，我來看妳啦！」李翠娘穿著粉色碎花裙，是農村裡最時興的款式。

李小芸羨慕地看著李翠娘的新衣裳。「翠娘姊姊，妳好漂亮。」

李翠娘靦覥一笑，她剛剛同外祖母家的表哥訂了親。

她坐在床邊，盯著李桓煜看了一會兒，此時他已經自食其力圍上紅肚兜了。

「小不點可是李大夫的嗣子，我看妳應當好好照顧他，以後還能當個依仗。」李翠娘認真道。「我娘說，這世上有句話叫做『莫欺少年窮』。李大夫才二十五歲，日後還是可以繼續參加科舉，搞不好有及第的那一日，所以連縣長都十分敬重李大夫。」

李小芸沈默下來，她自然曉得翠娘的意思。

因為她胖，村裡好多人都笑話她，包括親生父母都嫌棄她，大哥、二哥也刻意疏遠，她不是感覺不到，只是不願意面對罷了。唯有李桓煜不懂得厭惡她……

李小芸忽然很害怕，小不點親近她，完全是因為不懂得什麼叫做「美醜」，以後懂事了是不是也會遠離她呢。

「小芸，別想了，剛才我來時遇到蘭姊姊，她叫咱去玩呢。」翠娘給李桓煜穿好衣服，笑呵呵道：「帶著小不點一起走唄。蘭姊姊說上次教過咱們的基本繡法，這次要考試呢。」

李小芸臉上一熱，她生得不好，所以蘭姊姊說她必須比別人付出更多努力，掌握一門手藝，比如刺繡。

於是兩個小姑娘牽著個漂亮男孩，一起去了李蘭家。

李蘭今年二十歲，她爹是李村長堂兄，所以她和李小芸是同輩。

「翠娘和小芸來啦。」

李蘭正在晾衣服，兩歲的兒子在一邊自己玩。

「先進屋挑線吧，我趁著賞花節買了好多色線。」

李小芸、李翠娘來到屋裡，見到一座精緻的紅木架子，那架子據說價值連城，是李蘭夫家的聘禮，上面擺設著一幅剛剛完工的美人繡品。

李小芸的目光中流露出貪戀的情緒，若是可以做出類似蘭姊姊這般出眾的作品，就再也不會讓娘親覺得自己是賠錢貨了吧？她咬咬牙，告訴自己不管多困難，都要努力同蘭姊姊學習刺繡，不能因為容貌便自暴自棄，輕賤自己。

李蘭撩起簾子，見李小芸盯著架子發呆，笑道：「怎麼了，是不是覺得這女子很誘人？」

李小芸一怔，紅著臉蛋點頭。

李蘭笑著摸了摸她的頭。「每一幅繡品都傾注了繡者全部的心血，女孩子骨子裡的安靜和指尖處蔓延的細膩都可以透過繡品展現出來，所以它們是活著的，帶著繡者的神韻氣質。」

李小芸傻傻聽著，感覺此時的李蘭姊姊臉上，閃著聖潔的光輝。

「這幅繡品只是看起來複雜，其實並不難，都是通過各種基本針法穿插成形的。所以妳們要好好練習基本功，只要底子打得紮實，什麼牡丹、茉莉、蒼蘭、金蓮、蘭花等等，都可以用針線將它們的美麗留存下來。」

李小芸和李翠娘一臉崇拜地望著李蘭，再次認真練習基本繡法。

她們並不清楚，所謂基本繡法其實也分各種流派，並不是完全一樣。

李蘭所掌握的繡法在外面可是價值連城，甚至讓一些人願意付出生命的代價也要強取豪奪。

李桓煜和李蘭的兒子土豆在院裡玩耍，他們兩人圍著雞窩折騰了一天，最後把小雞們都轟了出來。其中一隻大公雞跑到外面，兩個小不點怕大人責怪，急忙追了出來，卻被某個東西絆倒了。

李桓煜低頭一看，是兩顆比雞蛋大好多的青白色蛋，上面帶著大小不等的深赤褐色斑紋，看起來可比雞蛋厲害多了。

他認為自己比土豆大，所以自作主張獨吞兩顆蛋，又怕有人搶蛋，主動喊叫李小芸回家，然後邀功似地遞上蛋給李小芸。「寶寶。」

李小芸今日從蘭姊姊那裡學到許多新東西，心情極好，沒有生氣李桓煜的胡言亂語。

「這是什麼，你和土豆撿的？」

李桓煜得意地點著頭，唇角彎彎，爬到床上，將蛋放在屁股下，坐了上去。

李小芸瞬間僵化。

他把另外一顆蛋放在一旁，指著她。「孵蛋，有雞寶寶……」

她猶豫了一會兒，耐心道：「小不點，這個不是雞蛋，你孵不出來的；再說就算是雞蛋，你也孵不出來呀，快起來洗洗睡了吧。」

李桓煜可憐兮兮地盯著她，淚水溢滿眼圈，委屈道：「孵蛋，有雞寶寶。」

李小芸被他柔軟的聲音擊倒，身體先於大腦行動，主動坐到蛋上。兩個人大眼瞪小眼待了一會兒，李桓煜突然站起來。「沒有動靜。」

她鬆了口氣。「可不是，我改天給你煮了吃掉算啦。」

李桓煜一愣，急忙搖頭道：「睡覺，明天孵……」

……李小芸無語點著頭，心裡想著下次再也不能讓李桓煜和土豆去雞窩玩了。

次日清晨，李小芸還沒睜眼呢，就有個影子在眼前晃來晃去，她眨了眨眼睛，映入眼簾的是坐在蛋上認真孵蛋的李桓煜。

「姊姊，孵寶寶……」

李小芸熬不過他的糾纏，索性拿著針線，一邊練習，一邊坐在蛋上陪著李桓煜。經過兩個人一個多月的努力，這兩枚蛋居然真的孵出兩隻嘴巴彎彎的小鷹。

李桓煜對牠們的模樣不大滿意，不過好歹是自個兒孵出來的，於是給牠們起名字叫大寶、二寶。

李小芸如今的生活基本圍繞在李桓煜身邊，除此以外便是和李蘭學習刺繡。

李蘭繡法方面的知識淵博，先後教授了好多針法，還講解這些針法各自的優缺點，彷彿給她的世界打開了另外一扇窗戶；雖然身邊依然充斥著各種嘲諷輕蔑的目光，李小芸卻越來越不在乎了。

而日子就在這樣的打打鬧鬧中，過了四年……

李家村四面環山，天氣永遠是晴空萬里。

一天，有輛深黑色豪華馬車進了村。馬車後面還跟著僕役，他們衣著統一，仔細一看竟是縣城首富王家的車隊——李小芸的姑姑就是嫁入縣城王家，作為繼室。

只見李小花撩起馬車簾子，她身穿質地柔軟的綢緞長裙，頭上戴著閃人眼睛的珠花，右手腕是翡翠鐲子，整個人顯得十分氣派，哪裡有鄉下姑娘的模樣。

李小芸目光傾慕地看著姊姊，心底五味雜陳。

「妹妹！」李小花開心地在她面前轉了一圈，難掩小女孩愛美的天性。「好看嗎？姑姑也給妳做了新衣裳哦。」

夏春妮笑著看向大女兒，溫柔地敲了下她的後腦。「姑姑是按照去年尺寸給小芸做的，現在怕是完全穿不下了；況且小芸在家帶孩子，出不了遠門，改日讓人改了留給妳穿。」

李小芸早就知道是這個結果，佯裝不在意淡笑著，站在旁邊不吱聲。小不點拉著她的手，似乎感受到李小芸指尖的顫抖，呀呀呀地喊了她幾聲。

「這個就是胖子表妹嗎？」一個十多歲的小男孩也從馬車上蹦了出來，他是首富家的子孫，王景意。

小花笑道：「是啊，我們是雙胞胎呢，表哥你看我們像嗎？」

王景意看了一眼李小花，又看了一眼李小芸，捂著肚子大笑起來。「妳們哪是雙胞胎呀，她都有妳兩個人的大小了，實在是太蠢了。」

李小芸垂下眼眸，淚水在眼眶裡打轉，她最煩的就是每次大家拿她和小花比較……

李桓煜眉頭皺起，捏了捏姊姊的手。「抱抱，美人姊姊……抱抱。」

王景意看到李桓煜，詫異道：「這個漂亮娃娃就是李先生收養的孩子吧。」

李小花點了下頭，走上前道：「來，讓姊姊抱抱。」

李桓煜冷哼一聲，撇開頭不看她，兩隻手緊緊圈著李小芸，輕聲說：「小芸……姊姊是大美人。」

李小芸滿臉通紅，李小花則有些生氣地拍了下李桓煜。「你在說什麼，我沒聽清。」

李桓煜猛地轉頭，大聲道：「小芸是大美人！」

噗哧一聲，李小花樂了，王景意也哈哈大笑起來。

李小芸尷尬得連耳朵都紅了，輕輕摸了摸小不點的後背，哽咽道：「李桓煜，別說了。」

李桓煜眉頭緊皺，憤怒地盯著大笑的兩人，重複道：「姊姊是大美人！」

他不清楚這兩人在笑什麼，卻覺得他們的笑容特別刺眼，於是揚起手，不客氣地拍住李小花的笑顏。「不許笑姊姊！」

李小花被他拍懵了，愣了片刻後哇的一聲大哭起來。

王景意也傻眼，揚手就要教訓小不點，立刻被李小芸擋住，兩人便扭打起來。

李爹爹見狀，急忙讓兒子將兩人拉開，他不可能指責來家裡做客的客人，於是不分青紅皂白地訓斥李小芸。夏春妮見李小花哭得柔腸寸斷，拿起木棍就要揍李小芸。

李小芸皮糙肉厚不怕打，卻擔心小不點跟著受罪，於是抱著他跑到蘭姊姊家裡躲到晚上，才忐忑不安地回家。

此時大屋裡人居然很多，而且傳來陣陣笑聲。

「小芸回來啦，快進屋吧。」一道醇厚的男聲從裡面傳來，竟是李大夫從京城回來啦，小不點奔跑過去，任由李邵和抱住他。

這些年李邵和長年往返京城、李家村，不在的時候都把孩子寄養在李村長家。

李小芸老實站在門口，聽著父親和李大夫叨嘮道：「先生，那這麼說縣城的龍華書院肯收咱們村的孩子了？」

李大夫很欣慰李桓煜的「投懷送抱」，一邊捏著他的肥臉蛋，一邊說：「是的。龍華書院的新院長是我過去的老師，他告老還鄉，來到書院任教。我同他商議，日後允許李家村的孩子過去參加入學考試，但是考慮到咱們村教學水準太低，我打算開個學前私塾。」

李村長大喜，李邵和是村裡唯一的秀才，宗族老人們很早以前就想讓他來教導孩子們讀書，可惜李邵和對此事始終淡然，寧可做大夫也不願意當先生。

「那麼日後就煩勞邵和了。」

李邵和笑著搖了搖頭。「我回到村裡多年，總該有些貢獻的；不過我家裡人丁單薄，日後教書的時候還要煩勞嫂子幫忙照看桓煜。」

夏春妮急忙站出來道：「那是小事，說來也真是奇怪，桓煜這孩子誰都不找，就知道纏著小芸。反正小芸在家裡也沒什麼事情可幹，就讓她專門帶桓煜吧。」

李邵和嗯了一聲，目光柔和地看向李小芸。「小芸，我同妳爹商量了一下，私塾就蓋在妳家旁邊，到時候也方便妳和桓煜一起玩。」

誰愛和他玩？

李小芸心裡隱隱有些不快，不過顯然大家都安排好了。在父母眼裡，若是可以把李小芸扔給李先生，似乎是不錯的事情，尤其李邵和在村裡是極有名望的讀書人。

可是她有些害怕李邵和，這個男人似乎有好多心事，總是一副心不在焉的樣子。他的眼神看起來柔和似水，卻沒有一點溫度。不過他倒是真心疼愛李桓煜，看向小不點的目光泛著寵溺憐愛，細長的手指輕輕揉捏著孩子的背脊。

李桓煜見李村長不追究他白日裡和陌生男孩打架的事，於是便扭著身子下地跑到李小芸身邊。「姊姊，抱抱我。」

他一邊撒嬌，一邊抬起小肥腿，習慣性「攀爬」起李小芸。所有人的目光都落在李小芸身上，她尷尬地抱起李桓煜，小聲叮囑。「是不是男子漢，這麼大了還要抱抱。」

李村長欣慰地看著這一幕。「煜哥兒，咱村裡有私塾啦，到時候你也要跟著哥哥們一起讀書哦。」

李桓煜撇開頭，根本懶得搭理李村長，清澈的目光看著李小芸。「不讀書。」

李邵和無語笑了，他走上前，摸了摸李桓煜的額頭。「小不點，跟義父讀書好嗎？」

他雖然收養了李桓煜，卻只讓他叫他義父，從不曾自稱爹爹。

李桓煜皺了下眉頭，似乎對別人碰他額頭的行為十分不滿，好了傷疤忘了疼似地故意用腦門撞李邵和，嚇了李小芸一跳。

「李桓煜，小心你腦袋又破了。」李小芸忍不住開口斥責。

李桓煜高傲地揚起下巴，似乎在說——我一點都不疼！然後兩隻小肥手抱住她脖子親了又親，格格笑出聲音。

李小芸偷偷瞄了一眼李先生的表情，見他目光微微有些冰冷。

「姊姊……我喜歡姊姊……」

李村長差點噴出一口茶水。

李小芸尷尬極了，真是哪壺不開提哪壺。

李桓煜咧著嘴。「但是我不讀書。」

李邵和嚴肅道：「不成，桓煜你必須開始讀書了。」

他冷哼一聲，下巴蹭著李小芸的寬腦門，認真道：「可是姊姊不讀書。」

李邵和微微一愣，在李小芸臉上審視半天，銳利得驚出她一身冷汗。

「小芸。」他溫和開口，李小芸卻隱隱覺得他的笑容冷若冰霜。

「妳願意識字嗎？」他的聲音很輕，透著幾分耐人尋味的陌生。

「我……」李小芸迷茫地看著他。

識字？她從來不曾想過。她的大哥、二哥都不識字，莊稼人誰有時間識字啊！李家村但凡認點字的人都走出去了。

「當然願意啊。」李村長替女兒做出回答。

女孩子按理說這輩子嫁個好婆家才是最重要的事情，可是他們家小芸體型生成這般，怕是只能尋求其他出路。李邵和是早晚會走出山村的先生，女兒跟在他身邊沒有壞處。

李小芸看著大家猛示意她點頭，結巴道：「我……我願意。」

李邵和滿意地嗯了一聲，摸了摸李桓煜的小腦袋。「你和姊姊一起識字，好不好？」

小不點微微一怔，腦袋趴在李小芸肩膀處，兩隻手緊緊摟著她脖子，好像生病了的小貓似的，軟軟地貼在她身上，沒有說話。

李小芸感受到小不點的依賴，胸口處湧上一股暖流，溫暖得都快落淚了。

忽然，耳邊傳來小不點略顯哀傷的聲音，只聽他認真地說：「可是姊姊笨笨，不識字。」

李小芸生氣了，下意識掐了下小不點屁股，怒道：「你才笨呢，話都說不清楚！」

李邵和皺起眉頭，一把搶過李桓煜。「小芸……」

他不認同地搖搖頭。

李小芸渾身打了個寒顫，怕是全村人唯獨她認為李先生好可怕。

小不點卻奮力掙脫他的懷抱，帶著哭腔奔向李小芸，委屈道：「小芸……」小孩子學習果然很快，立刻直呼其名。

「小芸……嗚嗚……小芸……」

李邵和一陣頭大，不情願地讓孩子待在她身邊。

李小芸不敢當著李先生面教訓李桓煜，於是「溫柔」地咬牙道：「不哭了，姊姊在呢。姊姊雖然笨，但是願意和你一起學習、一起進步……」這話說得一點都不情願。

李桓煜立刻止住哭聲，睜著圓滾滾的大眼睛，兩隻小肥手同時攀上李小芸的臉蛋，用力橫向一拉她臉上的嫩肉，又撒手，啪的一聲彈回去。

他破涕為笑，再次拉伸臉蛋，又故意彈回去。

李小芸快要抓狂了，恨不得把孩子摔在地上！

李邵和愣了片刻，唇角彎起，情不自禁笑出聲。

見大家一團和氣，李小芸拿小不點沒轍，只好用「凌厲」的眼神盯著他，表達心底的不滿。

村裡即將成立私塾的消息很快就傳了出去，村民們都很高興，就連外村人也想來李家村讀書，不過都被李先生回絕了。

年後，李家村私塾開始授業。

幾個月後，隨父親外出歷練、離家多年的二狗子回來了。他整個人內斂許多，看向李小芸的目光依然不善，卻懂得什麼叫做克制。

他爹去年出海時意外救下一名書生，原先並未在意這件事情，直到京城的大官路過漠北東寧郡的時候，郡守大人居然把他叫過去一起吃飯，這才曉得書生竟是京城權貴家的嫡出子弟。之後為了報答救命之恩，甚至幫他穿線做起皇家的生意。

「皇家」兩個字，聽起來特別遙遠，李小芸忽然覺得二狗子成了另外一種人，讓她望塵莫及，胸口處頓時有些說不清楚的難過。

她沒變胖前，同二狗子關係最好了。每次玩將軍公主的扮演戲碼，都是她演公主，二狗子演將軍……有一次二狗子還扮演土匪搶過她，說喜歡她；不過現在想想可能是她誤會了，人家從始至終喜歡的都是小花姊姊吧。

入夜後，夏春妮整理出一套小姑子送的中醫工具，給丈夫刮痧。

她望著丈夫背部深紅色的血印，蹙眉道：「阿旺，咱不如尋李大夫要個方子好好給你調養身體吧。前幾日春娘還和我說，你面色蠟黃，看起來精神不好。」李小芸姑姑的大名叫做李春。

李旺趴在床上，眉頭皺緊。「唉，阿春是真心疼我，她把景意送到鄉下，除了想讓他拜在邵和門下外，也有意撮合景意和小花。」

夏春妮一愣，猶豫片刻。「若是以前，我也覺得景意這孩子不錯，但是他似乎對小花沒那麼執著；反之，李才他們家的二狗子有多稀罕小花啊，明眼人都看得出。」

李旺搖搖頭。「妳是被李才媳婦翠香送的禮物閃花眼了吧。」

她臉上一紅，李春這些年待他們家確實不錯，但要是結成親家，總覺得是小姑子的施捨，她這個做丈母娘的心裡底氣不足。

「李才這個人不簡單，二狗子雖是他目前唯一的兒子，但妳不怕日後生出變故嗎？更何況我聽說李才納了良妾，這姑娘還是京城官人說的媒，日後他們家還指不定是什麼光景。」

夏春妮詫異地看向丈夫。「這事翠香似乎不知情呢。」

「她當然不曉得，一介村婦而已。」李旺不屑挑眉。

她不樂意了。「村婦怎麼了，我也是村婦呢。」狠狠掐了他腰部一下。

李旺苦笑一聲。「不是我看不起村婦，只是李才這要是真攬下皇家的生意，那就是一步登天，怕是連縣老爺都得讓他幾分，翠香當得起皇商家的主母嗎？還有，我上次同李才打了個照面，他連理都不曾理我。」

夏春妮隱隱有幾分不快。「李才憑什麼不理你，他娘還在李家村呢，他就敢開始看不起人了？」

「是啊，也就是他娘還在，若是李老太太不在了，翠香才真是危矣。」

夏春妮咬住嘴唇。「就沒人治得了李才了？如今竟是說納良妾就納了？還不知會人家翠香……」

李家村民風純樸，尚未聽說誰家娶小老婆的。

「這裡面事情深了去了。這京城官人作媒，興許李才也必須接著。不過他們家三代單傳，納了良妾也未必可以生出兒子，所以有二狗子呢，翠娘沒事；至少從他不敢將納妾的事情告訴翠娘來說，就是有所顧忌。這事情還是阿春和我講的，妳可千萬別說出去。」

「哼！」她用力揉按丈夫的腰部。「我才懶得管呢。」

二狗子生在九月，正是秋高氣爽的時節，他是村裡唯一一個講究過生辰宴請小夥伴的人，所以受到邀請的孩子們都感到新鮮有趣。

他進了趟城裡整個人氣質都發生巨變，不允許大家叫他二狗子，而是改名李旻晟。

李三第一個來到二狗子家，看到他在思索什麼。

二狗子隨父親外出歷練幾年，這才發現人外有人，相較於那些世家公子哥兒，他實打實是井底之蛙，但也正因受到蔑視才有了努力的動力。爹爹的朋友還特意介紹幾位退伍士兵教他功夫，早晚有一天他不會輸給任何人。

「聽說我不在的日子裡，村長家來了個富家小子？」李旻晟瞇著眼睛，問著李三。

李三一愣，摸了摸後腦說：「其實也不能算是外人，王景意是春姨的姪兒。」

「春姨？」李旻晟冷哼一聲。

縣城王家在李家村看來是富貴人家，可同他們家相比就好像隻腳下螞蟻，居然也敢和他爭？

李三有些畏懼地盯著二狗子，總覺得二狗子這次回來整個人比以前更加陰冷幾分。他把小弓箭遞給二狗子。「來，兄弟送給你的禮物，日後你富貴了，可要罩著我呀。」

李旻晟把玩著小弓箭，笑道：「那是必然，我爹說明年開始讓我跟他跑生意，你若是不想在家種地，可以來幫我一起做帳房先生。」

「帳房先生？我可以嗎?!」李三興奮道，帳房先生感覺是很有學問的人呢。

李旻晟點了下頭。「若是帳房做不了就憑體力跑跑腿也成，兄弟養你便是了。」

李三聽後分外感動，想起李旻晟如今在意的事情，便道：「對了，我可是聽說那個王景意會和李家兄妹一起來給你道賀生日，稍後兄弟們合計合計讓他好看？」

李旻晟懶懶地點了下頭。「看情況再說吧。感情這種事情還是要看兩個人本身的意願，我相信小花心裡肯定是有我的，管他什麼王景意。」

李三詫異地看向他。「你怎麼知道小花心裡有你？」

李旻晟忽地臉頰通紅。「這就和你無關係了！」

第三章

李小芸猶豫好久要不要去參加二狗子的生辰宴會，倒是李桓煜這小子，聽大人說二狗子家擺了流水宴，便興奮嚷著要去吃好吃的。

這傢伙就是個沒節操的吃貨，完全忘記了曾經和二狗子的恩怨。

李小花則是精心打扮後才同兄長一起出門。她心裡曉得二狗子喜歡她，不過她對鄉下男孩沒興趣，根本不當一回事。以前二狗子約她一起玩，其實都是李小芸客串應約的；但是前幾日她偶然碰到二狗子，著實眼前一亮。

他雖然還是如記憶般皮膚黝黑，卻談吐得宜，自信滿滿。古銅色的手臂在陽光下閃閃發亮，目光炯炯有神，整個人顯得偉岸高大，神采飛揚，並不比表哥差幾分。

李小花小心打量了一眼身邊的表哥，王景意同二狗子是完全不同的男孩，他身材纖細瘦長，皮膚白嫩，眉眼細長，俊秀中帶著幾分貴氣。

夏春妮自知心直口快，怕見到二狗子娘後會把李才在城裡亂七八糟的事情都說出來，索性藉口身體不適沒有出席。她往日裡同翠香關係最好，此時心中著實愧疚無比。

李家人抵達二狗子家新蓋的院子後，立刻有僕役上前迎接。

二狗子家的府邸在村子其他人看來有些突兀，王景意卻曉得這完全是按照城裡的府邸規格修葺的，還有丫鬟、奴才們的裝扮，都是照貓畫虎模仿城裡大戶人家，透露著幾分鄉下土氣。

王景意暗中念叨，他爹讓他交好李旻晟，說是如今李才在京城有些門路。

李旻晟聽說李小花來了，立刻對著鏡子稍作打理一番，大步走向門外。

他眼睛亮亮盯著遠處走入拱門的少女，緊張道：「小花！」

李小芸一怔，扭過頭眺望著遠處月光下一身白衣的男孩。

他似乎又高了幾分，冷漠的唇角、細長的眉峰，此時此刻全因小花姊姊的出現展現出光華。她胸口猛地一揪，記憶裡扮演大將軍的威武男孩，再也不會對她溫柔相對。

過往的一切都已經被風吹散開來，埋葬在黃色的土地裡，如同她亦曾美麗過的容顏。

李小花從小到大就是人群中的焦點，父母又常將她送往城裡王家學規矩，此時她有模有樣地垂下眼眸，大家閨秀似地輕聲說：「旻晟哥哥。」

她唇角微微揚起，難掩幾分春風得意，一雙漂亮的大眼在夜裡特別明亮。

四周有無數道目光投射過來，其中包括縣長的女兒金秀容，龍華書院先生的女兒白春玉，還有龍華書院院長的姪女黃怡。

李小花是驕傲的，這些女孩曾經都不屑同她接觸，暗中嘲諷她的出身，但是那又如何？李旻晟的仰慕讓李小花的虛榮心得到極致的滿足。

她彷彿是墜入凡塵的仙女，墨黑色長髮綰成月牙髻，兩鬢留著幾絲碎髮，露出飽滿的額頭，眉間還點綴著金色月牙，細長的睫毛微微鬈起，高挺的鼻梁、誘人的紅唇，小小年紀便如此，未來指不定會美麗成什麼樣子。

黃怡詫異地小聲同白春玉說：「這女孩是誰？漂亮得好精緻。」

白春玉瞇著眼睛，撇嘴道：「李家村的一枝花……村花！」

黃怡笑了。「怎麼被妳一描述，就變得那麼庸俗。」

白春玉冷哼一聲。「麻雀而已，偏要裝鳳凰……」

黃怡微微愣住，她來到東寧郡不久，主要是為了尋找神醫瞧病，這神醫在漠北出現過，所以父親才將她送離京城。白春玉是她近來結交的夥伴，平日還算溫和，沒想到會如此討厭眼前的漂亮姑娘。

白春玉怕黃怡看低她，急忙解釋。「黃怡姊，我吃過李小花的虧，所以煩透了她。」

「吃虧？」黃怡驚了。「她看起來不大呀，就能讓妳吃虧？」

白春玉淺淺微笑。「我嬸嬸是王家姑娘，有一次我陪堂妹回她外祖母家做客，正巧遇到住在王家的李小花。」

黃怡一愣。「願聞其詳。」

白春玉猶豫片刻，直言道：「她挑撥我弟弟和王家小子起了衝突，最後還自己哭個半日，我便覺得這女孩不簡單，當時訓斥過她。誰曉得李小花年紀不大心機卻頗深，她記下這個仇，年前為了讓我難堪，故意同我弟弟交好；這不，我弟弟現在同我都快絕交了，也不想想當初我和李小花交惡是為了誰，他倒是要為李小花徹底不理我呢。」

「這……」黃怡不知如何接話，此時發現李小花身後跟著一名英俊少年，還有個抱著孩子的女孩。那女孩生得高壯，倒也是讓人一看便過目不忘。

白春玉好意為她介紹。「那人也是李家村的……一朵奇葩。」

黃怡忍不住笑了。「她同李小花一起來，那麼應該是親戚吧。」

「可不是，不但是親戚，還是雙胞胎！」

黃怡傻住，這兩人居然是雙胞胎，令人難以置信！

白春玉眉眼一挑，似乎想到打擊李小花的新招，突然抬腳朝他們走過去。「小花妹妹，好久不見。」

李小花一怔，見是白春玉，有種想要轉身逃跑的衝動——白春玉性子剛烈，兩個人非常不對盤。

李小芸懷裡的小不點盯著旁邊桌子上的桂花糕，咧嘴道：「小芸姊姊，我們一起去吃糕糕吧。」

李小芸臉上一熱，輕輕拍了下李桓煜。「稍後帶你去，咱們要先給主人家祝賀生辰。」

白春玉看過來。「小花妹妹，不介紹一下這位姑娘嗎？」

大家都曉得小仙女李小花有個蠢妹子，所以這是明知故問。

李小花臉上一紅，暗道這人絕對是沒事找事！

她冷著臉，看向李小芸令人厭惡的臉龐，淡淡開口。「她是誰同白姊姊有什麼關係？」

白春玉不由得笑了。「我只是聽說小花妹子是雙生子，妳生得這般國色天香，我們都很好奇妳那雙生妹妹該是如何傾國傾城呢。」

李小花咬著下唇，一時無語。

李旻晟心裡念著李小花，哪裡捨得她為難，急忙解圍。「白春玉，妳不可能沒聽說過小花的妹妹生過病，身材變得蠢胖不堪的事情吧。這位姑娘是李小芸，就是小花的妹妹。」

白春玉瞥了他一眼，語氣帶酸地道：「你倒是對李家十分瞭解。」

李旻晟冷哼一聲。「小花為了妹妹的病可沒少費心，妳就不要拿人家外貌打趣了。」

李小芸站在旁邊一言不發，她……

李桓煜感受到她身子輕微顫抖，眉頭皺了一下。「二狗子哥哥，我想吃糕糕。」

小不點上學之後彷彿開竅似的，雖然大字仍不識幾個，但是說話說得越來越清楚。

黃怡、白春玉剛走過來就聽到這三個字，不過……誰是二狗子？

李旻晟臉頰通紅，城裡的姑娘並不清楚他有個如此「別致」的小名，硬是不回應，不過此時見他的表情，也曉得這孩子在叫誰了。

一陣沈默後，李小芸尷尬開口。「小孩子不會忍著，那個……我帶他去吃點東西。」

「好！」

唯一的聲音來自李桓煜。

李小芸見眾人無視她，灰溜溜抱著孩子離開。這群人的世界她永遠闖不進去，索性躲得遠遠的。

李桓煜從盤子裡拿出兩塊桂花糕。「妳一塊，我一塊。」

李小芸感動地咬了一口。

「小芸，妳討厭他們吧？」

李小芸一怔，望著李桓煜的目光，輕聲說：「不討厭。」

「為什麼？」

「因為他們說的是實話呀！」

李小芸最大的優點就是敢於面對事實，所以她才會夜以繼日練習針法，她想通了，這輩子她最大的難事就是成親，那麼索性不靠婆家，自食其力好了。李小芸打算同蘭姊姊學成後去城裡考繡娘子。

小不點沈默了一會兒，伸出兩隻手捏著李小芸臉蛋，用力拉伸，再放開彈回去……

「小芸，他們好醜……」

李小芸愣住，望著李桓煜墨黑的瞳孔，想要笑出聲。「醜？你知道什麼叫醜嗎？」

李桓煜認真點著頭。「小花姊姊最醜了……」

李小芸一時無語，拍了下李桓煜的小腦袋，輕聲說：「以後不許說小花醜，小心她揍你。」

他仰起頭，揮舞著小拳頭。「我還揍她呢。」

李小芸頓時一陣頭大。

壞了，她家小不點似乎不懂什麼叫憐香惜玉呀。她拿起一塊芋頭糕堵住小不點的嘴巴，盯著他認真的目光，溫暖溢滿全身。

「讓開！都給我讓開……李才，你給我出來！」一道刺耳的女聲從門外傳來，李小芸回過頭，發現二狗子也是一臉迷茫。

二狗子的娘親翠香急忙從後院走出來，詫異地看向來者。「敢問這位娘子是誰，為何來我家大吵大鬧？」

鬧事的女子眉眼鋒利，面容慘白，身著布衣，腳上繡花鞋滿是泥土，右手牽著一名小姑娘，喊道：「我要見李才，讓他出來見我！」

李旻晟見此女囂張，意圖不明，率先站出來道：「今日我家辦事，妳如此大吵大鬧委實不妥，若有什麼事情，還是稍後去客房說吧。」

他目光清冷，暗示周圍的僕役快點行事，立刻有人將陌生女人按住，她身邊的女孩哇的一聲大哭。「娘！」

女人似乎早料到會如此，大聲嚷著。「我大吵大鬧有何不妥？若是你娘生了你卻被李才那混蛋拋棄，你娘會不鬧？」

李旻晟一怔，王翠香也傻眼，她仔細去看那女娃模樣，竟覺得女娃眉眼果真有李才的神韻。

李才急忙從賓客中抽身而出，冷眼道：「翠香，妳莫信她的話，這年頭想讓我當爹的女人多了去，我難道要一一施捨認下幫別人養孩子嗎？來人！」他呵斥一聲。「將這個胡言亂語的女人和孩子都扣押下去！」

王翠香咬住唇，什麼都沒說。

今日是兒子生辰，她不想和任何人吵鬧。

宴會立刻恢復如常，卻隱隱透著幾分詭異的氣氛。

李小芸看向二狗子，見他心不在焉，其實他一直把父親當成心中的英雄吧。以前小夥伴們一起玩耍，每次提到常年不在家的李才大叔，二狗子都會眼睛發亮，挺直胸膛，驕傲敘述父親在外打拚的事蹟。

她忽地有些心疼，目光追逐著二狗子的背影發呆，直到耳邊傳來均勻的呼吸聲，才拉回思緒，看著不小點無語地笑了。

這個好吃懶做的李桓煜，吃飽後就嚷嚷著想睡覺。

李小芸愛憐地撫摸小不點的臉蛋，還是做小孩子輕鬆一些吧，無憂無慮，不管發生什麼事，只要吃飽了就睡，好像一頭豬。

她抱著小不點來到一處廂房，才將他放在炕上，就聽門外傳來——

「黃姑娘這邊請，可以在此稍作休息。」

李小芸抬頭去看，映入眼簾的是一位氣質儒雅的女孩。

黃怡的罩衫汗濕了，有些發冷，想要找個屋子休息一下，沒想到和李小芸走到一處。突然瞥見身形高胖的李小芸，她嚇了一跳，腿腳不由得後退了一下。

李小芸尷尬地低下頭，心頭一沈。

黃怡穩定心神，不好意思地開口。「打擾到妳了。」

李小芸連忙搖頭。「我家煜哥兒想睡覺，我才會占了這間屋子。」

黃怡點了下頭，借著燭火又忍不住盯了李小芸一會兒，算是徹底適應了她的模樣。

「別間屋子都有人，我在這裡休息一會兒沒事吧？」

李小芸紅著臉道：「姑娘說哪裡的話，這……這屋子本是供妳這樣的客人休息的。」

黃怡見李小芸言談侷促，神情憨憨的，便失笑道：「嗯，謝謝妳。我叫做黃怡，妳叫什麼？」她見她沒應聲，遂自我介紹起來。「我大伯父是龍華書院的院長。我爹是黃家的小兒子，刑部尚書左侍郎。」

李小芸從未和李翠娘以外的女孩友好過，更不懂得什麼是院長、左侍郎。此時見黃怡態度溫和，反而不知道如何表達。她醞釀半天，結巴道：「我、我是李小花的妹妹李小芸，我爹是村長。」

黃怡笑了。實在是李小芸的表情太搞笑，她臉本就肥大，此時好像嘴巴裡充滿了氣，努力想要發出聲卻吐字艱難，於是憋得滿臉通紅。

李小芸盯著她帶笑的眼眸，心裡奇怪。為什麼黃怡的笑容她不反感、覺得難堪呢？或許是因為她的笑容裡帶著幾分善意吧。

黃怡有些發冷，搓了搓手。

李小芸曉得她罩衫濕了。「妳坐過來，把手放進被子裡吧。」

黃怡懶得矯情，大方坐在炕邊，把手塞進被子裡。

李小芸渾身僵硬，多久未曾有人不嫌棄她肯挨著她坐著？

「妳當初得的什麼病，怎麼會變成現在這副模樣？」黃怡剛說完就後悔了，解釋道：「妳千萬別多想，我沒有其他意思，只是我身體也不好，所以才來北方尋醫。」

李小芸低下頭說：「我也不知道，就是當時渾身發熱，差點就發燒死了；好在被救回來，卻要不停吃藥，於是就胖了起來。」

「是藥三分毒，不過為了救命也沒有辦法。

「其實我也是個藥罐子，只是沒變胖而已。北方天氣乾燥，反而適應。我祖籍江南，每到春秋，遍地的花粉味讓人喘不上氣。妳是沒瞧過我犯病，臉色白得嚇人。」

「竟還有這種病！」李小芸詫異應聲。

「嗯，是呀。多奇怪的病，我娘為了我沒少操心，到處求神拜佛，我也從未放棄過，一心尋醫。其實我覺得妳還那麼小，肥胖的體質是可以改善的；妳現在還吃藥嗎？」

李小芸搖搖頭。「停藥了。」

黃怡眨了眨眼睛道：「那妳就努力瘦下來吧，妳姊姊那麼漂亮，妳會慢慢恢復的。」

李小芸胸口暖暖的，暗道——這就是真正的大家閨秀吧，不管面對什麼人都表現得無懈可擊。

黃怡見她又露出憨笑的表情，突然發現這女孩並不像外表那般可怕，看慣了反而覺得她滿可愛的，至少不像其他人鋒芒畢露、嘰嘰喳喳，渾身上下有一種不屬於這個年紀的沈靜。

俗話說，窮人的孩子早當家，唯有真正經歷過的人才會懂得珍惜。

黃怡很喜歡李小芸的沈穩安靜，忍不住邀請她。「我下個月辦詩會，妳來湊個熱鬧吧。」反正她在漠北認識的人那麼少，怕是連牌局都湊不齊。

李小芸無比震驚地看著她，嘴巴張成圓形。

天啊！這位漂亮的姑娘是在邀請她嗎？她不怕同她在一起丟臉嗎？連李小花在外人面前，都不樂意認她這個妹妹呢。

黃怡不明白她眼底的害怕是什麼，道：「妳別誤會，雖然說是詩會，其實就是意思意思請大家吃飯。我新來乍到，每次都是別人請我，我不好意思所以才要回請的，作詩什麼的倒是其次；還有，我覺得妳應該多出來走動走動。」

「我、我可以去嗎？」李小芸始終無法相信這一切是真的。

「可以呀！」黃怡笑了，她的手暖和了，拿出來攥住她的手道：「其實我兩年前剛犯病的時候就久臥在床，後來長了好多肉，被人家笑話過，於是堅持每日下午出去溜達，就又瘦了下來。」

李小芸苦笑一聲，她的情況和黃怡不一樣。

她每天帶孩子，幫娘忙活也很辛苦，卻不見掉肉；可她知道黃怡是好心鼓勵，於是沒有出言反駁。

黃怡低下頭看著小不點。「妳還可以帶著弟弟一起來，反正我大伯家府邸大得嚇人，卻連個人影都見不到。」

李小芸很想用力點頭，卻怕給黃怡添麻煩，問道：「那妳的詩會……去的人多嗎？」

黃怡一愣，努力回想半天。

「多吧。我都不知道派發出多少帖子，因為是我第一次請人，妳懂吧？多少代表了大伯、代表了黃家，所以認識的、不認識的都請了；但是我親自發帖子請的姑娘一隻手就數得清楚，其中就有妳。」

李小芸莫名一喜。「我一定去！」

衝著黃怡這分重視，就算她娘攔著也要去！

亥時剛過，宴會草草結束。

李小芸叫醒李桓煜，幾個人一起回家。

李小花在宴會上又受到眾女奚落，心情極其不好。

李小芸想起黃怡的邀請，急忙去和娘親請示。「娘，我今兒個在二狗子的生辰宴會上認識一名黃怡姑娘，她邀請我參加下個月初舉辦的詩會。」

夏春妮一愣，看向李小花。

李小花本來正同娘親抱怨宴會上的事，聽到李小芸的話後目瞪口呆，下意識阻攔道：「不行，妳不能出席這個詩會。」

李小芸沒想到娘親還沒說話，反對的居然是李小花。

李小花慌忙垂下眼，解釋道：「娘親，黃怡是京城大官的女兒，她怎麼可能邀請妹妹呢。」

李小芸腦海裡浮現出黃怡友善的笑容，她都答應了，不能說話不算數。

「嗯……黃怡和我說她爹是什麼……刑部的官，可是她、她真的邀請我了。」

李小花皺起眉頭。「那她給妳帖子了嗎？」

「帖子？」李小芸一怔。「她有提起會補給我帖子。」

「那也不成，不許去！」李小花臉頰通紅，鼓著嘴巴委屈道：「娘親，黃怡是龍華書院新院長的姪女，她還是第一次宴請賓客，所以不只縣城，怕是整個東寧郡有些臉面的人都會出席；如果小芸跟著，您讓我……讓我怎麼和別人來往呀。」李小芸相貌如此「出眾」，她若是不理她，別人會說做姊姊的薄情冷漠；若是照看她，又有幾個人願意同她來往呢？

夏春妮猶豫地看了她一眼，勸說道：「小芸，其實妳姊姊說的有理，那黃怡可是京城高官之女，幹麼平白無故親自邀請妳呢？怕是另有目的，別到時候妳著了人家的道，還連累小花。」

李小芸咬住嘴唇，強忍著不讓眼淚流出來。

怎麼就不能平白無故邀請她？

人家大門大戶，沒事陷害她做什麼？分明是姊姊嫌她跟在身邊丟人。

她堅決認為黃怡不會故意逗她，於是頭一次違背娘親和姊姊的話，倔強道：「可是我想去，而且黃怡姑娘真的好友善，她一點都不討厭我！」

夏春妮愣住，李小芸向來逆來順受，從未爭取過什麼。

李小花眼眶紅了，委屈道：「她不討厭妳？妳又如何判斷她不討厭妳？妳可知道妳走後別人是怎麼奚落我的？我又是招誰惹誰了，怎麼會有妳這麼醜的同胞妹妹……」

「小花！」夏春妮忍不住斥責大女兒，李小芸再難看也是自個兒閨女，別人說說也就算了，李小花怎麼可以如此想呢。

「娘親！您以為我在姑姑家日子就好過嗎？姑姑家幾個嬸子背後管我叫村妞，諷刺姑姑也是農村來的土鳳凰，還說咱們家把王家當成免費商戶，逢年過節打著送禮的名頭一住就是半把個月，占便宜、借錢，就連閨女都養在王家，吃王家、喝王家。您知道我聽到這些話心裡有多難過？正是因為如此，我才要做得更好，讓人家挑不出一點毛病！」

夏春妮望著女兒梨花帶雨的容顏，頓時無比慚愧。

去年收成不好，李旺為了村裡來年的種子和妹妹張嘴借了錢。

「王家是很有錢，可是大門大戶的子孫多著呢，姑姑的妯娌最差也是富甲一方的商戶，唯獨姑姑出身窮苦，往日裡沒少受嘲諷；您讓我帶著小芸去出席詩會，豈不是明擺著把我和姑姑都當成靶子，讓人家隨便侮辱？」

李小花口才真不錯，有那麼一瞬間，李小芸竟產生了愧疚之心，好似她在無理取鬧，她和姊姊出門了就是丟人現眼。

夏春妮再次沈默了，最終拍板道：「照小花的意思，咱是農村人，當不起官家小姐的朋友。」

李小芸的淚水再也忍不住地傾瀉而下，她顫抖著肩膀，點了下頭。

第四章

回到屋子裡，李小芸如何都睡不著，披上外衣就進了村東頭的小山區。小山區中央有一片空地，過去小夥伴們常在這裡玩耍，還蓋過一間小木屋。

每次李小芸難過得受不了，就一個人來到小木屋坐一會兒，這裡安靜得可以讓人沈下心來。

咦，她突然發現小木屋是亮著的，莫非有人？

李小芸輕手輕腳來到小木屋後面，心臟咚咚咚跳個不停。知道小木屋的人不外乎村裡那幾個小夥伴，小花姊姊已經入睡，難道是……

二狗子！

她緊張起來，繞到小木屋側面的窗戶處，踮腳望了進去，映入眼簾的是兩個身影。

果然是他！

李小芸差點喘不上氣，急忙轉過身坐在地上，看來晚上的事對二狗子震撼不小吧。她猶豫再三，不敢出聲，聽到屋裡面傳來對話聲。

「妳叫什麼？妳確定我爹就是妳爹？」

「我、我沒見過爹。」

李小芸一驚，這個聲音似乎有些耳熟，好像是宴會時候抱著瘋女人喊娘的小姑娘。
「那妳幹麼跟著個瘋子來到我家，損我家顏面？」
小姑娘撇著嘴巴，哼道：「可是我娘就是我娘，她說你爹就是我爹。」
李旻晟有些不耐煩。「妳娘憑什麼說我爹是妳爹？」
「因為胡三叔是你爹的隨從，我家平日用的都是胡三叔給的錢。」
李旻晟一怔，他爹身邊確實有個姓胡的管事，但仍嘴硬道：「那妳也不能說我爹就是妳爹啊，給妳錢的是姓胡的又不是我爹！」
對於孩子來說，誰都不願意相信父親是不負責任的男人。
小姑娘見李旻晟突然凶她，委屈地哭了。「那你幹麼把我救出來，你是不是也懷疑你爹？」
李旻晟愣住，不快道：「哥先把妳收拾了，省得妳娘欺負我娘。」
「我娘沒欺負你娘，是你爹壞。」
「妳爹才壞！」他怒道。
小姑娘眨了下眼睛。「是，我爹壞，誰讓我爹就是你爹。」
「去妳的，我只有一個妹妹，那是我娘肚子裡的寶寶，才不是妳這個野孩子。」
「你才是野孩子！你要是認為你爹沒問題，幹麼把我弄出來私下問，怎麼，怕你爹做出更殘忍的事情，滅口嗎？」

李旻晟氣得牙癢癢，一把揪起小姑娘。「妳到底叫什麼名字？我聽說我爹納了良妾，妳娘和妳提過嗎？」

小姑娘被他拉扯得疼，生氣道：「我叫大丫！我出生在海邊，我娘說她是在船上認識我爹的，後來就跟了他，可是下船後她懷孕生女，我爹就再也沒有出現過，據說是又出海走商。我出生後就沒見過親生爹爹，一直都是胡三叔照看我們母女。直到前些時日鄉下鬧水災，我娘收拾行囊偷偷跟蹤胡三叔來到縣城一處五進院子，偏偏院子守衛森嚴，根本進不去。後來聽人說這家院子的女主人要生產需要奶娘，我娘就冒充進府，原本是想和我爹相認，沒承想原來院子女主人竟也是外室，人家出手要人命，我們逃了好幾天。」

李旻晟聽得一身冷汗，他爹自從和京城大官有交情後，家裡就沒幾日安生，莫非真是納了來頭頗大的良妾，不但置了府邸，還懷孕待產？

難怪他爹總是嘮叨，想讓他去京城……

「我娘從那院子的丫鬟嘴裡得知，我爹嫡妻住在鄉下，還有個婆婆，她們完全不曉得我爹在縣城搞出的事。」

李旻晟胸口一疼，他是如何都無法相信疼愛他的父親，會幹出對不起他和娘親的事情。毫無背景的父親年輕時做生意處處碰壁，走上海路完全是迫不得已，為了錢賭命，一走就是三年。

父親第二次出海則是在他剛剛出生那一年，一走又是三年，這次攢下了豐厚家底。

父親第三次出海，整整五年。很多人說他爹死了，他難過得流淚，整日偷偷跑去海邊等父親歸來。後來總算沒讓他失望，父親不但回來了，還說在海上受了傷，以後再也不出海了。

即使如此，父親還是用受了傷的手臂狠狠抱住他轉了好幾圈。

他可以感受到當時父親對未來的期盼，以及對他濃濃的想念。父親把他當成大人，毫不避諱在他面前提及京城高官，以及心底的想法，勾勒出一幅他尚不能理解的李家發展宏圖。

那些因為孤兒寡母而壓抑在心底的卑微不復存在，他的父親挺直了腰板，揚眉吐氣準備拉著他大幹一番。他們是父子，卻更像是朋友。

俗話說，打虎親兄弟，上陣父子兵！

父親對他百分百信任，從不隱瞞，他又如何能懷疑他？

「小主子，怕是黎明前老爺就會去看這對母女，時間差不多了，讓奴才把她帶回去吧。」他的隨從小安子在門口輕聲喚。

李旻晟從思緒中回神，失落地嗯了一聲。「你帶她先回去吧。」

「小主子呢？老爺說過明日要帶小主子進城，如果早上找不到人不大好吧。」小安子今年十五歲左右，有些擔憂地看著主子。小主子別是被人挑撥了，從此和老爺隔心可不好。

李旻晟深吸口氣。「我曉得了，你先走吧。」

小安子點頭稱是，急忙帶小姑娘離開。

四周忽地安靜下來，李旻晟虛脫似地坐在地上，靠著木屋牆壁，右腿彎曲，目光緊緊盯著跳動的燭火。

李小芸大氣不敢喘一聲，天啊，她似乎知道了李才大叔的秘密。

撲通一聲，有一團黑影從她頭頂飛過，嚇得她大嚷一聲。

只見大寶、二寶兩隻鷹居然半夜也沒睡，跟著她來到小木屋，此時正盤旋在半空中，用很鄙夷的眼神朝她亂叫。

這兩個蠢蛋不能低調點？知道什麼叫做偷聽嗎？

李小芸渾身一顫，果然聽到屋內傳來一道厲聲。

「誰?!」

李小芸僵硬著身體站起來，轉身就想跑，可是兩條腿卻定住了，無法移動。

李旻晟大步跑到門口，李小芸見無路可退，索性迎面走過去。她本是有幾分內疚的情緒，但尷尬的目光在看清楚他的表情後，噗哧一聲，無法抑制地笑了起來。

李旻晟在屋裡偷偷哭泣。沒想到家中醜事居然被李小芸聽到，頓時無地自容的情緒蔓延全身，盯著她的目光也帶著幾分憤怒的羞愧，臉上卻早已經淚流滿面，連鼻涕都附在嘴角處而不自知。

真是風水輪流轉，沒想到有一日，他居然被李小芸嘲笑了！

「妳幹什麼在門口偷聽！」他大聲吼著。

「李小芸，妳……妳真是不要臉！」李旻晟心裡生氣，口不擇言，胸口處堵住的那團火氣全發洩在李小芸身上。

李小芸臉頰一白，抬起頭，直視他道：「我都聽到了，所以……」

「所以什麼？」李旻晟搶話諷刺道：「想拿這個威脅我嗎？」

李小芸愣住，也許二狗子心裡害怕事情真如小姑娘所說，所以容不得她偷聽到什麼。

「說吧，想要什麼，銀子？還是以後不讓人欺負妳？總之只要妳不說出去，我什麼都可以考慮。不過李小芸，妳可別太過分了，否則魚死網破，我今天就……」李旻晟臉上憋得通紅，思索著凶狠的措辭。

李小芸看著他一邊說狠話，一邊卻止不住淚水從眼角流出，覺得他很可憐，於是道：「你想多了，我只是想說我都聽到了，不是什麼大事，你別太傷心了。」

李旻晟愣住，定定看著她平靜的目光，同他一般高大的身材擋住遠處的月光，臉部忽明忽暗，緊抿著唇角，看不出一絲情緒。

「你是李大叔的命根子，他是愛你的。」李小芸輕聲訴說。「小姑娘沒在李大叔身邊長大，心裡有怨氣，才會言辭激烈。你不要受她影響，從而猜忌愛你的人，不如坦蕩蕩回家去問問你爹爹，他若是在乎你們之間的父子情誼，瞞誰都不會欺騙你。」

李旻晟這才發現她的聲音輕柔中帶著一種安撫人心的力度，同高壯的形象十分不符合。不過，他才不需要任何人的同情和安慰。

尤其不需要李小芸的憐憫！

李旻晟抬起頭，冷冷盯著李小芸。「看來妳偷聽到的東西可不少，李小芸，妳算是什麼東西，我們家的事情不需要妳插手，我更相信我爹不會幹出這種事情！妳若是敢在外面胡說八道，我絕對不會放過妳！」

他受不了李小芸過分友善的目光，故意將她的好意踐踏在腳底下，即便他確實因為那幾句話，心底稍微好受一些。

李小芸垂下眼眸，臉上看不出難過的情緒。

她習慣了，習慣冰冷，習慣厭棄疏遠的目光。

獨生子是爹娘捧在手心中的寶貝，二狗子永遠也不會懂得，即便是對於父母來說，親骨肉也會有差別待遇；比如他們家，她娘最疼愛小花，她爹則最看重兩個兒子。

所以她才會安慰二狗子，別太在乎小姑娘的言語。

李才大叔可以不顧從未相見的私生女死活，卻不會不管二狗子的安危。

小姑娘的偏激言辭裡，怕是包含了對二狗子的妒恨吧。

她苦笑一聲，她何嘗不羨慕李小花？

今晚輾轉難以入睡，其實是傷心於母親的選擇；不管誰對誰錯，在她與李小花之間，從來都要優先顧及李小花的喜怒。

李旻晟見李小芸沈默下來，胸口忽有些不好受，他是不是過分了？畢竟她是一片好意。

不過，他又不需要她的好意，這丫頭明明偷聽他們談話在先，所以他沒有錯，一切都是她自找苦頭。

李小芸吸了下鼻頭，淡淡開口。「好吧，你若是不難過當然最好。」

她抬起頭，目光直視著他，道：「你嘴角有鼻涕，擦一下吧。」

李旻晟一怔，滿臉通紅。

他生氣地盯著她，發現李小芸居然沒有因為他的斥責而生氣，唇角反而彎彎地笑著說：「那我先回去啦，你也早些回去吧，秋天夜風很涼，別在這裡耗著了。」

軟綿綿的言語好像一巴掌拍在李旻晟臉上，他反而更生氣，忍不住大步追上李小芸，一把拉住她的手。

「妳到底臉皮有多厚？我可是在凶妳呢，妳不懂嗎？」

李小芸手腕處感到屬於二狗子的力度，臉上一熱，緊張得話都不會說了。

李旻晟不甘心地瞪著她。「妳不生氣嗎？妳不該反抗嗎？妳不該哭嗎？妳到底有沒有心！」

她心裡其實是難受的，但是難受又有什麼用？

「如果只知道難過，整日自怨自艾，那日子還要不要過下去了？」她的聲音很平淡，卻透著幾分落寞。

「路是人走出來的，如果別人一句話就可以讓我淚流滿面，那我還能幹什麼？」她搖搖頭，轉身跑回家。

李旻晟悵然地望著她遠去的背影，一言不發。

他不曾受過委屈，但凡有點小磨擦都要掙出是非黑白，所以他不會知道，反抗也是需要資本的……

兩日後，一個灰衣男子快馬加鞭進了村子，直奔李村長家。

男子衣著簡單，穿著黑色馬靴，見到夏春妮後自報家門，鄭重道：「在下是龍華書院院長大人府上管事，隨了我家大人黃姓，名孜墨。」

夏春妮有些沒想明白，糊裡糊塗應付道：「黃先生您好。」

男人客套幾句，直言道：「我家小姐下個月舉辦詩會，讓小的特意給貴府姑娘送帖子。」

夏春妮面色如常，心裡卻直打鼓。這龍華書院的小姐應該就是黃怡吧，只是不清楚她邀請的到底是誰？

她不動聲色直接拆開燙金色的帖子，上面清楚寫著李小芸的名字，再無其他。

她猶豫片刻說：「不瞞黃先生，我們家小芸近來身體微恙，到時候能否出席還不確定呢。」

黃孜墨愣住，怕是沒想到會有人拒絕小姐的帖子。他有些不滿，目光冷了幾分。

夏春妮有些後悔，急忙打圓場道：「難得貴府姑娘看得起我們家小芸，怕是她聽說有請帖，病就好了呢。」

黃孜墨不屑地揚起唇角，淡淡說：「那麼在下告退了。」

夏春妮客套地挽留了一下，最終望著他騎馬離去的身影陷入沈思。

到底是怎麼個狀況？

李小花從門外回來，柔聲道：「娘，幹什麼呢，大太陽底下曬著。」

夏春妮一怔，扭過頭看到貌美如花的女兒，心底莫名一軟，連眼底都湧上疼惜的神色。「剛才黃府來了帖子，是發給小芸的。」

李小花一愣，接過帖子，仔細看了又看，沒錯，確實是給李小芸的帖子，連她的名字提都不曾提起過，這是一封同李小花完全沒關係的帖子。

她心頭一冷，攥著帖子的手不由得成了拳。家裡是有黃府請帖，卻不是黃怡親手派發的……真是令人不甘心！

她想不明白，黃怡為什麼會高看李小芸！

李小芸尚不知道帖子的事情，她正背著娘親和李蘭學習刺繡。

俗話說寡婦門前是非多，夏春妮並不想和李蘭家有太多牽扯。

李蘭的娘親據說曾是官家小姐，後來家道中落，又遇到水災，只剩下她一個獨苗流浪至李家村被李蘭祖父收留，最終嫁給李蘭的父親。

李蘭隨了她娘溫婉的性子和出眾的容貌，本是要被她爹說給城裡有錢人家的，她卻在賞花節時偶遇進京趕考的黃姓讀書人，兩人一見鍾情，最後結為連理。後來李蘭夫婿去世，她連對方老家在哪裡都不清楚，就帶著孩子回到村裡。李蘭父母身體都不好，沒多久也都去世了。

李蘭此時正在講解刺繡知識，她的解說對李小芸來說特別新奇，她就好像是一塊海綿孜孜不倦地吸取李蘭所說的知識。

李蘭講述累了，笑道：「這些瞭解一些就夠了，妳稍微休憩一會兒吧。」

李小芸臉頰微微紅了一下，拿起旁邊的針線道：「那我練習一會兒針法吧。」

李蘭定定看了她一會兒，忽地開口道：「小芸，妳很喜歡刺繡嗎？」

李小芸想了片刻，誠實道：「起初只是覺得有意思，再加上大家老說我這樣子嫁不出去，早晚是賠錢貨。我不想做賠錢貨，就想多學些有用的東西。」

李蘭唇角彎彎。「傻孩子，妳還真實在。」

「不過現在滿喜歡的，而且除了這個我也不會做什麼。」

李蘭抿住唇角，猶豫片刻，轉過身從床頭拿出一本書，遞給她。

李小芸詫異地接過書本，問道：「蘭姊姊，這個是什麼呀？」

李蘭垂下眼簾。「繡譜。」

「繡譜？」李小芸明顯對這兩個字有些生疏，她翻開看，一下子就入了迷，良久才道：「天啊，原來要繡成這麼複雜的圖案一共只需要十針呢！」

李蘭忍不住笑了。「這是我家傳的繡譜。」

李小芸一愣，驚訝地看向她。

「那、那應該是很珍貴吧？比如這個精緻的小圖，如果是我，完全不會按照這種紋路來繡，那麼成品自然就趕不上這個效果。」

李蘭嗯了一聲。「所謂繡譜其實是幾代人嘔心瀝血總結出來的傳承，妳若是真心喜歡刺繡，我從下次開始教妳另外一種繡法，好嗎？」

李小芸急忙點頭。「謝謝蘭姊姊！」

李蘭摸了摸她的頭，收回繡譜。「那妳還不正式拜師？」

「拜師？」她愣了片刻後，趕緊跪在地上，磕了個響頭。

李蘭搖了搖頭，扶她起來。「好吧，從今天開始妳就是我正式的徒弟了。」

「那翠娘呢？」在李小芸眼裡，她和李翠娘早就是李蘭的徒弟啦。

「我知曉妳和翠娘關係好，但是她外祖家背景複雜，我希望妳不要將我給妳看繡譜的事同她透露半分；我有苦衷，這是收妳為徒的前提。」

李小芸立刻點頭，李蘭肯教她刺繡就很難得了，她沒有資格強求人家再多收個徒弟。

「謝謝妳，蘭姊姊！」

李蘭見李小芸一臉謹慎，摸了摸她的頭道：「我身體不好，以後還要麻煩妳幫我照看小土豆。」

李小芸攥著拳頭，急忙安撫她。「蘭姊姊，妳別灰心，為了小土豆妳也要長命百歲呀。」

李蘭呵呵笑了一聲，目光深長地看向窗外，幽幽道：「但願吧。」

李小芸望著繡譜，心想有朝一日，她或許也可以成為蘭姊姊這般獨立的女子，早晚所有人都會對她另眼相看的。

此時李桓煜小跑著來到李小芸身邊，一隻手無法圈住她的腰部便揪著她的衣角，奶聲奶氣道：「小芸姊姊，我們一起玩呀。」

李小芸得到李蘭認可，心情好極了，耐心哄著他道：「咱們先回家吃飯，中午睡個覺後下午我再帶你來玩好嗎？」

「嗯……我想現在玩。」

「不行，該吃飯的時候必須吃飯。」

「嗯……我不餓！」李桓煜皺著眉頭，想盡一切詞彙反抗李小芸。

李小芸一把撈起他，抱怨道：「這麼瘦小，再不好好吃飯，你連村東頭三歲的皮蛋都比不過。」

李桓煜突然沈默下來，用力掙脫李小芸懷抱，極快地奔向門口，往家裡跑去，偶爾還會回頭狠狠瞪她一眼。

李小芸無語苦笑，人不大脾氣還不小呢。

李小芸回到家後就躲進屋裡練習基本針法。她很勤奮，心裡又始終憋著一股子氣，反正家裡不需要她幹什麼就專心練習針法吧。

李桓煜生氣了，故意不進屋在院子裡玩耍，他以為李小芸會像以前出來哄他，可是左等右等了好久，連個人影都見不到。

李桓煜快氣瘋了，搬了塊石頭墊在腳下，透過窗戶偷偷望向屋子裡面。

小芸姊姊居然在刺繡！

黑燈瞎火的也不怕弄壞眼睛。

他覺得自個兒被忽略了，他都消失了這麼半天了好不好，李小芸居然一點反應都沒有。

李桓煜不甘心地噘著嘴巴，故意跳下石頭，動靜極大地走到屋門口處破門而入。

咣噹一聲，李小芸嚇了一跳，見是小不點才放下心來。「回來了？」

「嗯。」李桓煜悶哼。

「來，蘭姊姊讓我帶回來的桂花糕，城裡王記糕點鋪子買的哦。」李小芸彷彿什麼都沒發生過似地拿著小袋子，口氣極具誘惑。

果然，李桓煜聽到「桂花糕」三個字，嘴角不經意舔了一下，剛想提腿跑過去，理智卻提醒他——你不是在生氣嗎？就如此原諒惡劣的李小芸了？
她居然說他不如整日流著大鼻涕、話都說不全的皮蛋！
人不能如此沒骨氣！
於是李桓煜沈著小臉，不高興地跑到角落處翻自個兒的包裹，裡面大多是李先生留下來的書本。他隨手拿出一本遊記畫冊，翻著閱讀起來。
李小芸無語地掃了小不點一眼，大字不識幾個就開始看書？更何況還是倒著看書。她正練習得起勁，懶得管李桓煜，見他坐在地上安靜翻書，索性繼續做自己的事情了。
李桓煜一怔，李小芸居然沒過來哄他？
他隨意翻了一會兒畫冊，又生氣地把畫冊甩到地上，小腿用力踹了下地面，發出奇怪的響聲。
李小芸抬眼看他一眼，眉頭微微皺了一下。
小屁孩，又折騰什麼呢？
李桓煜見李小芸抬起頭，本以為對方會趕緊走過來，正要趾高氣揚發作一番，沒承想她居然又低下頭繼續忙活去了。
這……
李桓煜狠狠踢了兩下腳，用力放下書本，一本本翻完了羅列在地上，還故意發出聲響，不停翻箱倒櫃地折騰，大眼睛時不時偷偷瞄著李小芸，想要讓她注意到自己的怒火。

總不能他先妥協去主動找她說話吧？

咚咚咚，門響了，李小芸急忙把針線藏起來，走過去開門。李小花臉色不善地走了進來，轉頭瞄了一眼李桓煜，淡淡說：「小芸，我有話和妳說。」

李小芸回頭看了眼小不點。「說吧。」

李小花也看了一眼小不點。「我想『單獨』和妳說。」

「可是……」李小芸有些猶豫地對小不點說：「桓煜，你出去玩一會兒。」

李桓煜愣住，嘴角一點點撇了下來，醞釀良久，哇地哭鬧起來。

李小芸無奈地搖了搖頭，走過去攬住李桓煜的肩膀，輕聲說：「好了好了，別哭了，剛才都是我不對還不成嗎？皮蛋哪裡比得過咱家桓煜半分，他長得那麼醜。」

「嗚哇……」李桓煜見李小芸哄他，更加委屈地哭了起來，剛才小芸一反常態沒搭理他好長時間呢。

李小花受不了似地皺眉道：「成了，你們兩個在我面前姊弟情深有意思嗎？李小芸，妳到底有沒有時間，黃怡特地派人給妳送帖子了，我這裡是正經事兒。」

李小芸怔住，喃喃道：「黃怡？」

她咬著下唇，黃姑娘居然為了她如此大費周章，一道暖流蔓延全身，讓她渾身上下充滿力量。她這麼不出色，還是有人願意同她交朋友嗎？

李小花不屑地揚起唇角，一想到黃怡的帖子就氣不打一處來。

李小芸摸了摸李桓煜的頭髮，親了下他的額頭，柔聲道：「來，拿著桂花糕，可好吃了，去外面玩一會兒，再幫我把雞餵了。」

說到餵小雞，李桓煜立刻變得有些興奮，瞪著眼睛道：「妳和我一起去餵吧。」

李小芸嗯了一聲。「我和小花姊姊說完話就去找你，別玩得太瘋，等我哦。」

「好——」李桓煜拉長尾音，破涕而笑，扭著扭著向門外跑出去，還故意用髒衣服蹭到李小花。

李小花厭棄地急忙躲開，不開心道：「妳也不管管他，整日裡在泥裡滾，髒兮兮的。」

李小芸容不得別人說李桓煜不好，張口反駁道：「成了，我們本是鄉下人，爹爹和哥哥日夜在土裡待著，髒了洗乾淨就是了。」

李小花懶得同李小芸爭執，只是覺得平日裡唯唯諾諾的妹妹，似乎越發難以理喻，無法溝通了。

「給妳，黃怡的帖子！」

李小芸接過帖子，如獲珍寶似地反覆觀看，胸口暖暖的，笑著說：「那麼姊姊和娘親是允許我去了嗎？」

李小花臉色一沈。「李小芸，妳到底清不清楚妳現在的模樣？」

李小芸愣住，饒是她現在越來越接受自己肥胖的事實，但仍無法承受親姊姊鄙夷的神色。

「上次說的話妳沒聽清楚嗎？而且爹娘說咱村裡估計沒人會娶妳，打算多給媒婆銀錢和嫁妝，把妳嫁到遠些的村子去；如果妳參加了黃怡姑娘的宴會，那豈不是人盡皆知妳的模樣，難道妳想讓爹娘養妳一輩子嗎？」

李小芸深吸口氣，忍著眼淚盯著姊姊一言不發。

「我來找妳是想和妳說，黃姑娘發了帖子，如果妳到時候不出現總是說不過去，不如給她回封信，就說自己病了，再表達下祝福，我到時候親手把信函交給她便是了；既體面，又不會太失禮。」而且她拿著這封黃怡親手送出的帖子，也很有面子。

李小芸咬著唇角，渾身發抖良久，問道：「娘親也是這麼想的嗎？」

李小花不願意同李小芸深談這個話題，淡淡地說：「娘親不都說過不讓妳去了嗎？」

李小芸再次深吸一大口氣。「好，我知道了。」

古舊的房屋裡沒有燈光，窗戶被一陣風吹得合上，越發顯得四周昏暗起來。李小花突然發現李小芸肥胖的臉龐有些猙獰，忍不住後退兩步。「妳知道便好，我走啦。」

她匆忙轉身離開，心裡暗道，妹妹怎麼會長成這個樣子？實在是太恐怖了，難怪連往日裡最疼愛小芸的大哥如今對她都變得淡淡的。

李小芸看著姊姊落荒而逃的背影哭笑不得，原本傷心至極的心情也緩和不少。她有那麼可怕嗎？她可是小花的親妹妹呀，用得著如此直截了當地揭她的傷疤嗎？

其實，只要娘親一句話，或者姊姊一句話，她們要真不樂意她出現在黃怡的宴會上，她便會自動消失，絕對不會讓家人為難的。

她再如何懂事成熟，也不過是個孩子，每次腦海中浮現姊姊厭惡的神情和娘親發愁的表情，她就會好難過。

李小芸的目光落在床鋪上的針線上，咬牙暗自發誓，她一定要好好同蘭姊姊學習，絕對不會做個賠錢貨，這世道胖人不少，醜女更多，難道還沒有活路了？別人輕賤她，她才要更加愛惜自己。

嗯，努力吧！

李小芸心知肯定是無法參加黃怡的宴會了，打算私下詢問蘭姊姊，送給黃姑娘什麼好呢？

想到此處，李小芸不由得失笑，人家怕是什麼都不缺吧，所幸她也從未想過送她金銀，或許特別為黃怡繡個荷包呢？但願對方不會覺得她的荷包材質簡陋，繡法拙劣。

她很珍惜這分情誼。

她不需要別人的同情，只希望大家像以前一般，把她當成正常人看待。

第五章

入夜後，李蘭姊姊屋裡亮著燭火，怕是還沒有睡。李小芸躡手躡腳拍了拍木門，輕聲說：「小蘭姊姊在嗎？我是李小芸。」

咚咚咚。

「小蘭姊姊？」她不敢大聲說話，沒一會兒聽到屋裡傳來腳步聲，嘎吱一聲，門開了。

「小蘭姊姊……」李小芸輕輕喚著，沒來由地就紅了眼圈，委屈莫名湧上心頭。

李蘭披著一件罩衫，詫異地看著她。「怎麼了？」

「我……」李小芸抬起頭，咬住唇角望著李蘭關切的目光。

她本是想來商議給黃怡送什麼禮物好？如果不能前去參加宴會，回絕的信函如何寫才不失禮？可是當她看到李蘭溫柔的視線，滿腦子回想著姊姊左一句丟臉，右一句賠錢貨，突然就好難過，於是淚水順著兩頰落了下來，不管如何控制都無法停止悲傷的情緒。

李蘭嚇了一跳，急忙轉身拿了手帕，遞給她。「擦擦臉，否則明兒個眼睛會腫的。」

李小芸吸了吸鼻子，嗯了一聲，又大哭起來。

李蘭曉得她必是又受了什麼委屈，也不勸她，只是坐在跳動的燭火旁，安靜地看著她，良久才道：「如果哭累了，有什麼想說的，就大聲說出來；沒事的，土豆已經睡了。」

李小芸哭了好久，才哽咽開口道：「上次二狗子過生辰，我帶著小不點找地方睡覺，遇到了一個女孩，她叫做黃怡。」

「黃怡？」李蘭皺了下眉頭。

李小芸一愣，問道：「蘭姊姊也知道黃怡嗎？」

李蘭一怔，笑道：「她是京城黃家的嫡出女兒，自打入了城便是本地許多姑娘們的話題，她帶了什麼花兒，衣服上繡了什麼花樣，還有人偷偷去繡坊打聽呢，我自然聽說過她。」

這回換李小芸驚訝了，她沒想到黃姑娘這麼知名，這般出色的女孩，居然會不嫌棄她肥胖，願意同她接觸？

李蘭不清楚李小芸在想什麼，摸了摸她的頭。「然後呢？」

「哦，我遇到了她，還同她聊起來。她似乎不大喜歡熱鬧，說自己身體不好對南方天氣過敏，所以才來北方養病，同時尋醫。我也身體不好嘛……」她說著說著聲音越來越低，她看了一眼自己的體型，壯實如牛……

「所以她覺得見到妳，有些惺惺相惜嗎？」李蘭替她把話說完。

李小芸愣了一會兒，不好意思地問道：「什麼叫做……惺惺相惜？」

「……就是……她可能覺得妳是因為怪病才導致現在的樣子，她自己身體又不好，所以同病相憐，願意同妳交朋友。」

李小芸嘴巴驚訝地張成了圓形，點了點頭，回想起黃怡對她的鼓勵。「原來如此，她還鼓勵我減肥呢；還誇我……誇我如果瘦下來，會和小花姊姊一樣漂亮。」

李蘭抿著唇角，眼睛瞇成一條線。「黃怡姑娘好歹是見過世面之人，又受到良好的教育，不會以貌取人，她若是願意同妳結交，妳可以大大方方地接受呀。黃姑娘一個人在府裡待著，也怪孤單的。」

李小芸靦覥地嗯了一聲，腦子裡突然閃過娘親、姊姊的話語，沮喪道：「什麼結交不結交的，我不敢奢求，只是黃院長要給黃怡辦宴會，好多人都去呢，黃姑娘也給我發了帖子，不過我娘親和姊姊都不樂意我去……」

李蘭頓了片刻，猶豫道：「妳哭……就是因為這個吧。」

李小芸怔了下，點點頭又搖了搖頭。「不談這個了，我已經決定不參加。就是念著黃姑娘好歹看重我，我就這麼回絕了，總歸不大好，所以想送她一份禮物，這個禮物可以不大貴重，但是必須代表我的心意。」

「所以來找我了？」李蘭笑著捏了下李小芸臉頰。

李小芸破涕而笑，小聲說：「妳是師父嘛……」

李蘭失笑道：「好吧，好歹師徒一場，難得妳又如此信任我，為師自然不好辜負小芸了。」

李小芸見她胸有成竹，心裡踏實下來。

「師父，我要送什麼好東西呀？」

李蘭笑了，戳了下她的額頭。「剛才還一副受氣包的樣子，現在這麼快就活啦！」她年紀並不大，雖然是師父，依然難改平日說話的口氣。

李小芸嘿嘿笑了一聲，剛剛的難過是發自內心的難過，現在的歡愉也是沈靜之後的歡愉。她天性樂觀，否則若是得失心重，豈不是早自殺了？李小芸骨子裡很堅強，她認定的事情，從來不會輕易退縮，這也是李蘭觀察她多年以後，方下決心收徒的原因。

一個普通的鄉下小女孩，在經歷過備受寵愛、人人傾慕的時光後，可以承受住容貌變醜、身材走樣的打擊依然努力向上過生活，那麼日後若給她機會，早晚會一飛沖天。

李蘭溫柔地笑著，她看著李小芸，彷彿藉由這個單純的生命，看到了那些難以揭開的過往……

關於母親的身世，關於家裡殘留下來的這套繡譜，還有床上熟睡的土豆……或許，收徒的決定，真的可以改變未來的命運吧？不管如何，她都懷抱希望……

「蘭姊姊？」李小芸發現李蘭神色不對，整個人出神地想著什麼，忍不住拍了她一下。

李蘭回過神，笑道：「我近來太累了，有些走神兒。」

李小芸越過她的肩頭，看到一桌子的紙張和剪刀。「蘭姊姊那麼晚還在刺繡嗎？妳不是常和我們說，不要在晚上刺繡，毀眼睛。」

李蘭一愣。「說來話長，二狗子他爹似乎結交了什麼權貴，打算競爭明年年後皇家採辦的買賣，其中有裁衣，他想讓我幫他弄一些比較新鮮的樣子。」

李小芸怔住，雖然李才叔一直是村裡最有本事的人，但是說到「皇家」……怎麼想都覺得好遙遠呀……

李蘭嘆了口氣。「李大叔確實有想法，他還想收購城裡繡坊呢，但是城裡繡坊大多經營數代，哪裡能輕易就被人收購了，所以李才大叔問我樂意不樂意幫忙折騰出一個繡坊。」

「那麼厲害！」李小芸稱讚出聲。

她的師父可是李蘭姊姊，如果李蘭姊姊成了繡坊坊主……

李蘭無語地戳了下她的眉頭。「我才多大，妳以為繡坊同私塾似的嗎？咱們村孩子少，私塾有一個老師就夠了，可是繡坊呢？我們要有不同的分工，需要畫花樣的師父、手法好的繡娘，還有各種進貨的管道和把繡品賣出去的管道。一個繡坊的成立、壯大，沒有個八年、十年根本成不了。」

「哦……」李小芸的氣勢立刻弱了下來。

「李叔讓我幫著畫樣子，他再重金尋些老師父，只是但凡有些手藝的老人誰不是挨靠著各大繡坊，就是被有錢人家請去，也是留著給高官小姐們當刺繡師父；所以一切還沒定下來呢，妳暫且一聽，千萬別給我說出去。」

「嗯，蘭姊姊放心吧，怕是我樂意說都沒人和我聊呢。」李小芸鬱悶道。

李蘭笑了。「好吧，咱們先來解決黃怡姑娘的禮物。妳有沒有什麼想法？」

李小芸兩隻手拘謹地放在身前。「我……我想著要不繡個荷包或者手帕給黃怡姑娘呢？雖然我想她也不缺什麼。為了讓黃怡姑娘覺得新鮮，我不如乾脆從樣式入手，讓她可以感受到我的誠意和在乎便好。」

李蘭鼓勵地點了下頭。「不錯，妳若送貴重的，怕是她根本不稀罕，畢竟黃姑娘身家背景在那兒擺著；妳若是送輕賤的又著實辱了她主動交好的情誼。說到特別的花樣，我倒是有幾個備選，蝴蝶怎麼樣？」

「蝴蝶？」李小芸皺著眉頭，蝴蝶不大，身體細節較多，反而難刺繡，她怕自己繡不好。如今大家普遍喜歡的花樣都和花有關，比如牡丹，而且還有好聽的寓意，叫做富貴花開。

李蘭見她猶豫，解釋道：「蝴蝶是人人喜愛的昆蟲，它象徵吉祥富貴，比翼雙飛；蝶又與耋同音，有長壽之意，黃怡姑娘身體不好，選一個寓意是祝福的花樣比較好，更重要的是我覺得蝴蝶花樣繡上去也很好看。」

李小芸臉頰微紅，原來蝴蝶還有這個意思呀？她不好意思地摸了下頭。「那就依蘭姊姊的意思，只是蝴蝶樣式應該也算很普遍吧。」

「嗯，是很普遍，但是我們可以繡得精緻。我所說的精緻不是質料精緻，而是讓蝴蝶的身體花紋更有層次感，妳懂我的意思吧？」

李小芸艱難地聆聽著，努力揣摩師父的意思。

「我想，師父的意思就是說，把蝴蝶繡得好像真的一樣吧？」

李蘭唇角微微彎起來。「小芸，妳真聰明，我還在想如何說得更明白一些，妳倒是一下子點醒了我。所謂刺繡，其本質都是假的。我們繡花，但是花是假的，我們繡山水，其實山水也是假的，那麼可能會有人問道，刺繡存在的價值是什麼？意義是什麼呢？」

「意義？」李小芸皺著眉頭，仔細琢磨師父的話。

此時的李蘭姊姊同往日不一樣，不再是溫柔賢慧的氣質，整個人帶著銳不可當的氣勢。

「其實，刺繡是另外一種形式的畫作。人們路過一處美麗山景，他們不可能為了山景停下前行的腳步，於是畫一幅水墨畫留作紀念，讓其他人知曉，哦，原來世上還有這種世外桃源。刺繡也是一樣的，只不過一種是變成畫作裱起來，一種是穿在人的身上。所以不管是畫也好、刺繡也罷，歸根究柢都是四個字，栩栩如生，或者說以假亂真。」

「栩栩如生……」李小芸輕輕默唸。

「不過我們這一脈的刺繡因為技法不同，與一般刺繡有所區別。據我娘親描述，這種技法所繡出的繡品大多精美典雅，平時不大用於人身上，反倒多被當成陳設饋贈親友。」

李小芸怔住，若說把繡品當成陳設饋贈親友，那豈不是和畫作一樣厲害了？

繡娘的地位並不高，和書畫大家完全無法相提並論。

一個可以繡出被人當做畫品來擺設的作品的繡娘，是不是說明蘭姊姊祖上傳下來的刺繡技法絕非一般可以比擬呢？

娘親和父親聊天時曾鄙夷地提及李蘭一家，據說她母親來歷頗為神秘，莫非有什麼內情不成？

不過這些都不是現在的她可以理解的。

李小芸不是執拗之人，索性甩甩頭，日後待李蘭姊姊樂意說的時候，自然會告訴她。

她聽李蘭仔細講著，大概總結出這種繡法的特殊。

首先，此繡法不是純刺繡，它講究半繡半繪、畫繡結合，十分講究意境。獨特之處在於可以用繡代畫，比如拿山水花鳥以及人物等作為摹本，提升繡品質感。

第二，針法複雜並且多變，不易令人查出繡者所用針法，往往將十餘種針法混用在一件作品上，非常考究繡者基本功。

第三，色彩變化重暈染。蘭姊姊祖傳繡譜中採用的繡線不是常規的鮮豔顏色，而是普通的中間色線。色彩的搭配運用上，若非有一定天分的繡娘，怕是完全無法掌握其中感悟的深意。

以針代筆，以線代墨，勾畫暈染，渾然一體……

李小芸頭皮發麻，一晚上接受的知識完全顛覆了往常的常識，最後李蘭說了一句「暫且說到這裡」，結束了整個交流。

可是她突然發現，沒有聊到具體細節呀，到底如何給黃怡姑娘準備禮物呢？

李蘭也發現自己扯遠了，臉頰微微紅了一下。「總之不如就繡個好看的手帕給黃怡姑娘吧，以蝴蝶為摹本，搭配青草野花，我來著墨，妳親手刺繡。」

總算說到重點了，李小芸樂呵呵地應了聲。

兩個人旋即忙碌起來，李小芸認真看著李蘭畫花樣，暗自記在心裡，打算閒來無事用樹枝練習畫一下。

過了一會兒，李小芸捧著筆墨未乾的手帕。「夜深了，我拿回去刺繡，就不打攪師父了。」

李蘭摸了摸她的頭。「在外人面前還是如以前那樣，叫我蘭姊姊。」

「嗯。」

李小芸回到家，昏暗的院子裡有個小小身影蜷成一團，窩在門口。她心底一暖，急忙跑過去，輕聲說：「桓煜，醒醒，怎麼在外面？」

李桓煜揉了揉眼角，迷茫地看著她，怔了片刻，忽地惱羞成怒起來，一本正經道：「大半夜的跑哪裡去了？」

李小芸一愣，敲了下他的腦袋。「怎麼這樣和姊姊說話呢，我不過是臨時想起點事情，去了一趟李蘭姊姊家罷了。」

李桓煜委屈地撇了下唇角。「那妳可以帶我一起去呀。」

「可是你睡著了。」李小芸耐心解釋著。

李桓煜不甘心地瞪著她，直言道：「妳若想帶我去，就會趁我還沒睡的時候帶我去，妳偏等我睡著了把我丟在家裡自個兒去，分明就是不想帶我去。」

李小芸被他繞口令繞暈了，仔細一想，這小傢伙言語倒是犀利，一下子抓到了重點，她確實是懶得帶他去。

她見李桓煜腮幫子鼓鼓的，一臉忿忿不平，便急忙放下身段，好聲好氣哄著。

李桓煜果然是小孩心性，這場吵架最終以次日李小芸帶著他和兩隻笨鷹去山裡玩而結束。

李小芸哄著了李桓煜，來到窗戶旁邊的小桌子上。

她點了蠟燭，借著月色拿起毛筆，歪歪扭扭寫了幾個字，自個兒實在看不下去，又把紙張攢成一團，重新寫。她有些想不起來一些字的模樣，就去掏李桓煜的書籍，對著書本臨摹，寫了幾句簡單的祝福話語。

李小芸盯著仍然歪七扭八的字，著實有幾分灰心。唉，就這樣吧，心意到了便是。

再過幾天，黃家的宴會日子很快就到了，全家人都走了，只留李小芸在家守著李桓煜一言不發。

她再如何成熟懂事也還是個孩子，做不到完全心甘情願。

縣城黃府

黃怡看著鏡裡的自己被葉嬤嬤打扮成精緻的瓷娃娃，不由得皺著眉頭。「嬤嬤，差不多得了，我脖子都瘆了，又不是相親，不過是普通的宴會嘛。」

葉嬤嬤瞥了黃怡一眼。「妳這個丫頭出來久了，說話越來越不著邊際。」

「嘿嘿。」黃怡討好地瞄了一眼葉嬤嬤。

葉嬤嬤特別得她娘親看重，從小就和王奶娘一起陪著她長大。葉嬤嬤的親人都死於一場水災，又無兒無女，待她完全是心肝寶貝似地疼愛，所以有些不敢和娘親說的話都敢和葉嬤嬤直言。

「妳是誰？若是在這鄉下地方丟了臉，傳出去可是丟了黃家人的臉。」

葉嬤嬤又開始敘述黃家族譜，從開國的一門三進士，講到她爹，是最為不吝私情，鐵面無私的刑部官員……

「知道啦嬤嬤！」黃怡被她叨唸煩了，索性徹底服軟。

此時屋外傳來一陣喧譁聲，黃怡詫異道：「出了何事？」

門一開，小丫鬟惜月走進來。「真是笑死我了，一個不知道哪裡來的眼睛長到頭頂上的女孩居然對我發脾氣，還說要給姑娘親手送禮物。如果說咱們家姑娘的閨房誰都可以進來送禮，那送禮的人怕是要排到城門外了！」

葉嬤嬤和黃怡對視一眼。「對方姓何名誰？」

惜月撇了下唇角。「叫什麼……嗯，李小花。」

黃怡朝葉嬤嬤搖了搖頭，完全不記得認識她。

惜月見黃怡一頭霧水，輕笑道：「我看她衣著雖然是上好料子，可是花樣卻特別俗氣，估摸著是自以為是的本地姑娘。」

黃怡朝惜月搖了搖頭。「什麼本地、京城的莫要在這裡提及，好歹是人家的地盤，還敢笑話人家？她送的是什麼禮物，又為何同妳發生爭執？」

惜月不高興地嘟著嘴巴。「說來也是奇怪，她手裡竟有姑娘親手派發的金色帖子。」

「哦？」黃怡愣了片刻。「我是發出去幾張帖子，但不記得什麼李小花……咦，妳確定是李小花不是李小芸嗎？她長得是不是很胖，身材高壯？」

惜月愣住，暗自琢磨，原來這帖子真是姑娘發的，還記得對方模樣，不過李小芸和李小花只有一字之差，會是親戚嗎？可是若說到外貌……那姑娘生得美豔漂亮，年齡不大身材卻玲瓏有致，在人群中一眼就可以看出來的出眾，哪裡和肥胖高壯沾得上邊的？

惜月不敢得罪主子看重的貴客，解釋道：「她很柔弱，一點都不胖呢；莫不是有人頂替主子邀請的人出席宴會呢？」

黃怡搖了搖頭，努力回想起前些時日的事情。記憶裡那個膽小自卑的小姑娘似乎還有個美貌如花的姊姊，好像就是叫李小花吧。難怪……興許是她姊姊不自重跑過來胡鬧。

「對了，妳說她來送禮物，禮物在哪裡呢？」

惜月從身後的小丫鬟墨涵手裡拿過一個用布包好的東西，遞給黃怡。

黃怡小心翼翼打開，發現一封信函，還有一條繡著蝴蝶採蜜的白色手帕。

這蝴蝶層次分明，顏色素樸，乍看極其普通，仔細看卻又覺得好像真的有隻蝴蝶在眼前飛著採蜜。

黃怡再打開信函，看了一會兒，噗哧笑了。

葉嬤嬤正幫她打理頭髮。「別亂動。」

「嬤嬤妳看，還記得我前幾日和您提及李家村一名胖胖的小姑娘嗎？我本是不大記得她了，最初讓管事送信也不過是履行承諾，沒想到對方倒真是個有趣的人兒。」

葉嬤嬤探過頭，掃了一眼，不大感興趣地說：「字是一筆一劃寫出來的，可惜錯字連篇，怕是對著書本描繪，有些該連著的筆劃都斷著。照我說，這種鄉下女孩和姑娘本不是一樣的人，姑娘還是少來往比較好。大人常言道，近朱者赤，近墨者黑。」

黃怡無語地笑了笑。「她倒是知禮的姑娘，只是我沒想到她居然不來。」

按理說，這荒涼的漠北地界但凡收到黃怡帖子的人，若是家裡長輩知道後必然會趕緊讓孩子過來聯絡情誼；李小芸倒好，禮物是用心準備，字帖臨摹怕也費了不少工夫，但是人卻沒來，反倒讓她好奇不已。

她不想結交她嗎？家裡出了什麼事情，還是身體不好了？

黃怡有些失望，手裡把玩著手帕，道：「這小姑娘外貌雖然粗魯，針法倒是細緻。繡法從線的脈絡看有些鬆散，怕是力道拿捏不夠均勻，可是這穿線和花樣想法，以及各種針法的交叉混用，倒是別出心裁，有幾針我硬是看不出是從哪裡穿過來的，需要拆下復原看看。」

「嗯？」葉嬤嬤探頭看過去，她本是黃怡的針線師父，聽到黃怡誇獎個鄉下女孩刺繡好，覺得有些奇怪，她拿過手帕仔細看了又看，不由得一怔。

「怎麼樣？」黃怡仰起頭看向嬤嬤，總算讓她尋到李小芸的優點了，省得嬤嬤總是怪她識人不清。

葉嬤嬤沒說話，一言不發翻過手帕，用食指指甲挑了幾下蝴蝶脈絡處的針線走向。

「挺有潛力的，對不？」黃怡見葉嬤嬤沒出言反駁，必然是認可極了，否則依葉嬤嬤那脾氣，早就訓斥起來。

葉嬤嬤頓了一會兒，道：「姑娘剛才說，這姑娘叫什麼？」

「李小芸，李家村村長家的小姑娘；不過那模樣……真是出眾，有點鶴立雞群的感覺……」

噗哧，惜月笑了。「姑娘，您這話聽不出是誇人好看呢，還是誇人難看到引人注目呀？」

黃怡拍了下她的腦袋。「瞧把妳慣的，我說話都愛打岔。」

「針法……」葉嬤嬤忽地開口，目光看向窗外。「姑娘在漠北也沒什麼朋友，若是覺得她有趣，日後不妨多接觸一下。」

黃怡一驚，忍不住瞪大了眼睛。「嬤嬤可是當真的？前幾日縣長的女兒金秀容來咱家，妳都讓我別搭理她呢。」

葉嬤嬤撇開頭，冷聲道：「金家夫人是小妾扶正，奴才就沒聽說過這年頭哪個官家人會把小妾扶正做正室，還讓庶出閨女作為嫡女出門應酬的，自然讓妳遠著她；但是這李小芸……妳不是說她有趣？怎麼，姑娘不樂意嗎？」

黃怡急忙搖頭，生怕葉嬤嬤改變主意。

葉嬤嬤摸了下額頭，閉了下眼睛。「近來風大，我這頭疼又犯了，稍後惜月妳們幾個跟著姑娘走，莫要閃失了；若是傳來什麼出格的事，有妳們好受。」她故作生氣嚇唬丫鬟們。

惜月急忙應聲，承諾道：「嬤嬤放心，我們幾個必定對姑娘寸步不離。」

黃怡則是注意著葉嬤嬤淡漠的神色。「可是因為今兒個起得太早，才突然頭疼了？我又讓嬤嬤掛心了吧。」

葉嬤嬤望著一臉關切的黃怡，摸了摸她的頭。「傻孩子，得姑娘一句真切的關心，奴才這頭疼立刻好了幾分。」

她收拾起李小芸的手帕和信函，頓了下道：「姑娘作為主人，該出去露面了，省得有人說咱們黃家太過拿喬。」

黃怡嗯了一聲，帶著幾名丫鬟向外面走去。

清晨的日光將整座院落籠罩起來，秋風輕輕拂過地面，捲起幾片乾枯的樹葉，葉嬤嬤一個人站在院裡，寂寞的背影忽生出幾分落寞的氣息。她攥著手帕，指間越來越緊，又慢慢放鬆開來。

府上管事黃孜墨從門外走來，恭敬道：「葉嬤嬤，夫人喚您過去呢，說是又有人送了重禮，實在不曉得該如何安置。」一今兒個來了好多漠北的富商或者世家代表。

葉嬤嬤嗯了一聲，目光忍不住看了一眼手裡的手帕，垂下眼眸嘆了一聲。

這嘆氣聲隨後消散在空氣裡……

李小芸，她念叨著，記下這個名字。

第六章

葉嬤嬤來到廳前，丫鬟們紛紛給她讓路。

有些人曉得葉嬤嬤是京城黃府實權人物二夫人的陪嫁嬤嬤，在府裡地位頗高，也都上來請安問好。

「妹子，咱們是不是要過去打個招呼？」夏春妮不大常參加這種女人間的聚會。

村長李旺的妹妹李春不耐煩地瞪了她一眼。「不是說了在外面不要張口妹子，閉口妹子，好像在鄉下似的，嫂子還是叫我王夫人吧。」

夏春妮心裡可不高興，這小姑子真難伺候，生怕有人聯想到她本是李家村出身似的。

「不過是個管事，我好歹是王家明媒正娶的夫人呢，我不過去。」李春酸溜溜地掃了一眼葉嬤嬤，坐在原地不願意起身。

夏春妮見她如此，也沒起身，心裡卻想著，她們這哪裡是來做客的？也沒見到幾個人搭理她們；好在黃家廚房手藝倒是不錯，她飯量大，吃了不少，若是可以打包帶回家就好了。

李小花生得漂亮，笑容溫和可愛，獲得不少夫人們的稱讚，很多人打聽她呢，直言是哪家的姑娘這般出眾，又懂事溫和，討人喜歡。

李旻晟也從前堂混進後院，他叼著一根稻草，躲在大樹下靠著，凝望著遠處人群裡分外耀眼的李小花。今日她身穿水藍色裙裝，將原本潔白無瑕的臉龐襯托得越發豔麗無雙。

他還是喜歡她身穿白色或者淺粉色。

猶記當年，他扮演土匪，「小花」扮演新娘，當他撩起轎簾的那一刻，映入眼簾的是「李小花」眯著眼睛的笑臉。

她的唇角輕輕揚起，墨黑色彎睫毛笑成一條線似的，淡粉色的布裙柔和得溫暖人心。

他永遠無法忘記那個畫面……只覺心跳加速，咚咚咚跳個不停。為了控制那說不出的情緒，他朝「李小花」發火了，說她是個傻瓜，哪裡有被劫親還這般高興的呢？

「李小花」委屈地看著他，說了一句他至今都難以忘記的言語。

「小花」說：「可是我要嫁給土匪呀……」

所以「小花」一定是喜歡過他的，李旻晟無比堅信。

他一定會娶到她，更願意為此付出任何代價。

黃怡應付了一圈，見葉嬤嬤出來就靠了過去，小聲說：「嬤嬤怎麼過來了？剛開飯呢，頭還疼嗎？沒事吧？」

葉嬤嬤胸中一暖。「多謝主子關心奴才，奴才沒事的。」

黃怡不高興地看著她。「別自稱奴才，我不愛聽。」

葉嬤嬤拉住她的手。「在外面該做的樣子還是要做的，我倒是聽惜月剛才和我偷偷抱怨，說妳發了好一頓火。」

黃怡撇開頭。「是呀，我聽到了一些傳言，心裡不痛快。」

「怎麼回事？」

「還能如何？」黃怡嘟著嘴巴，挽著葉嬤嬤手臂，抱怨道：「就是那個李小花，我一進會場她便走過來廢話一堆，讓人覺得我們很熟悉似的，手裡還拿著我的燙金色帖子。」

葉嬤嬤眯著眼睛。「倒是個有心計的，知道什麼叫做借勢。」

「可不是嗎？真真好笑，李小芸就是因為她才來不了！」

聽到李小芸三個字，葉嬤嬤來了興趣。「就是繡手帕的那位姑娘嗎？」

「是的，她叫李小芸，村裡人都嫌棄她胖，包括李小花，她甚至為了面子不許小芸來！」

「主子就因為這個生氣了？」葉嬤嬤不由得失笑。

黃怡不好意思地紅了臉。「是呀，明明是我下的帖子，這一大家子倒好，完全無視我的心意，莫非不怕徹底得罪我嗎？」

「得罪？主子會同她計較嗎？村婦而已。」葉嬤嬤寬慰道。

黃怡歪著頭一想，倒是不大可能撕破臉皮，主要是她和他們完全沒交集！

「難道就讓此事誤會下去？我好討厭那個李小花，她倒是拿著我的帖子到處炫耀，好像我和她關係多好似的。」

「傻孩子，對付這種人，便是以其人之道還治其人之身。」葉嬤嬤淺笑著。

黃怡急忙探過頭。「怎麼做呢？既要顯得我不和他們計較，又要讓李小花吃癟；而且我還想下次邀請李小芸來府裡玩呢。」

葉嬤嬤眼睛一亮。「聽妳這麼說她，我倒是也想見見這位小姑娘。」

黃怡吐了下舌頭。「不過她確實挺不好看的，就怕嬤嬤見後就不讓我理她了。」

葉嬤嬤無語地看著她。「奴才豈會以外貌美醜定人品性？」

「好嘛好嘛，不說這些。嬤嬤妳說怎麼做，才可以幫我……不不，應該是幫小芸妹子出口氣？」

葉嬤嬤見黃怡耿耿於懷的模樣，怕是剛才被李小花姊姊長、妹妹短的噁心壞了。

黃怡是大家閨秀，從小受的教育是做事留有餘地，極少言辭出格不給人面子，怕是沒法反駁才更加生氣。

「嬤嬤，到底怎麼辦呀？」黃怡委屈地看著她。

葉嬤嬤笑道：「她不就是想表明妳看重她嗎？妳就先捧著她，然後再摔她一下便是。我記得，書院白先生的女兒白春玉同她有些過節，不如就讓她出頭吧……」

黃怡本不是強勢的性子，不管待誰都客客氣氣；可是她腦海裡浮現出李小芸小兔子似的膽怯笑容，這女孩很自卑，也很可憐，頓時從心底越發看不起李小花。

黃怡才回到宴席上，就被人圍住。

她故意裝作落落寡歡，對什麼都沒有興趣。

小夥伴之一率先開口。「黃姊姊是怎麼了？好像有心事呢。」

黃怡瞇著眼睛，嘆了口氣，沒有接話。

小夥伴之二附和著說：「莫不是有人惹姊姊生氣啦？」

黃怡再次嘆口氣，若有所思地看了一眼白春玉，聲音略顯沮喪。「我挺想見的一位姑娘，居然沒有出現，所以有些遺憾呢。」

小夥伴們一聽，急忙問道：「不知道是哪家姑娘呢？那麼得黃怡姊姊的高看，是黃怡姊姊親自下帖子請的嗎？」

黃怡眉頭緊皺，咬著嘴唇。「那姑娘出身平凡，只是我上次去李家村身體略感不適，受到她的照顧，此次宴會特意命人邀請她。」

「不知道這善良的小姑娘是誰呀？」縣城首富王家嫡出的三小姐王景環慢悠悠走了過來。她早就注意到黃怡的不對勁了，不由得豎著耳朵聽了半天，在說到李家村以後，忍不住立刻想到李小花。她們一房是王家老爺第一任嫡妻所出，自然和續絃的小花姑姑一房關係極差。

李小花今日可算是意氣風發，最為引人注目，看在王景環眼裡自然是不服氣了。

她出身商賈之家，府裡人口眾多勾心鬥角，聽出黃怡有些不甘的語氣，主動上前說：

「黃怡姑娘所說的李家村莫不是城外西北的那處小村落？」

黃怡見她眼生，但是對李家村很瞭解的樣子，心底計較一番道：「可不是嗎？前幾日那村裡有戶李姓人家給孩子慶賀生辰，剛巧我父親京中一位友人之子曾負氣離家出走，被這戶李家家長救過一命，便讓我前去祝賀。」

黃怡說者無意，聽者有心。立刻有人開始調查起李家村，以及那位不知道走了什麼狗屎運，隨便一救人就是高門大戶子嗣的李家家長！

大黎國版圖遼闊，漠北在極其偏遠之處，東寧郡就更慘了，但凡有點能力的富商，熬出頭後都會往南搬遷。所以，此次李才和貴人搭上線，先把二狗子的土名字改掉，想要他進京鍍金，若是可以通過在當地上學居住多年，辦理京城戶籍就更完美了。

這世上想進京城學府沒有引薦人是無法成行的，就連出漠北、進江南居住都要去縣衙辦理特別通行證，不是所有人都可以遠離戶籍處隨便遊走。

當然，這些條條框框對於世族高官來說，形同虛設。當今天下雖姓黎，卻有幾個位高權重、姻親關係根深柢固，連皇帝都難以拔除的世家。

其中漠北的土皇帝是靖遠侯歐陽家，除此以外，尚有百年望族白家、駱家。黃家宴客，駱家來了兩位嫡出姑娘，她們雖同黃怡搭話，態度卻是極其高傲的，見黃怡心不在焉，便不再主動問話。

黃怡一番話說完，場面有些冷場，王景環接話道：「李家村我常去呢，黃怡姑娘說的那位李家家長應該是李才大叔，我爹見過他，李家村村長還同我們王家是姻親關係。」

黃怡眉眼一笑，揚起唇角。「哦，我想起來了，李家村村長的妹妹似乎是嫁到王家，姑娘是王家女孩吧？」

王景環心中一動，不卑不亢地自我介紹。「我在王家排行老三，名景環。我堂弟王景意也去了李才大叔的家宴呢。」瞧，又拉近了關係一步，最主要的是黃怡記住了她是誰。

黃怡哦了一聲，故作誇張道：「啊，我想起來了，妳堂弟似乎就是和李小芸一起來的吧？」

白春玉在一旁打量對話的兩人，忽覺得哪裡不對……

「黃怡姊，莫非妳所說的小姑娘是李小芸嗎？」

王景環回過頭，對白春玉有些印象，縣城裡留下來有功名的讀書人並不多，白春玉的父親便是不做官的舉人老爺，也算是當地名人。

「是呀，就是李小芸，我特意給她發了帖子，可是直到現在都沒見到人呢。」

眾女孩對視一眼，有些糊塗，知道李小芸模樣的人倒是不由得側目。

若說黃怡發帖子給李小芸，她卻沒來，那麼如今拿著黃怡親自發的帖子的李小花又是怎麼回事？

一直看不慣李小花的王景環和白春玉想到一塊兒去了，從宴會開始到現在，就見李小花打著收到黃怡帖子的名頭招搖撞騙，被大家高看一眼，還被一些位高權重的老長輩們叫過去相看……

黃怡見大家欲言又止，問道：「怎麼了，春玉妹子？」

白春玉支支吾吾，猶豫道：「李小芸沒來，可是她的親姊姊小花卻是來了，手中還拿著姊姊的請帖呢。」她抬起眼皮，偷偷瞄了一眼黃怡，見對方眉頭緊皺，似是有些不快。

白春玉順勢笑道：「那帖子真漂亮，很多人都看到了，誤以為是姊姊派發給李小花的呢。」

四周一片安靜，大家都摸不出黃怡的心思。

王景環生怕黃怡不生氣，右手拂過耳邊髮絲，笑著說：「我還問她可是黃怡姑娘邀請她的，她便笑笑不說話，默認了。」

白春玉讚許地看了王景環一眼。「我娘親還說讓我向她學習呢，如今我知曉那根本不是姊姊發給她的帖子，心裡倒是舒坦許多……」

「沒想到她如此虛榮……」

眾人一陣搖頭，相視而笑。本來就有許多女孩對李小花不滿，如今羨慕之情淡了許多，反而生出譏諷情緒。

白春玉和王景環自恃手握李小花把柄，堂而皇之地來到人群聚集之處，笑道：「李姑娘，剛才還見妳手握金色請帖，此時不知請帖在何處呢？」

李小花一怔，她周圍站著兩位駱家姑娘，她們兩人看到白春玉、王景環，分別打了招呼。

方才駱家兩女同李小花聊了一會兒，發現她對答如流，想法新穎，便生出幾分好感，有進一步來往的意願。

白春玉拉住其中較為熟識的一名女子，道：「阿綰妹妹，妳可曾看過李姑娘手持的金帖子？同在場眾位姑娘相比，我和怡姊姊算是最為熟識的了，可是她都不曾給我發過金色帖子，剛才忍不住進去找她好一頓抱怨呢。」

李小花聽到此處，兩隻手沒來由交握在一起。

被喚作阿綰的女孩，捂嘴淺笑。「玉兒妳這個小氣鬼，不就是張帖子嗎？瞧妳吃味似的酸氣模樣，幸好黃姑娘是女子，否則說出去好讓人笑話的。」

周圍幾名女孩見駱家女調侃白春玉，附和著笑成一團。

白春玉眨了眨眼睛，揚起唇角，盯著李小花笑著說：「反正小花妹妹也不介意，嗯？」她沒有直接揭穿李小花，就是想看她膽戰心驚。

李小花心底確實有些發虛，一言不發。

白春玉厭惡地掃了她一眼，冷聲說：「我就是小氣呢。不過，現在我倒是完全不吃味，因為怡姊姊說，她從來不清楚李家村的李小花是誰，更不曾發給她金色帖子。」她放慢語速，一字字說得清晰。

眾人本來就豎著耳朵聽這邊動靜，此時見白春玉揚聲說著，自然將內容聽入耳朵裡；不過大家定力極好，心裡雖然訝然，面上卻各自做事，彷彿完全不曾聽到那邊的爭執。

駱綰為人柔和，她捏了下白春玉的手心，示意她別說了。

李小花臉色不好，瘦弱的身子在秋日的涼風裡多了幾分惹人憐愛的姿態。

白春玉盯著李小花蒼白如紙的面容，諷刺道：「女子最重品德，空有一副花容月貌，卻算計親妹，真是歹毒。」

李小花咬住下唇，感到頭重腳輕，她兩隻手攥拳，強忍著委屈沒有在眾人面前失態，心裡卻把多事的白春玉、自以為是的黃怡罵了一遍。

若不是她出身低，又如何有現在的處境？歸根結柢還是這些人看不起她，認為她來自鄉野……

駱氏姊妹沒想到原來黃怡根本不看重李小花，這一切都是個假象，頓時有種被欺騙的感覺；於是，她們淡淡地看了李小花一眼，便急忙走開了，不願意牽扯其中。

黃怡聽說以後，心裡痛快許多。

她看向葉嬤嬤說：「其實李小花也是沒必要，她攔得了小芸見我一次，還能攔第二次嗎？」

葉嬤嬤點了頭。「姑娘所言極是，所謂善緣都是平日裡積攢下來的。」

「嬤嬤快讓人幫我拿筆墨，我還想邀請李小芸外出踏青呢。」

葉嬤嬤一怔，琢磨片刻，道：「好吧，我對那孩子也有些興趣。」

李小花在宴會上丟了臉，她姑姑也面上無光，拉著嫂子夏春妮和姪女早早退場。一路上李小花始終不發一言，眼圈紅腫，讓夏春妮十分心疼。

「花兒，終歸是娘害了妳；妳那麼好，若是生在官家……」

「別說了。」李小花淡淡回應，她擦了下眼角。「今日所受之苦，早晚會讓人償還。」

「小芸也真是，幹麼去招惹黃怡姑娘，若是沒有她這齣，也不會讓咱家難堪。」一回想起大家看她的眼神，夏春妮就渾身不自在。

李小花咬住下唇，一陣血腥味溢滿唇角，背景、地位、金銀……她早晚都要得到！

李小芸在家裡待著心神不寧，一直擔心黃怡可會喜歡她送的禮物？

她的右眼皮不停跳呀跳，回過神來才發現小不點跑進豬窩玩耍，然後又進了雞窩……

她急忙進去補救，弄得渾身是泥，右手夾著李桓煜，左手拎著空水桶，同娘親和李小花撞個正著。

李小花捂住鼻子，後退好幾步。「妳在幹什麼？好臭！」

夏春妮瞬間黑了臉。「我才不在家一日，瞧妳怎麼看家的！」

李小芸眼巴巴地看著娘親和姊姊，她的臉上一塊黑、一塊白，小不點也相同狼狽。他奶聲奶氣地說：「是我闖的禍，不是小芸姊姊。」

夏春妮冷冷掃了女兒一眼，看在李桓煜的面子上，最終壓下一腔怒氣。「趕緊去洗洗，然後過來說話。」

李小芸急忙抱著孩子跑走了。

李小花走到母親身旁，語氣極差道：「娘親，妳怎麼對小不點那麼好？」她對李桓煜可是沒有一點好感，這孩子不曉得怎麼了，對誰都有好臉色，唯獨對她，永遠敵對。

夏春妮轉過身挽著女兒手臂。「妳爹說，李先生之所以願意教孩子們讀書不過是為了給李桓煜找陪讀罷了，等之後李桓煜進城上學，先生就會離開。」

「離開？」李小花愣住。「他不是李家村的人嗎？住了這麼多年為什麼要離開？」

夏春妮左右張望了一下，見四下無人，小聲說：「李先生打算考科舉。」

「啊！」李小花陷入沈思。

看來不管李桓煜待她如何，都不能欺負他了。

她鬱悶地跺了跺腳，偏偏那個死小子對她家胖妹妹情有獨鍾。

李小芸為什麼每次都能走狗屎運？黃怡莫名其妙給她發帖子，身邊的熊孩子日後還可能成為官少爺！

李小花氣沖沖地拿著木桶去院裡打水，見到李小芸剛好將小不點擦拭完裹著被子往屋子裡走。她冷冷掃了她一眼，故意不理她繞著走。

李小芸猶豫地回過頭，不好意思道：「姊姊，那個……我的禮物給黃姑娘了吧，她……她沒有什麼話帶給我嗎？」

不提還好，提起黃怡李小花滿胸口都是氣。

她盯著李小芸充滿希冀的目光，將心底的不痛快全發洩出來，冷笑道：「李小芸妳醒醒吧，黃姑娘是什麼身分地位的人？她給妳帶話？太好笑了，我拿著請帖給她家丫鬟看，人家連門都不讓進，所以妳別自作多情了。」

李小芸一愣，眼眶莫名紅了，她咬住唇角自我安慰，這很正常呀，人家黃姑娘肯給她發帖子就不錯了，帶話才是不正常的。

李小花見她目光暗淡，繼續道：「妳不過是個鄉下丫頭、大胖子、醜八怪，別作夢了！」

說完還把木桶往地上一摔。

李小芸見她如此，不由得愣住，盯著李小花，輕聲說：「姊姊，是不是在宴會上受欺負了？」

李小花身子一僵，站起身憤怒地看向她。「妳胡說八道什麼！」她像是受驚的兔子，眼圈發紅，嚷道：「不要擋著我！」

李小芸一怔，這才發現自個兒正好站在門口，擋住了屋子裡的燭火。

啊噓……李桓煜打了個噴嚏。

李小芸嚇了一跳，小祖宗可別病了，她急忙摟著他回屋子，哄著睡覺。

李小花蹲在木桶邊，心裡也不大好受。

她從小到大在姑姑家沒少學習東西，可是依舊無法和那些天生就出生在富貴人家的女孩們相比……

咚咚，一個黑色的東西飛了過來，正巧落在她腳下。

李小花疑惑地撿起盒子，打開一看，是一支漂亮的絹花。

這絹花摸著手感極其特殊，色澤鮮豔，好像真花，絹花的夾子似乎也是純金製的，而非鍍金。

「誰？」她驚訝地喊了一聲。

院子裡的老樹下似乎有人影，對方高大挺拔，借著月光看過去，不正是二狗子李旻晟嗎？

李小花一愣。「李大哥……」

李旻晟跳了出來，他身著綢緞長袍，腳踏棕色馬靴，腰間像世家子弟似的掛著精美的玉飾。

他似乎有些緊張，滿臉通紅地看向李小花。

月色下的小花更漂亮了，白淨的臉頰、瘦弱的身姿、如畫般的眉眼，以及那兩道如大海般深邃的目光，彷彿要將他吞沒。

李小花並不喜歡李旻晟，可是考慮到他爹的前景，她不願意得罪他。她降低聲調，柔軟道：「李大哥，這麼晚了有事嗎？」

李旻晟一陣失神，良久，才反應過來。「我……我看妳今天在宴會上受人排擠，怕妳不開心，所以……」

他局促地揪著袖子。「這絹花是貢品，我爹給我娘留著送人用的，妳看看喜歡不？」

李小花一聽，想了片刻，說：「太貴重了，我不能要。」

姑姑曾說，對待富家少爺，要講究四個字，欲擒故縱。

李旻晟沒想到李小花會直白拒絕，一下子就懵了，心底對她又多出幾分喜愛。

李小花把絹花放回盒子裡，擱在地上，笑著說：「李大哥，你能特意安慰我，我很感謝，東西就算了吧。」

她攏了下耳旁凌亂的髮絲，小跑著回到屋子裡。

李旻晟望著她跑掉的背影，久久無法回神，就這麼站在冷風裡一動不動。

李小芸出來觀望，她都往返三次了，二狗子居然還在院子裡待著，她渾身臭，到底能不能打水洗洗呀？

她牙一咬，打算偷偷繞過二狗子，直奔水井。

李旻晟猛地一驚。「妳怎麼在這兒?!」

李小芸沒好氣地回頭看了他一眼。「這是我家好不好，我都等你離開等好久了！」
李旻晟頓時滿臉通紅。「那……那妳都聽到了？」
李小芸揚起下巴。「聽到什麼？」
「我和小花說的話呀！」還有被小花拒絕的禮物，李旻晟忽地有些惱羞成怒。「妳幹麼躲在旁邊偷聽人說話？」
李小芸打好水正要回屋。「我又不是故意的……」
啪的一聲，李旻晟衝過來拿起盒子，順便把她的木桶踹倒了。
李小芸低下頭看著滿地流淌的水，覺得特別刺眼。
她一句話都沒有說，重新打了一桶水。
李旻晟摸了摸後腦，他見李小芸沈默不語，胸口莫名浮現出一種說不出來的情緒。
「我……不是有意的，就是有些生氣，妳幹麼總是做這種……這種偷雞摸狗的事情！上次也是李小芸，居然偷看到他的窘況。
「什麼叫做偷雞摸狗的事情？」李小芸再好脾氣也是會生氣的，她冷冷地看著李旻晟。「走開，我要回屋子。」
她拎著木桶，眼眶發紅，隱約浮現出淚水。
李旻晟懊惱地拍拍她肩膀。「好了好了我錯了，妳別哭啊。」
李小芸一怔，淚水莫名掉了下來，她急忙擦了一下。

「我沒哭，你靠邊吧。」

李旻晟皺著眉頭。「這還叫沒哭？」

明明淚如泉湧……

李小芸覺得丟臉，她要自己別哭，可是淚水就是不聽話，剛才在姊姊那受的委屈，還有二狗子對小花的執著，都讓她胸口悶得喘不過氣。

她說不出原因，就是難過傷心……

李旻晟頓時手足無措起來，他把盒子遞給李小芸。「要不然這個送給妳吧，挺好看的。」

李小芸垂下眼眸，盯著那個姊姊不要的盒子，感到諷刺。

她沈默了好長一段時間之後，啪的一聲揚手將盒子拍掉，哽咽道：「混蛋，二狗子你就是個大混蛋！」

李旻晟愣住了，居然敢罵他混蛋？到底有沒有良心，他在安慰她啊！

他還沒做出任何反應，李小芸便已衝回屋裡，還將門緊閉，房間裡的燭火也吹滅了。

他一頭霧水，沒來由感到生氣，李小花拒絕他也就算了，李小芸無視他的好意又算什麼！

他一定要找個機會同李小芸講清楚，若不是看在自己曾經欺負她，以及上次她安慰過他的分上，鬼才會搭理這個臭胖子！

第七章

李小芸回到屋子裡撲倒在床上哭了起來，她也說不出哪裡難受，就是心臟像被揪緊似的，揪得她體內無處不痛。興許是她哭得太狠了，把小不點吵醒了。

李桓煜揉了揉眼睛坐起來，一本正經道：「小芸，妳怎麼又哭了？」

她張大嘴巴，望著目光充滿鄙夷的李桓煜。

李桓煜清醒不少，眉頭皺了起來。「誰又欺負妳了，李小花嗎？」

她咬住下唇，不大敢面對骨子裡那種說不出來的委屈。

為什麼會這麼難過，因為二狗子喜歡姊姊嗎？還是因為他將李小花不要的東西送給她，讓她覺得被侮辱了……

她本身就比不上李小花好不好？她算什麼，又胖又醜，連自己都嫌棄自己的。

李桓煜目光灼灼地盯著她，小大人似地感嘆著。「難怪義父不喜叔伯們幫他說親。書上有言，唯女子與小人難養也，我現在大概明白了。」

「明白個頭！」李小芸忍不住敲了下他的額頭。「什麼女子、小人的，趴下！」

她用手背使勁擦了下臉，站起來道：「我去洗洗，你先睡吧。」

李小芸發洩完，再次恢復成女漢子的狀態，用水擦乾淨臉龐，暗自道：「二狗子這個大混蛋，愛喜歡誰喜歡誰去！」

李桓煜掃了一眼莫名其妙的李小芸，忍不住念叨。「近之則不遜，遠之則怨……」

啪的一聲，李小芸將他按倒在床上，右手捏了下他的屁股蛋。「再在我面前之乎者也我就揍你了！」

李桓煜臉頰微微一紅。「義父說我現在是大人了，要知廉恥、守禮教，妳……」話未說完又被拍了下屁股。

「大晚上的睡不睡覺？」

「怎麼可以這麼對我……」他還是堅持小聲說完整句話，然後被李小芸一把攬入懷裡，連揉帶搓的好一番懲治，這才沈默了。

李桓煜是很有羞恥心的，近來義父很悠閒，所以給他唸了不少書。

所以他知道自己不是黃口小兒了，大黎國虛歲十歲便可以出外就學，小芸姊姊十一歲了居然還和他同床共枕。

他其實也不想一個人睡，可是最近卻覺得李小芸似乎又胖了，尤其胸前的兩坨肉，擠得他頭疼，又有一種說不出的感覺。

當然，相較於李小花那排骨精、醜八怪，他還是更喜歡小芸姊姊這種給人安全感的女孩，可惜就是脾氣太差，總是占他便宜不自知……

李桓煜決定改日一定要好好「教導」李小芸，不可以總拿他當孩子對待。

他胡思亂想著就睡著了，次日清晨一睜眼發現李小芸不知道跑哪裡去了，暗道小芸越來越忽視他，怎麼照顧人的呢？

李桓煜莫名感到生氣。他義父幾次派人來接他進城讀書，他都因為捨不得小芸才拖著不走，偏偏對方根本不領情。他抹了下眼角，給住在村長家隔壁的車伕送了口信，收拾好包裹就進城去了。

我都不在了，妳總會去尋我吧？李桓煜暗自琢磨著。

李小芸卻覺得李桓煜越來越難伺候了。

村裡像他這年齡的孩子早該自食其力了，哪像小不點還要她事無鉅細地服侍著；再加上昨晚受到二狗子的刺激，李小芸思前想後覺得一切還是靠自己最靠譜，所以雞鳴後就趁著家裡沒人注意，跑去找李蘭學習刺繡。

她在李蘭姊姊家耗著，時不時望一望窗外，見無人來尋她不由得感到失落。

李蘭見她不高興，笑著說：「我見妳手指頭上都有針眼了，是不是夜裡熬著練習針法來著？」

李小芸垂下眼眸，不好意思道：「我腦子不好，若再不努力，怕是會辜負蘭姊姊對我的期望。」

李蘭笑著摸了摸她的頭。「別太為難自己，有些事情強求不得，放下未必不是壞事。」

李小芸大驚，李蘭莫不是知道什麼了？

她急忙抬起眼看師父，入眼的是一張溫和的小臉，細長的眉眼、高挑的眉峰，以及櫻桃般的紅潤小嘴，蘭姊姊是不是就是書上常說的美人兒呢？

「我昨日剛從金縣長家回來，縣長夫人還跟我打聽妳呢，說是黃怡姑娘高看的女孩，必定品德極好。我後來打聽才知曉，黃姑娘因為妳不能參加宴會，極其惋惜呢。」

李小芸愣住，良久反應過來一把握住李蘭的手。「可是真的？我以為黃姑娘早就忘記我了呢。」

「當然是真的，黃姑娘當妳是朋友呢，所以小芸不要灰心，妳的付出總會有人欣賞的！」

李小芸深吸口氣，渾身充滿力氣。這世上以美醜論人者雖多，卻不是全部。

她又和李蘭探討了一會兒技法，便獨自回家，一路上心情愉悅，忍不住哼著小曲。

來到門口的時候，鄰居嬸子笑著說：「小芸妳怎麼才回來呀？妳娘親剛出門尋妳了。」

李小芸詫異地抬起頭道：「怎麼會尋我？」

壞了，莫不是小不點又出狀況啦？

「我也不清楚，但是剛才妳家來人啦，騎著高頭大馬，穿著是綾羅綢緞，看著好富貴呢。」

李小芸連忙跑進屋子裡，若說同他們家能扯上關係的有錢人，非縣城王家莫屬；可若是王家，鄰居嬸子必然是知曉的吧？

那麼會是誰呢？

李小芸先回了自個兒小屋，見李桓煜不在家，也沒多想。忽地背後傳來一道聲音。「小芸妹妹回來啦。」

李小芸一愣，入眼的是李小花。

「愣著做什麼？妳我好歹親姊妹一場，何苦告狀到外人那裡？妳心裡惱我怨我直說罷了，現在做這些陰狠的事情又算什麼？」李小花說著說著，哭得梨花帶雨好不委屈。

「小花別哭，明兒個哥帶妳去放風箏。」李家大郎安慰道。

「我不去！好歹我參加個宴會還想著小芸的名聲，可誰知道她背後如何說我的，否則黃姑娘幹麼讓人如此帶話。」李小花一頓指責，李小芸頭皮發麻卻完全不明白發生了什麼事情。

「妳還在這兒站著幹麼？爹娘都在等妳呢。」李家大郎略帶埋怨地看著小妹，抬起手擺著讓她趕緊離開。

李小芸急忙跑進大屋，發現李旺和夏春妮愁眉不展。不會吧，她才偷懶一天而已，家裡怎麼就開始三堂會審了？

李旺見小女兒進來，不由得使勁盯著她看了好久。

這孩子模樣原本清秀，卻因為日益發胖把肉撐開，腮幫子鼓鼓，眼睛細成一條縫，長得挺不討喜。唯一的優點就是力氣大，幹活勤快，到底憑什麼就入了貴女的眼？

「小芸，妳同娘說實話，私下裡有沒有接觸過黃家姑娘？」夏春妮頭痛地問道。

「黃家姑娘，黃怡嗎？」李小芸驚訝問著。

「是呀，妳姑姑來信說我沒讓妳參加宴會，黃姑娘似乎挺生氣的。這會兒黃姑娘又派人送帖子邀妳出去玩，還指名只邀請妳一個，不讓小花去……」

「這……」李小芸頓時無語。她真的沒有和任何人抱怨過姊姊，為什麼黃姑娘要這麼說話呢？

「罷了，別顯得咱家不識抬舉似的。此次她邀請了王家人，偏偏唯獨不讓小花去，妳說這要是被外人知曉，妳姊姊臉面往哪裡放？小芸，我知曉妳心裡埋怨我們偏疼小花……」

「娘，我真的沒和黃姑娘私下抱怨過姊姊半分！」

「這樣吧，妳記得和黃姑娘解釋清楚，別傷了小花名聲。」

「成了，我都懶得說妳，妳怎麼早不告訴我黃姑娘親自給芸丫頭下過帖子？這哪裡是妳和小花擅自作主，說不讓孩子去就不去的？」李旺沒好氣地打斷妻子，若不是妹妹親自給他捎話，他都不曉得怎麼回事。

夏春妮不高興地板著臉，因為黃怡的事，她先是被小姑子說一頓，現在又被丈夫訓斥。他們就知道放馬後炮，早幹什麼去了？也沒見誰主動提醒她帶著芸丫頭一起出門呀！現在好像所有的錯都是她一個人造成的。

李小芸大腦一片空白，總而言之，就是黃姑娘又邀請她一起玩了。

從始至終，爹娘在吵些什麼她都沒有注意，結果就是她爹讓她最近少吃點，努力減減身上的肉，明兒個姑姑會從縣城派來個裁衣娘子，特地為她做身好看的衣服去見黃姑娘。

一個月後，天氣風和日麗，李小芸在李小花怨恨的目光中上了姑姑的馬車。

「小芸，這馬車寬敞，妳不用太拘束，坐過來讓我仔細看看。」

李春拉著姪女的手，目光在她臉上不停遊走——依然是一張老實的大餅臉，除了目光明亮以外，根本乏善可陳，怎麼就被黃怡姑娘看在眼裡？

她今兒個出門可是得了婆婆的敲打，勢必將黃家伺候好了，他們家景意就可以轉去書院讀書了。

「小芸，今日咱們去黃家在郊區的一處圍場踏青。」

李小芸嚥了一下口水，所謂圍場和踏青她倒是從李先生那兒聽說過一些，就是一群權貴小姐們打著郊遊的旗號狩獵野餐唄。

「妳會騎馬嗎？」李春問道。

李小芸一怔，直言道：「不會。」但是會放羊……騎牛算嗎？

李春皺了下眉。「算了，想必黃姑娘是知曉的。」

真的是黃姑娘邀請她的嗎？李小芸仍感覺很不踏實。

她又為黃怡繡了個好看的荷包，這次是自個兒努力回想李蘭姊姊上次的方法畫後才繡的，同一般荷包不一樣，希望黃姑娘會喜歡。

所謂圍場其實就是一片草地，草地被木柵欄圍了起來，連接著遠處的西山形成一片大的空地。圍場的東邊是個村落，不過這村落裡的房子大多被權貴買下了，修葺成獨門獨戶的大宅子。黃家的宅子就是個五進院子，是這片區域最奢華高大的府邸。

得葉嬤嬤的囑託，黃怡身邊的丫鬟惜月早早就在外院候著，她叮囑大門管事道：「稍後若是王家來人了知會我一聲，姑娘要見王夫人姪女，李姑娘呢。」

大門管事急忙應聲，索性站在門口等著，待王家馬車一來，就立刻迎上去。「王夫人走正門吧，轎子早就備好了。我們夫人在大屋等您，小姐在後院等李姑娘呢。」

李春詫異地看了一眼李小芸，真沒想到小芸有如此臉面。

她小聲叮囑了李小芸幾句，大意是千萬伺候好黃姑娘，莫讓人家厭了妳，否則……一切盡在不言中！

李小芸小心翼翼跟著惜月，一路上又忍不住左右張望，有錢人的院子蓋得真好看，雕樑畫棟、珠簾繡幕形容的便是如此嗎？

「小姐，李家姑娘到了。」惜月站在門口處稟告。

「快讓人進來吧。」

李小芸邁過大門，入眼的是一間雅致的閨房，一旁擺著粉紅色牡丹花屏風，身著淡紅色素腰長裙的黃怡從屏風後面走了出來，笑臉相迎道：「小芸妹子，好久不見。」

李小芸眼睛一亮，笑呵呵道：「黃姑娘，妳好。」

兩個人對看了一會兒，竟是不知道該說些什麼，李小芸索性拿出荷包，遞給她道：「家裡東西沒什麼拿得出手的，怕是黃姑娘這裡什麼都不缺，我自個兒就又繡了個荷包給妳。」

黃怡急忙接過來。「真沒想到妳有這分心意，我家嬤嬤還誇妳繡工好呢。」

「嬤嬤？」李小芸問道。

葉嬤嬤福了個身。「老奴見過李家小姐。」

李小芸急忙伸手去扶老嬤嬤。「我哪裡是什麼小姐，您叫我芸丫頭就成，我爹娘都這麼叫我。」

葉嬤嬤笑著拿過她的荷包，仔細看了又看。

「這繡活其實一般，不過卻落得精巧，花樣不像是直接繡的，可是在之前做過處理嗎？」她眉眼微挑，狀似無意。

李小芸一怔，暗道不愧是行家，如實道：「為求繡得真切，我先用水畫了印記。」

「哦？」葉嬤嬤愣了片刻。「不知道李姑娘這是自個兒想出來的，還是別人教的？」

李小芸語塞，師父似乎不大想讓人知曉她拜她為師的……

葉嬤嬤見狀，倒是不為難她。「我去廚房看看糕點好了沒有，妳們聊著。」

她走到外院喚來府上管家。「派人查下李家村，鉅細靡遺地查，尤其是同李小芸相關的人事物。」

她見管事目光疑惑，解釋道：「姑娘極其喜歡這位小姑娘，謹慎起見，還是先查下她的過往吧。」

管事急忙應聲，轉身離開。葉嬤嬤卻是在院子裡發呆了一會兒，才前往廚房。

李小芸沒想到黃怡如此好說話，開始還有些拘謹，談到刺繡就放開了。

黃怡本來當她是眼界淺的農村姑娘，沒想到肚子裡還有幾分想法，不由得又高看李小芸幾分；至於貌醜與否，在見過大世面的黃怡眼中，倒不是那麼重要。

惜月見她們聊得開心本不想打攪，又琢磨這事可是姑娘盼了好些時日的，她若是放著不提日後會被姑娘秋後算帳，於是硬著頭皮道：「姑娘，黃管事說馬匹都準備好了。」

黃怡興奮地拉著李小芸。「走，我們去挑馬。」

「挑……馬？」李小芸傻了，她在村裡見過許多動物，唯獨馬匹這玩意兒是供有錢人玩的，所以她完全沒見過。

李小芸小碎步跟著黃怡跑到外面的圍場，入眼的是三、四匹馬兒。

「小芸，妳會騎馬嗎？」黃怡眨了眨眼睛。

開玩笑嗎?!李小芸堅決地搖了搖頭。

「試一試唄，有師父們牽著馬呢，我其實騎得也不好，每次看到哥哥們騎馬打獵都會特別羨慕他們，然後纏著我爹讓人教我騎馬，可惜我身子骨兒不好，他們還是不敢讓我自個兒騎。」黃怡一邊說著，一邊俐落上馬，李小芸心中翻白眼，這哪裡是騎得不好呀？

「哈哈，不過在漠北可沒人敢拘著我了！」

黃怡笑靨如花，李小芸也感染了她愉悅的心情，勇敢地走向最矮的一匹小白馬。她生得高，一腳就可以踩到馬鐙子，右手用力一拽，在馴馬師父的幫助下順利坐在馬鞍上，原本提心弔膽的情緒安定下來。咦？似乎不是很害怕呢。

一陣微風襲來，吹起她耳邊的碎髮，她遙望遠處藍天白雲映襯下的空曠場地，心情都飛躍了起來。

難怪男人們都愛騎馬呢，確實有一種同風兒賽跑的感覺。

不過這種想法僅僅閃現在腦海裡一會兒，當小馬兒甩蹄子跑起來的時候，李小芸感覺心肝肺都快被震出來了，忍不住張開嘴巴亂叫起來。

黃怡回過頭，吐了下舌頭，不顧形象地哈哈大笑。

遠處其他騎著馬的小夥伴們也都跑了過來，其中竟然有兩個熟人，二狗子李旻晟和小不點李桓煜。

李小芸詫異地看著他們。上個月聽爹說，李先生把小不點接進城，她起初還有些失落，心裡責怪小不點不告而別；如今看來，小不點過得還不錯，竟還學會騎馬了？

李桓煜穿著深棕色小馬靴，綢緞似的長髮盤在腦後，有幾分凜然小小貴公子的模樣。

李小芸居然忘了關注二狗子，注意力集中在上個月不歡而散的李桓煜身上。李桓煜故意揚起下巴，他雖然年齡小，但是還是很有節操的……

李小芸忍不住叫他一聲。「小不點，你……會騎馬啦。」

李桓煜冷哼掃了她一眼，慢慢撇開頭，兩腿一夾，竟是跑掉了。

該死的小芸，都晾了他一個月了，也不來找他；如今見面還樂呵呵的似乎過得十分快活，怎不讓他憋屈！原本想教訓別人，最後竟是自個兒先受不住思念之苦，曉得小芸會來見黃姑娘，就也來湊熱鬧了。

眾人一一散開，有去追黃怡的、有自個兒玩的，獨留下李小芸騎著小白馬走在最後面。

李旻晟回頭看了她一眼，掉頭回來道：「李小芸，這次黃怡為什麼點名不讓小花來？是不是妳搞的鬼？」

李小芸聽二狗子不分青紅皂白地質問她，冷漠道：「你問錯人了，黃姑娘發的帖子、說的話，你應該去問黃姑娘啊。」

李旻晟一臉不屑，咕噥道：「那小花豈不是會很傷心？我爹前幾日從關外弄了好香，妳等會兒幫我帶回去給小花吧，作為酬勞，妳也可以留下一些。」

李小芸氣不打一處來。「誰稀罕你的香，我才不管你們的事。」

「李小芸，妳到底當不當李小花是姊姊啊？」

「什麼跟什麼，我要學習騎馬，你最好躲我遠點。」

李小花不停提醒自己，幼時情分那是幼時情分，如今的二狗子喜歡她姊姊李小花，她絕對不能再有半分奢想。

李桓煜似乎注意到他們的動靜，也騎著馬過來，他雖然人小年齡不大，學東西卻是極快的。

此次李邵和進城同龍華書院院長見面，特別闡明打算開始溫習功課，日後好下場考試。黃院長對其極有信心，便想將小不點安置妥當，省得他分心。

李桓煜騎馬過來，身後還跟著幾個少年郎，都是父母特別囑咐照顧李桓煜的世家子弟。李桓煜模樣好、身帶貴氣，本就招人喜歡，這些孩子便樂意同他交好；至於李旻晟，商賈子弟再如何也讓讀書人看不起。

李旻晟也不喜歡他們，雙方言語上發生一些磨擦。

李小芸坐在馬上屁股感到僵硬，索性下了馬，扭過頭看李桓煜。不知道哪裡得罪他了？這傢伙連走了都沒有打招呼。

她想著那晚上自己確實將對二狗子的不滿胡亂發洩到小不點身上，著實有錯，於是蹭著蹭著就走到李桓煜的馬匹旁邊，輕輕敲了下他的胳臂，小聲說：「桓煜，你還生我氣吶？」

李桓煜一怔，都等她這些時日了才反應過來嗎？他才不能輕易原諒李小芸！於是繼續板著臉撇開頭，將她當成空氣。

李小芸猶豫片刻，又跑到另外一側。「怎麼了？不就是揍了你屁股幾下，你還真當真不成？我後來也想同你道歉，可是爹說李先生接你去城裡讀書，以後不回來了。我當時還很難過，如今見你如此……好吧，你就和先生留在縣城住吧！」

她也是幾分氣話，卻見李桓煜眉頭一皺，抿著唇角，正色道：「小芸姊姊，妳哪裡有道歉的誠意？書上但凡有錯者要嘛梨花帶雨哭訴求饒，要嘛斷腸回首作詞寫賦，或是以行動感知人長跪不起……」

李小芸一愣，小不點莫不是想讓她跪地不成？

李桓煜揚起下巴。「總是要略表誠意吧，光說怎麼能成。」

「不然你要如何，姊姊也沒做什麼。」李小芸蹙眉，小不點腦子裡到底在想什麼呀。

李桓煜忽地低下頭，距離李小芸很近，眨了眨細長的睫毛，道：「有了，不然以其人之道還治其人之身呢？」

「啊？」李小芸愣住，臉蛋在他一本正色的吐息中莫名熱了一下。

「晚上妳讓我捏回去！」李桓煜很認真地說。

李小芸唰地一下子紅了臉，她實在無法理解李桓煜言辭中的意思，剛要反駁幾句卻聽旁邊兩夥人吵了起來。

以李旻晟為首的富商子弟和書院派子弟打起來了，他揚起鞭子不看方向胡亂甩著，偏巧落在李桓煜的馬頭上。那馬兒受了驚揚起前蹄嗷嗷嗷叫了幾聲，嚇得李小芸臉色煞白。李桓煜倒是個鎮定的，他兩手拉住轠繩向上收攏，抬起右腿準備側身跳馬。

馬兒來回扭著頭反抗李桓煜的牽制，轉身就要跑向遠處。

李小芸出於本能，慌忙伸手去抓李桓煜，沒拽住胳臂倒是揪到他的褲腳。李桓煜本就意欲跳馬，所以順勢側著身一跳，可是他是往上跳著，李小芸往下揪著褲腳，只聽到一道布料撕裂的響聲……

眾人回頭一看，李桓煜已經滾到地上，李小芸趴在他的腳邊，右手揪著他的褲腰……

此時，褲腰脫落至馬靴上，李桓煜白嫩的長腿裸露在外，他裡面穿著李小芸親手縫製的紅黃色拼接短褲，那料子還是小花做衣服用剩的……

噗哧……最先笑出聲的是聽到動靜後騎馬過來的黃怡，隨後好多人都笑出了聲。

李小芸尷尬地鬆開手，急忙拉扯著褲腿往上拽，小聲說：「我、我給你穿上。」

李桓煜眼神凌厲地盯著她，臉蛋羞成茄子色……

李小芸心知闖禍了，如今的小不點可是越來越有節操，整日同她說什麼男人的尊嚴，尊嚴！她想著趕緊糊弄過去，便垂下頭，低眉順眼幫忙整理衣服，兩隻手攏了攏領口，輕聲說：「姊姊這次真錯了，大不了……大不了回家讓你以其人之道還治其人之身罷了。」

李桓煜本來滿心怒火，待看到李小芸難得不那麼潑婦似地教訓他，反而輕輕柔柔地整理著他的衣服，莫名就沒那麼氣了。反正……讓大家看了就看了吧，不就是紅黃色拼接短褲嗎？

李小芸經常被人嘲笑，但此時仍覺得自個兒也太沒用了，居然讓小不點被人笑話了，她怎麼做什麼都那麼笨呢？

她攬住李桓煜的肩頭，小聲說：「桓煜你大了，姊姊再也不用破布頭給你做衣裳了。」

李桓煜彷彿沒聽到這句話，目光灼灼地看向她。「妳別忘了剛才的話，我都記著呢。」

「什麼話？」李小芸一頭霧水。

李桓煜冷哼一聲，臉蛋紅撲撲的。「以其人之道還治其人之身。」

第八章

李小芸出糗，黃怡卻一點也不介意，反而更覺得她有趣，待她甚好。

李小芸膽子慢慢大了起來，她發現貴女們聊天也不外乎城東出了什麼戲班子、京城誰家鬧了八卦笑話、哪個學院傳來出眾的才子名聲罷了。

她漸漸融入其中，安靜聆聽，認識了幾個沒架子的新朋友，就小心翼翼送出自己繡的小荷包。

女孩們見那荷包料子雖是布頭拼接而成，但是花樣新穎，顏色搭配得當，倒也新鮮，不再有最初的輕視之意。

李小芸彷彿看到了新世界，她努力聽著每個人說話的內容，觀察著她們的做派。她發現女孩有讀過書、見過世面後就是不一樣，她們大多知書達禮，不喜歡你也不會直言諷刺，大不了就是少接觸罷了，不會讓人太過難堪。

她也不用遮遮掩掩垂下頭說話，可以隨意發表想法，沒有人會故意拿她的模樣出言譏諷，只有話說錯了才會被人訂正。那些名媛淑女們酸起人來都文謅謅的，卻一針見血，但是針對的多是品德不好、驕傲自滿之人，而不是以貌取人。

李小芸覺得別人新鮮，黃怡還覺得她有趣呢，姑娘們閒著無事，不知誰起的頭，說起京城幾大寺廟的事。
黃怡對佛祖倒是深信不疑，道：「我身子骨兒不好，曾經有一次差點背過氣去，娘親去京城西菩寺做了一個月的齋法，我才活了過來。當今太后信佛，京城以西菩寺香火最為旺盛；除我以外，定國公府的三姑娘梁希宜也是出了名的病秧子，據說也是得了西菩寺大師救助，才得以續命。」
眾人一陣驚嘆，佛法之事從來都是神秘莫測。
李小芸見她們聊得火熱，鼓起勇氣插嘴道：「我們村裡人不講究燒香拜佛，不過倒是每年春節前都會拜祭山神呢。」
「山神？」有女孩感興趣，目光亮亮地看著李小芸。
李小芸頭一次在眾人目光下說話，連聲音都忍不住顫了起來。
她告訴自己不可以那麼沒用，便穩穩情緒，一點一滴敘述起來，上自準備祭品，下至傳說中的幾次山神顯靈，語言雖然淳樸，語氣卻抑揚頓挫，事情又新鮮，著實令大家聽得嘖嘖稱奇。
沒一會兒就過了晌午，黃怡連飯都懶得吃，竟拉著李小芸直說話。
葉嬤嬤見狀無語地笑了，催促各位姑娘們，道：「夫人們可都在前面要開桌了。」
女孩們相視一下。「黃姑娘下次何時再聚呀？今日暢談甚歡。」
黃怡嗯了一聲。「小芸妳回家也無事，不如在我這住幾日呢？」

李小芸急忙搖頭。「家裡要忙收成的，我要給大家做飯。」

「做飯？怎麼妳那個姊姊就不做飯？她倒是過著大家小姐的生活，淨是做針線呢。」李小花大多時候住在縣城王家，同王家小姐們一起讀書刺繡。

李小芸沒有接話，李小花認真學習沒什麼錯，可是世人就是這般，討厭她就覺得她渾身是毛病，讓人看不上；反之，亦如此。

李小芸來到大堂後，見李桓煜換了身衣服等著她，小跑著過來，道：「姊，我跟妳回家。」

「回家？」李小芸越過他看向李邵和，恭敬地說：「李先生。」

李邵和點了下頭。「既然桓煜想回去，那麼就回村裡住幾日吧。」

李桓煜扭過頭。「義父真的打算在縣城置宅子嗎？」

李小芸腦袋轟的一片空白，李先生是要徹底離開李家村了嗎？那小不點呢，是不是以後也不需要她照看了？想到兩個人會永遠分開，還真有點捨不得。

李邵和摸了摸小不點的頭，道：「嗯，你也大了，李家村不適合你。」

李桓煜眉頭微微皺起，在這裡讀書確實比村裡好……

可是，他盯著李小芸，好像又變成離不開娘的奶孩子，拉著她的胖手，悶聲道：「我捨不得小芸。」

李邵和若有所思地看向李小芸，恍若沒聽到般說：「放你兩日假，後天我回村接你。」

李桓煜有些不滿意只有兩日，揪了下李小芸的手，道：「妳怎麼不和我義父說捨不得我？」

李小芸無語地看著他，暗道——你義父是誰，我是誰啊？

她嘆了口氣，拉著李桓煜上了馬車後，抬起頭望著遠處一望無雲的天邊。「桓煜，李家村對李先生和你來說，確實太小了。」

「什麼太小？」李桓煜好久沒舒服地躺在她的肥腿上了。馬車雖然顛簸卻一點都不會不舒服，還是有肉墊靠著好。

「你倒是會享受。」

李小芸撫著李桓煜飽滿的額頭，將他的頭髮攬到耳後。

李桓煜忍不住閉上雙眼，長睫毛微微鬈著，白淨的臉龐面如玉冠，真是漂亮極了。

「桓煜……」李小芸叫他。

李桓煜躺得舒服，再加上馬車顛簸開始犯睏，他迷迷糊糊地命令道：「掏掏耳朵。」

真是越來越像個少爺！

李小芸捺著性子給他掏耳朵，發現李桓煜已經睡著了。什麼人什麼命，她淺笑望著熟睡的李桓煜，一轉眼，他似乎是長大了許多呢。

李小芸回到家發現爹娘都還沒有睡，而且姑姑居然送來好多禮物，在屋裡喝茶呢。今日的姑姑打扮得分外莊重，眉眼帶笑，溫柔似水的目光讓人極其不適應。

「小芸回來啦，快過來讓我看看。」

李小芸慢吞吞地走過去，暗道——不是白日剛看完嗎？

雖然她礙於帶著李桓煜，是乘坐李先生馬車回來的，但是她和姑姑明明分別不超過一個時辰，怎麼此刻跟多年未見似的。

李春捏了捏她的小肥手，朝夏春妮說道：「其實女孩胖點好生養呢。」

李小芸滿頭黑線，一向最煩她的姑姑居然這麼稱讚她，到底是為了啥？黃姑娘府上一日遊可以讓人改變如此之大？

李旺倒是極其淡定，看到李小芸身後的小不點，說：「哎呀，桓煜回來啦。」

李桓煜小大人似地站直身子，有禮地同大家問好，尖下巴微微揚起，隱隱透著幾分疏離。

他從小在這個家裡長大，自然知曉李小芸過得多麼艱辛，所以對這一大家子人完全沒好感。

李旺倒是不在意李桓煜的態度，人家早晚和他們不是一類人，待日後李先生考上舉人做大官，他們還要仰人鼻息呢。

倒是李小芸拍了下李桓煜的小腦袋。「人小鬼大。」

李桓煜無語地看著她，自從上次李小芸嘲笑他個子矮，他一天恨不得吃四次飯，身高抽長不少，已經到李小芸的耳朵了。他咬了咬牙，忍住教訓她的衝動，若不是看在她老受欺負的分上，他才不會輕饒她。罷了，人人都欺負李小芸，他便待她好一些就是了。

李小芸不懂李桓煜的心思，見他盯著自個兒看，忍不住捏了下他的下巴。「怎麼，有沒有覺得我瘦了點？」

黃怡建議她減肥，她可是把一天三頓飯硬生生減到兩頓飯，有時候半夜都會餓醒呢。

李桓煜眉頭一皺，仔細一看發現李小芸的胖臉蛋果真是掉了點肉，立刻心疼低吼。「妳沒事瘦什麼？非要變成排骨似的，摸著多不舒服。」

李小芸臉頰一紅，臭小子！還真把她當成軟墊不成？

他們在一旁嘀嘀咕咕，大人們卻只當是小孩子們拌嘴呢。

李春盯著李小芸看了一會兒，又抬頭看向哥哥，李旺點了下頭，說：「小芸，妳帶桓煜回屋吧。」

李小芸點點頭，轉手一扯就把李桓煜拉回房間裡。

回房後，她猶豫片刻，說：「桓煜，我發現你長高了，一張床會不會擠不下？我讓爹給你加張床吧。」

李桓煜斜眼瞥了她一眼，道：「晚上那麼冷，妳想凍死我嗎？再說，我就要進城住了，妳忘了？」

李小芸一怔，忽地意識到李桓煜不過是她生命裡的過客……她莫名感到說不出的感傷，人和人的交往真不能輕易放下感情，否則就會產生牽絆。

李桓煜眨了眨眼睛，快速上前，右手攥住她的手腕。「怎麼，是不是有些捨不得我？」

李小芸看著他的乾淨臉頰，憨憨地點了下頭，又自嘲道：「天下無不散的宴席，日後你在城裡好好讀書，聽先生的話，長大後做讀書人必然會受人尊敬。」

李桓煜揚起下巴，凝望著她。「既然捨不得我，幹麼不留我呢？」

李小芸看著神色傲然的小不點，不由得笑了。「留你幹什麼？你又不是我家人。李先生才是你的義父，黃院長如此看重先生，他若中舉，官途必然一片明朗，你就是官家少爺啦。」

李桓煜見她面色釋然，不再有悲傷情緒，胸口堵了一下，生氣道：「什麼官家少爺，也要看我樂意不樂意吧。」

「桓煜，有些人生下來就注定富貴一生，或許你就是有這個命吧。」李小芸摸了摸他的後腦，一想到他未來的生活必定是平坦的，便不再那麼難過。這孩子是她看著長大的，她希望他過得好，僅僅是單純地希望他好而已。

李桓煜可以感受到李小芸眼底純粹的關切，不由得嘆了口氣。「小芸，妳就是太善良。」

善良？

「妳也不認真想想，我和義父若是走了，妳在家裡還可以靠誰呀？那個什麼爛花豈不是把妳拿捏死了，我在這裡她都把妳當丫鬟使喚了。」李桓煜氣不過，嘟著紅潤的小嘴巴。

「別亂說，那是我親姊姊。」李小芸拍了他一下。

「哼，虧妳把她當親人，哪日被賣了都不曉得。」李桓煜見李小芸居然為了李小花同他爭執，心裡有些吃味，氣道：「我睏了，妳摟著我睡，然後再幫我捏手……」

「怎麼是捏手，以前不是捏腳嗎？」李小芸說完就後悔了，她居然問這個，太沒骨氣了。

李桓煜揉了下手腕。「妳不曉得我最近過得多慘，義父恨不得讓我日日練字，光毛筆就不知道寫壞了幾枝，還嫌棄我字醜，說什麼字表人心，少年郎字若是醜的，心性就會越來越差。」

李小芸見他如此編排李先生，忍不住又敲了下他的腦殼。「他是為你好，你知道有多少人求之不得讓李先生指點呢。據我所知，姑姑一直想把表哥送到李先生身邊，還有旻晟大哥，你以為李才大叔幹麼又開始巴結咱家？真為了小花呀？」

李桓煜猛地回頭，瞇著眼睛不屑道：「什麼表哥、旻晟大哥，我怎麼不知你們關係這麼近了？以後少在外面認這認那，最主要的是，人家肯搭理妳嗎？尤其是那個李旻晟，妳以前都叫他二狗子，幹麼現在叫他旻晟大哥？妳這樣不覺得太積極嗎？」

李小芸徹底被罵傻了，幾日不見，小不點嘴皮子真是越來越厲害，難怪人常說，沒法和讀書人較勁，挖苦人都不帶髒字呀。

「我、我怎麼就積極了？」

李桓煜見李小芸吼他，冷哼一聲撇開頭。「我就是不喜歡妳老盯著二狗子看，他根本就不理妳好不好，興許妳看他一眼，他都覺得受了侮辱，妳又何苦自甘下賤？」

「你、你才下賤！」李小芸氣瘋了，李桓煜近來脾氣真差，嘴巴都能毒死人。

李桓煜不理她，脫掉衣服，進了被窩。「妳還不過來在等什麼？」

「我……」李小芸氣鼓著臉，走到床邊，身子都有些發抖。「你剛才居然敢罵我下賤！」

她不曉得是否因為被說中心事，所以才特別生氣。

李桓煜拉住她的手腕，拽到床上，不耐煩道：「真是不想回來就同妳吵，只是想讓妳看清楚他人罷了，這世上待妳如親人的也只有我而已。」

李桓煜這話說得或許有幾分真心，但是聽在李小芸耳朵裡太過刺耳，莫名就委屈起來，瞬間紅了眼眶。

李桓煜嚇了一跳，一時不曉得如何是好，無奈地嘆了口氣。「就妳這點承受力，日後怎麼同別人反抗？」

李小芸扭頭瞪著他。「別人誰來和我吵？我看現在就你對我最差勁了。」

李桓煜見她果真哭了，不由得一愣，忽而忍不住笑了。

他笑起來分外好看，粉嫩的薄唇微微揚起，臉蛋處還擠出了兩個酒窩，細長的睫毛一眨一眨。「好了，全當我剛才著實有幾分氣妳老向著外人，所以才那麼說話，我認錯就是。」

這就認錯了？李小芸快被他折騰瘋了。

「小芸小芸，快上床我冷。」

「你冷？」李小芸負氣似地坐在床邊，小聲道：「冷著吧你。」

她語音剛落，便感覺李桓煜手臂圈住自個兒的肥腰，往床裡面勾她。

「幹什麼？」李小芸使勁扒拉李桓煜的手。

李桓煜見她真生氣了，孩子氣地說：「好嘛，小芸我錯了就是，但是下次妳不可為外人同我吵，否則我也會生氣的。」

你生氣的還不夠大？李小芸心裡罵道，小屁孩這兩年越來越過分，少爺脾氣都上來了。

「小芸，我手疼，妳看，我有次偷懶，義父罰我練習握筆姿勢練了一個時辰，還在我手上放了一根鷹毛，若是掉了就用尺子打手，我實在受不住就挨打了，瞧，手背都是青的。」

李小芸本不想搭理他，這傢伙又蹭了蹭她的後背，還把小爪子遞上來，果然是一片瘀青。

「李先生真捨得打你呀……」李小芸詫異地回過頭看他，映入眼簾的是一張笑顏。

「是啊，打得可狠了，不過我不怨他，因為我偷懶便是錯，一切都是說好的。」李桓煜嘻嘻哈哈地看著李小芸輕輕摸著他的小手，調侃道：「心疼了吧。」

李小芸一愣，沒好氣地瞪了他一眼。「你能如此想是對的，這世上沒有什麼是不勞而獲的，只有努力堅持地付出，才可以談回報。」她言辭堅定，彷彿在鼓勵自己。

「我給你抹點藥油，這樣好得快。」她剛要站起來，便被李桓煜從背後摟住，一道懶懶的聲音傳來。「嗯嗯，不要不要，快睡吧，妳躺下了我還暖和點。手早就不疼了，現在就是渾身冷，我在城裡可睡不慣，院長送給義父的暖爐都沒妳枕著舒坦。」

成吧，她從軟墊變成帶熱氣的被褥了。

李小芸鬱悶地回過頭，對上李桓煜的眼眸，莫名臉上發熱。

奇怪，她居然對小不點產生了害臊之心……於是李小芸努力回想起小不點尿床的事情，才把這股彆扭的感覺驅趕出心底。

「嗯，睡吧。」

她轉過身摟住小不點，卻發現他不停往她懷裡蹭，問題是那頭頂的位置正好是她開始發育的胸部，感覺呢……怪怪的。

李小芸睡不著，猶豫了一會兒，說：「桓煜，我在想……你是不是長大了呀。」

李桓煜枕著她胸脯很舒服，右手腕還有人按摩，兩條腿纏著李小芸的大肥腿也挺暖和的，好不愜意，懶洋洋地說：「不大，我還小呢。」

……可是我的胸開始長大了啊。

李小芸心裡十分羞愧，這話到底該如何同李桓煜開口？

罷了，反正他即將進城住大宅子，最多再忍兩天，李先生就會把他接走。
這麼一想，那些離別所帶來的悲傷瞬間消散。
還是趕緊走吧，這個小妖孽。

院子裡，李春上了馬車即將離開，夜幕降臨，她拉著嫂子的手，叨嘮道：「嫂子，我和哥哥從小相依為命，我自己沒女兒，真把小花當成親閨女疼愛，剛才所說的事我私下和小花說過，她挺有興趣的。咱家孩子生得這麼好，又上進，妳和哥哥仔細考慮下吧。」

夏春妮腦子有些亂，敷衍地同她道了別，回到屋內卻睡不著覺，拉著李旺說：「孩子他爹。」

「嗯？」李旺正在泡腳，見妻子憂心忡忡，道：「還在想阿春說的事？」

「是啊，總覺得不靠譜。」她遞給李旺一塊擦腳布。「當初你說許給小姑子，我就覺得縣城已經夠遠的了，現在竟是要被送到京城……」

李旺見她沒說兩句就流下眼淚，道：「八字還沒有一撇呢，妳先別哭成嗎？」

他近來也有些迷茫，孩子太出色被王老爺和金縣長看重，到底是好是壞？似乎村裡從李才競選皇商開始，一切都變了。

夏春妮擦了下眼角。「既然說是天大的恩賜，怎麼金家和王家不把女兒獻上去呢。」

原來前陣子欽差大人來郡裡，給郡守帶來個消息，宮裡又要開始選秀女了，他們做下人的總要去各地找適合培養的苗子。

作為縣長的金大人捨不得自己孩子去選秀，便在本地找人。正巧聽夫人提起李小花，身家清白沒背景，日後極好拿捏，可以代表郡裡選秀。

李旺有些頭疼道：「好吧，小花的事情先放下。那麼阿春對小芸的安排呢？」

夏春妮沈默片刻，說：「小芸再醜也是我的丫頭，憑什麼小姑老想插手她的婚事？當我不知曉金縣長的小兒子是個傻子嗎？」

「也不是很傻，就是心智不大成熟。但是對方可是金縣長，是官呢，若不是小芸近來得了黃姑娘高看，又是個會過日子的人，金夫人還看不上她呢。」

夏春妮揪著手帕。「可終究是個傻子啊……到時候十里八村的街坊會如何看咱們！你好歹是個村長，他王家想和金家結親，怎麼不用自個兒家的閨女呢？」

李旺見她不樂意，一陣頭大。「算了，改日再議。只是以小芸那模樣，妳也別想著能說個好的，說給金家好歹衣食無憂。女子出嫁有幾個是看相公的？不都是看婆家度日。」

夏春妮不想再說這個話題，反正夫君什麼事都聽妹妹的。

次日清晨，李桓煜睜開眼睛，穿上褲子跑到門口晨練。李小芸見他小小的身影蹲著馬步，道：「你冷不冷？上衣那麼薄，是李先生要求的嗎？」

李桓煜甩了下頭，額上的汗水在明媚的日光下閃閃發亮。

他擦了下臉，說：「我想長高點，便問了義父方法，剛好黃家有武學師父，每日帶著大家一起練習。」

李小芸沒吭聲，想起上次因為她說他個矮，兩個人吵了一架。男孩子的自尊心呀……她若有所思地看了一會兒小不點。「難怪你身子健碩了，如果我每天也晨練，或許可以甩點肉。」

李桓煜皺著眉頭不耐道：「妳甩肉做什麼？」

「黃姑娘說我要是瘦點的話，可以變成小花那樣呢。」

他驚恐道：「小花那麼醜，妳幹麼偏要和她長得一樣？」

小花醜？

李小芸古怪地盯著他。「桓煜，你還小，其實小花姊姊長得很好看的。」

李桓煜不屑地掃了她一眼。「風一吹就倒，買斤豬肉還論斤兩，她那樣真是白養活，我寧願去養一頭豬，或者妳。」

李小芸沈默下來，這是在誇她嗎……

這時夏春妮來到院子。「小芸起得好早，快幫娘去廚房弄火。今兒個天氣不錯，大郎、二郎都要下地幹活。」

李小芸哦了一聲，忙碌起來，不忘記吩咐李桓煜。「豬飼料沒了，一會兒倒點進去。」

李桓煜剛要應聲，卻被夏春妮攔住，她責怪李小芸道：「桓煜是客人，哪能讓他幹活？

一會兒妳弄完飯再去餵豬。」
李小芸無語地掃了娘一眼，悶悶地哦了一聲。
李桓煜笑了起來，攥住她的手。「瞧妳這模樣，也就欺負我待妳好。」
「你待我好？」李小芸實在想不出李桓煜到底哪裡待她好了。
李小花從屋裡出來，冷冷地掃了她一眼。「小芸，妳前天洗衣服的時候把我衣服染了。」
「啊？」李小芸一怔，懷裡多了一套衣衫。
「到時候裁掉算了，反正穿不了。下次妳不要把深色布料和淺色綢緞一起洗，否則太糟踐東西；而且洗完後必須立刻掛起來晾著，免得到時候都互相浸色。」
李桓煜揚起下巴，插嘴道：「嫌棄小芸洗不好衣裳，妳自個兒倒是動動手呀。」
李小花懶得同李桓煜爭執，再次看向李小芸。「下次別忘了。」
李小芸想反駁，但是李小花立刻轉身離開，於是她什麼都沒說出來呢，聽眾就已走掉。
李桓煜皺眉看向她。「妳昨天同我爭的骨氣哪去了？」
李小芸垂下眼眸。「算了，洗衣服的事本來都是我幹的，同她較勁什麼？」
「哼。」李桓煜忿忿不平。「明日我同義父說，妳與我一起進城住。義父的新宅子大著呢，再給妳配個丫頭，憑什麼老在這兒受氣。」
李小芸愣住，搖頭道：「那怎麼成，我有爹有娘，住到你家算什麼？」

李桓煜一臉恨鐵不成鋼。「妳到底知道不知道誰才是對妳好呢？」

李小芸猶豫片刻，爹娘對她再不好那也是親爹娘呀。

李桓煜嘟著嘴。「妳真是木頭腦袋。」

李小芸沒有反駁，小不點雖然言辭鋒利了點，卻是為了她好，這一點她還是看得出的，於是嬉笑敷衍過去，柔聲道：「我先去起火做飯，你再晨練一會兒，男孩嘛，倒是應該把身子骨兒練得壯一些。」

她的聲音好像清風拂過李桓煜臉頰。遠處的餘白衝破雲層，將日光傾灑而下落在李小芸的髮上，泛著點點柔和的光芒。

李桓煜憋了一肚子的斥責之話全部嚥了回去，每當李小芸服軟，他就捨不得說她，真是算準他對她好，就知道把火氣發到他身上，哼。

李桓煜繼續蹲馬步。一輛馬車在門口停下，馬車上下來一個小姑娘，正是李翠娘。

李翠娘穿了一身綠色綢緞長裙，披著外衫，笑著同李桓煜說：「小不點，幾日不見，你倒是大多了，姊姊這兒有糖果呢。」

李桓煜聽到糖果兩字，眼睛一亮，不過他現在是大孩子了，於是故作毫不在意道：「翠娘姊姊，小芸在廚房呢。」

他面無表情地從李翠娘手裡接過糖果，漠然轉身。

李翠娘一愣，搖頭笑了。

太陽出來了，日頭有些熱，她把外衫脫掉遞給站在門口的小丫鬟，走入廚房說：「妳家哥哥下地了吧，難怪就看妳一個人忙活。」

李小芸驚訝李翠娘居然來了，道：「別進來，這有煙，別熏髒了妳新衣服。咦，好漂亮的裙子！翠娘，妳是剛從外婆家回來吧？」

李翠娘點了頭。「聽說京城黃姑娘看重妳同妳交好，我先向妳賀個喜，真為妳高興呀。」

李小芸靦覥一笑。「這有什麼可賀喜的，倒是沒想到連妳都聽說了。」

李翠娘彈了彈身上煙灰。「小芸，我親事黃了，家裡打算讓我去外祖母家進學。」

李小芸愣住。「啊，我還以為妳是找我去蘭姊姊那兒學刺繡呢。怎麼黃了，都訂了下來的親事還能黃嗎？」

李翠娘眉頭一皺，有苦難言地搖了搖頭。「長輩們的決定誰曉得。我來是因為聽說一件事情，必須要告訴妳，怕妳吃虧。」

「什麼事？」李小芸洗乾淨手拉著李翠娘出來。

「馬車上說吧。」

李小芸驚訝地看著李翠娘的馬車，道：「妳家出事了嗎？怎麼又是丫鬟又是馬車的。」

李翠娘沒說話，示意她先上去再說。

隨後馬車來到一塊空曠地停下。

李翠娘左右相看，見四下無人，拉住李小芸的手，道：「前些日子郡守家來了客人，聽說宮裡即將選秀，馬上就要著手準備了。」

「選秀？」李小芸不感興趣地哦了一聲，東寧郡不是沒選秀過，可是送進去的都是富人家的閨女，她們這種野花可跟這種事沒關係。

李翠娘咬住嘴唇。「我外祖母家曾經是皇商，這妳曉得吧；後來因為各種緣由被撤了，不過若是選秀重開，皇家好多生意也要重新競爭，我舅舅們都說要重拾祖上榮耀呢。」

「所以呢，難不成他們要送妳去選秀？」

「是啊。」李翠娘無語地嘆了口氣。

「唉……」李小芸同情地望著最好的朋友。

李翠娘見狀，捏了下她的鼻頭，幽幽道：「妳先別憐憫我，想想自個兒吧。」

「自個兒？」李小芸傻眼了，咧嘴笑道：「長成我這樣的應該不會被送去吧。萬一貴人看到覺得礙眼，豈不是讓郡守大人面臨殺頭之罪？」

李翠娘聽她自嘲，也笑了。

「咱們李才大叔沒有親戚，我們所有人都算他半個同族，妳以為他沒打過妳家主意嗎？不過妳姑姑嫁入城裡王家，所以王家率先出手，似乎有意培養李小花呢。說來也巧，此次東寧郡適齡女孩不多，所以才會下來篩選。金縣長家的閨女按理說應該會參加，可是他們家兒子是個傻子，閨女就這麼一個，自然捨不得，怕是會拿小花替代。」

李小芸大腦嗡嗡作響，小花參加選秀！我的老天……這、這也太難以想像了吧。不過李才大叔都能參選皇商，怕是再過幾年，李家村的人是不是都要搬到城裡去了？

「其實咱們也沒必要妄自菲薄，漠北三大家族駱家祖籍不也是駱家村嗎？李才大叔救下貴人走上一條通天之路，邵和先生又決定下場考試，要是當了官，妳爹是李家村村長，咱們村若是仿效駱家搞宗族，大家就都成了一家人……世家會百年屹立不搖，還不是因為枝繁葉茂，人口眾多？李才大叔若是真成皇商，他去信任外人，還不如拉拔村裡人呢。」

李小芸咬著唇。「我……我沒想過那麼多，若是你們都去京城，我就去縣城考繡娘。」

李翠娘嘆了口氣，道：「繡娘？妳怎麼不問我金縣長為何要捧李小花？」

「對呀，為什麼是小花，他沒選王家女兒嗎？」

「哼。」李翠娘揚起下巴道：「他自然不會白便宜了外人，據說是想讓妳給他做媳婦呢。金夫人看妳能幹，性子樸實無華，繡活又好，想讓那個傻兒子同妳訂親呢。」

「啊！」李小芸這次徹底呆住，嘴巴成圓圈，久久緩不過神，把她議親給一個傻子，爹娘一定不會答應的吧？

李翠娘摸了摸李小芸額頭。「其實金夫人是個明白人，我若是她也選擇妳，能幹、聽話又善良，看起來還是個好生養的，模樣什麼的想必她那傻兒子也無所謂。可是，我瞭解妳的性子，妳怎麼可能接受呢？所以趕緊來告訴妳，再過幾日我就要去城裡學規矩，怕是連同妳見面的機會都沒有。」

「妳要走了……」

「嗯。我還有好多東西要學呢，外祖母會親自教養我。」李翠娘心裡有些不捨，不想離開李家村，離開爹娘。

李小芸莫名覺得感傷，捏了下她的手。

李翠娘深吸口氣。「小芸，妳別不把我說的話當回事，或許妳不相信妳爹娘會把妳嫁給傻子，但這次的事情很難說。妳爹是李家村村長，若是李才大叔和李邵和先生真的走出去，妳爹這身分可就不一般了；金家現在訂下妳，還要送小花去選秀，怕是也有這方面的考量。」

「我……」李小芸吸了吸鼻子，她不想相信爹娘會放棄她，可是內心深處卻沒多少自信。

第九章

李小芸一路上不停琢磨，若是連翠娘都知曉這事，爹娘必然也聽到了風聲，他們到底如何想？

她心中苦悶，不知不覺中來到李蘭的屋前，蘭姊姊的兒子小土豆正割著豬草，逗弄著院子裡的小母雞玩耍。

李蘭見天色不錯，將娃娃尿炕的床單收拾出來搭在木杆上晾著，她詫異地看著木柵欄外的李小芸。「妳今兒個來得好早，吃飯了嗎？」

她早上起得急，凌亂的髮絲隨便綰了起來，眉眼間多了柔和的韻味。

李小芸一時間看失神，有些不好意思地垂下眼眸，道：「蘭姊姊，我剛和翠娘見面，心裡有些不好受。」

「翠娘？」李蘭揚眉。「她近來好嗎？我聽說她一直住在外祖母家，秋收都沒回村裡。」

「嗯，她外祖母親自教養她呢，說是……」李小芸頓了片刻，直言道：「說是郡守大人發話，要在郡裡找尋適齡女孩，送往京城。」

李蘭好歹在縣城裡待過，立刻明白其中深意，嘆氣道：「別以為這是什麼好事，若是好事，那些當官的怎麼不送女兒去京城。靠著女孩達成的富貴，總歸是鏡花水月，虛幻縹緲；更何況天下美女何止萬千，怕是江南隨便挑出個女孩都可以甩咱郡裡女孩一整條街呢。」

李小芸被她逗笑了。

「我不是因為她要走而失落，我希望翠娘過得好，但願她真的可以選上，一生富貴。只是她告訴我，金縣長不想把獨生女嫁得那麼遠，再加上他家兒子傻，所以把名額讓給了小花姊姊。」

「李小花？她真是個心大之人。」李蘭蹙眉，對此不置可否，態度始終淡淡的。這世上人和人的追求本就是不一樣的，她倒是不會對此說風涼話。

「但是為此需要付出的是……我幫金縣長照看傻兒子。」

李小芸沒有說得太過露骨，李蘭卻是愣住，憤怒道：「誰出的餿主意？妳爹答應了？」

「不知道呢，他們沒和我講。」李小芸搖搖頭，她因為胖本就早熟，此時更是有著道不明的失落。

「不嫁！」李蘭替她決定。「城裡繡坊要招工，有月錢，妳好歹從小跟在我身邊學刺繡，如今又是我正式的學徒，我幫妳託人讓妳進繡坊吧，咱自給自足，憑什麼大好的姑娘要一輩子伺候個傻子。」

李小芸眼眶發紅道：「謝謝妳，蘭姊姊，哦不，師父。可是託關係進去又如何長久？也容易被人詬病，我上次拿親手繡的荷包送了好多姑娘，她們似乎挺喜歡的，所以我對我的技法有信心，願意憑實力去考，就怕因此耽誤了小花的前程。」

金家把她和小花當成了一道選擇題拋給爹娘，這不是她一個人的事情，還關係著小花的一輩子……

「妳啊，妳知道婚姻意味著什麼嗎？金家居然有臉提出這種事，我估摸著妳那小姑沒起什麼好作用。早就聽說王家小媳婦近來跑縣長家跑得勤快，她倒是利用妳們兩個同金家扯上關係，於她兒子仕途有益。

「若是妳爹娘同意了，妳怎麼辦？」這話雖然聽起來傷人，李蘭卻不想迂迴地說。李小芸算是她看著長大的妹子，她知道她不是不動腦子的人。

李小芸愣住，這是她最不願意面對的。

「蘭姊……」

「難道他們若真給妳訂下親事，妳還就範不成？」

李小芸眉頭緊皺，用力地搖了搖頭。「我不會同意，哪怕一輩子嫁不出去，我也不會將就，我還有好多事情想做呢，比如做一個出色的繡娘，將蘭姊家的繡譜發揚光大。」

李蘭莫名怔住，沈默片刻，道：「我家的繡譜……還是妳一個人知道就好了。」

李小芸點了下頭，她清楚這繡譜背後怕是另有一些淵源。

之後兩人再就著親事說了一會兒話，講著講著，李小芸想通了，倒也不那麼難受，反正不管爹娘如何，她都不會讓後半輩子被他人掌握。她會努力的，她用力攥了下拳頭。

李村長的家門外，小不點爬上了院子外面的木柵欄，踩在上面，揮手道：「小芸，妳去哪兒了，剛才妳娘罵了半天，說妳熬的粥都快乾鍋了。」

李小芸暗道不好，她被李翠娘弄得失了神，忘記還在做飯呢。

「沒釀成禍事吧？」她問道。

李桓煜冷哼一聲。「還好有我在，幫妳解決了。」

「哦，謝謝。」李小芸目光游離。

李桓煜有些詫異，怎麼李小芸忽地就沈靜了？忍不住碰了下她的胳臂，問道：「剛才出去幹麼了，不會又被誰欺負了吧，二狗子嗎？」

李小芸搖搖頭。「別把我想的那麼弱不禁風。」

李桓煜小大人地擋住她的路，兩隻手抬起來捏住她的臉蛋，正對自己，審視了好久，斷定道：「不對！說吧，到底怎麼了？」

他太瞭解李小芸了……

李小芸不想同個半大的孩子說這些，敷衍道：「天冷了，別在院子裡站著，回屋吧。」

李桓煜不甘心地捧著她的臉，讓她的目光同他直視。「小芸，妳怎麼越來越不誠實，妳眼睛都腫了妳知道嗎？」

「有嗎？」李小芸忍不住擦了下眼角，果然有淚水的痕跡，瞧她慌神的，連流眼淚了都不自覺。

「怎麼了？」李桓煜纏著她不肯讓她輕易逃過。

「桓煜，你還小，別問那麼多。明日李先生來接你，我給你做了好多東西，記得帶走。」

李桓煜還想再問，但是夏春妮從屋裡走出來，看到李小芸怒道：「妳幹麼去了？這家裡妳到底還能做些什麼，不知道今日大郎他們累嗎？」

「哦，我肚子疼，去了趟茅廁。」

「肚子疼？去了幾次縣城真當自個兒是千金小姐，動不動就肚子疼，縣城糧倉的米差點就被妳糟踐了，快進來幫著收拾碗筷！」

李小芸愣了片刻，望著母親厭棄的目光有些胸悶。

大家都說女孩是母親貼心的小棉襖，她娘只喜歡穿小花那件，不要她這件破棉襖；不過倒是可以理解，難看的棉襖哪個女子會喜歡？她深吸口氣，將嗓子眼處莫名的哽咽生生吞下去。

李小花此時剛起，她近來心情不好，什麼都不想做。她穿著昨日姑姑送來的粉色綢緞棉襖，撩起簾子走入大屋道：「娘親，還有早飯嗎？」

夏春妮沒好氣地瞪了她一眼。「剛才還說不餓呢。」

李小芸垂下眼眸，繼續擦桌子。

「剛才睏，我昨日看書看得太久了，現在肚子裡的蛔蟲怕是餓了，有些難受呢。」

見李小花病懨懨的，夏春妮摸了摸她的頭，嚇一跳道：「妳額頭好熱，莫不是病了？」

李小花呆滯片刻。「不知道，但是這幾天確實身子不大好。」

夏春妮一臉擔憂。「我讓妳妹給妳起火單熬粥吧，再煮個蛋。」

李小花嗯了一聲，看向李小芸。「辛苦妹妹了。」

李小芸看著一臉焦急的娘親，又掃了一眼面容蒼白的姊姊，想拒絕的話終是沒出口，硬著頭皮點了頭，去了廚房。

李桓煜跟上去，忍不住一邊幫她燒火，一邊責怪道：「李伯母是妳娘親，李小花是妳姊，她們又不是妳主子，妳不知道會哭的娃才有奶喝嗎？妳不要老表現得那麼大度好不好！」

李小芸見他著急，道：「算了，我懶得吵；再說，興許在家待不了多長時間了。」她思前想後，打算提前和娘親說準備去參加繡娘子選拔，省得家裡怕她是賠錢貨，什麼樣的人都可以嫁娶。

李桓煜以為她想通了，用力拍了下她的肩膀。「這才對嘛，早就應該離開了。」

李小芸差點摔跟頭，揉了揉肩膀，小不點個兒不高力氣可真大呀。

「到時候我讓義父給妳單獨弄個院，採辦些丫鬟可好？省得妳總是親自下廚做飯，到時候我們想吃什麼吃什麼，想睡到幾點睡到幾點。」

李桓煜認真憧憬著兩人在縣城的生活，反正於他來說不是吃就是睡嘛，一張面如玉冠的臉越發明亮，令人無法移開目光。

李小芸失神片刻，卻沒把嘴邊上的話說出口，她怕小不點添亂，反倒令事情複雜，索性就讓對方先誤會著吧。

翌日傍晚，李邵和到了，李村長特意等著他登門拜訪。

李邵和打算進縣城住，那麼村裡的私塾要如何經營下去便成了問題，他們村就這麼一個秀才，外面有學識的人也不可能來這窮山僻壤教書吧。

李邵和卻是已打點好一切，同村長開門見山第一句就是黃院長答應派先生來李家村授課。李村長唯一擔心的問題立刻解決了，反而有些不好意思面對李邵和，於是吩咐夏春妮做了一大桌菜，好好款待李先生。

李邵和見李桓煜待李小芸特別依戀，喝酒的時候試探道：「李旺大哥，黃院長幫我在京城置辦了宅子，我平日要溫習課業怕是管不住桓煜，想借小芸一些時日。」

李旺一聽，愣了片刻，又想起妹妹所言。李小芸若是日後要給金縣長做兒媳婦，就不能再繼續帶李桓煜了……

他有些猶豫，又不願意得罪李邵和，佯裝醉意道：「實不相瞞，我家小花要進城了，原因想必先生聽說了，所以怕是年前沒法讓小芸離開村子，否則孩子她娘實在是忙不過來。」

其實他年後也沒打算讓李小芸離開，這麼說不過是給李先生面子而已。若是沒有金縣長的媒約，哪怕讓李小芸去給小不點做丫頭都成，可是若是她遲早要嫁入縣長家，現在還給人帶孩子豈不成了笑話。

李邵和聽到此處立刻明瞭對方是在委婉拒絕。其實李村長這些年來幫了他很多，包括李桓煜都是李村長媳婦和閨女帶起來的，他如今都要離開村子了還想帶人家孩子走確實不合適。他是聰明人，所以便不再追問。

李桓煜尚不知情，還以為李小芸會和他一起進城呢。

入夜後，微醉的李邵和抱著睡熟的小不點上了馬車，連夜趕回城裡。

李小芸把李桓煜所有東西都整理成大包，包括兩隻鷹，一併交給李先生。

她望著遠處的車馬，頭一次清楚意識到，李桓煜，徹底離開了她的生活。這些年來的往事歷歷在目，她莫名就紅了眼眶，回到床上哇哇痛哭。

她吸了吸鼻子，鋪好床鋪，一個人躺在上面，左手本能地伸向旁邊，每次半夜都習慣去撈小不點，但是此時，除了冰涼的床鋪，什麼都沒有……

李小芸實在睡不著，就在床邊點了蠟燭，借著火光繡了一條手帕。

這手帕完成得很快，針法卻極其細緻，花樣不過是一棵小樹，上面落了兩隻小鳥，一大一小，大的用翅膀輕輕覆蓋住小鳥啄食……李小芸也不明白自個兒幹麼半夜繡這個，她盯著兩隻鳥兒看了半天，深吸口氣，再次臥倒在床，此時天微濛濛亮，眼看著快到雞鳴時分。

李旺晚上吐了，一覺睡到日上三竿，幾個兒子下了地，夏春妮先是把所有人的衣服洗了趁著晌午的日頭晾乾了，看了眼時辰，發現李小芸居然還沒起。她推開她的門，嚷嚷道：「芸丫頭快起床，一會兒還要給哥哥們做飯呢。」

李小芸迷迷糊糊地揉下眼睛，本能伸手向旁邊拍人，猛地想起小不點已經走了，胸口處空落落的，開始心不在焉地穿起衣服來。

夏春妮見狀，用掃把甩了下她的屁股。「什麼表情，給誰看呢？」

她忙活了一上午，心裡正不悅呢。

昨晚李旺喝多了，脾氣就上來了，又數落了她一堆不是。她算是看出來，這男人呀一旦自我感覺良好，就開始挑女人不是。

李小芸看出娘親心情不好，也不敢多說話，老實去廚房摘菜，滿腦子都是小不點委屈的目光和不情願的模樣。李先生從未帶過小孩，能照顧李桓煜嗎？若是採買丫頭，一個大男人，能管理好家嗎？可別讓刁奴上位，欺負了李桓煜。

這一點李小芸真是老母雞心態，想多了。

李桓煜一睜眼便感覺床邊有人在給他蓋被子，於是本能地拍了下對方的手，右腿把被子一踹，伸出去道：「揉揉腳底，昨兒個走路太多累著了。」

對方怔了片刻，立刻給他捏腳。

李桓煜卻有些納悶，李小芸這手勁太小了吧？一睜開眼，發現竟是個穿著粉色衣裳的陌生女孩。他下意識抬起腿就踹了她一腳，女孩沒來得及躲被踹到了地上。

「妳是誰？誰讓妳進來的?!」

陌生女孩十四、五歲的模樣，捂著胸口道：「奴婢叫紅菱，前幾日被黃夫人買來給李先生做丫鬟的。」

「丫鬟？」李桓煜發現自己只穿了件短褲，急忙鑽進被子，惱羞成怒道：「滾，去把……」

他猶豫了一會兒，總不能說去把李邵和叫過來吧。

紅菱看出他的躊躇，主動道：「如今後院管家的是王管事。他是先生岳丈家的老人，過來照看先生的。」

李邵和同京城岳家關係一直不錯，李桓煜是清楚的，此時他硬著頭皮道：「那妳先把櫃子裡的衣服給我拿過來。」

李桓煜看賊似地盯著對方，紅菱也是極其鬱悶的。

管事說她伺候的是府裡除李先生以外唯一的主子，還萬千囑咐必須好好伺候，她本來沒覺得什麼，畢竟是小孩子嘛，沒承想上來就挨了對方一腳。

其實紅菱長得漂亮，櫻桃般的粉色紅唇、眼睛水汪汪的，任誰看了都喜歡，偏偏遇到了不懂得欣賞美女的小屁孩。

她無語地捧著一條長褲、外衫走向床邊，猶豫著用不用她幫少爺更衣呢？

「站住。」李桓煜沒好氣道，語氣很是嫌棄。「就站在那兒把衣服扔過來。」

紅菱臉頰一熱，她有那麼讓人討厭嗎？

這位小公子好像躲避瘟疫似地都不讓她離床鋪近距離站著，也太傷人自尊心了。

李桓煜接過衣服，抬頭掃了她一眼，怒目道：「不是讓妳滾嗎？待在這裡幹什麼。」

紅菱再也忍不住流下眼淚，她低著頭，擦了下眼角，轉身跑了。

真是一天都不想伺候這位少爺了，什麼脾氣呀。

李桓煜瞇著眼睛冷哼一聲，他這「玉體」豈是誰都可以看到的？他計較著呢。

紅菱從少爺房裡出來就去尋了管事，她可一定要解釋清楚，別再為此受罰。

王管事約莫五十多歲，留著淺灰色的鬍鬚，模樣倒是儒雅，一點都不像是奴才出身。

她忍不住小聲抱怨道：「奴婢真的什麼都沒做……小主人就發怒了。」

「好了，妳若是什麼都沒做，小主人會發怒嗎？」王管事十分向著李桓煜，根本不給紅菱解釋的機會。

紅菱鬱悶了，卻不敢反駁，垂下眼眸輕聲抽泣。

可不就是小主人亂發火嗎？

「王管事，這丫頭如何處置？」說話的是一名白氏婦人。

王管事瞇了下眼睛。「帶著她去見主子，讓少爺定奪是否攆出去？」

白氏婦人蹙眉說：「還見什麼主子，這等惹主子生氣的刁奴直接發賣了吧。」

王管事想了下，道：「那就妳安排好了，我去看看小主人。」

他抬起頭，目光看向窗外日頭，眼底竟是隱隱生出一層水霧，還手握成拳，有些激動。

紅菱嚇傻了，她什麼都沒做就被要發賣了?!

她本就長得漂亮，怕會被人賣到窯子裡去。

她急忙跪地磕頭，求饒道：「求王管事、白嬤嬤再給小的一次機會，小的再也不敢惹少爺生氣了！」

她不停道歉，聽在其他丫鬟耳裡著實讓人同情，但是那白氏婦人卻面無表情，似乎早就看慣了，一點都不會生出憐憫之意。

白嬤嬤淡淡掃了她一眼，衝著門外的婆子道：「退回去吧，銀錢就算了，好歹在咱家待了些時日，囑咐李婆子幫她尋個好人家。」

紅菱微微一怔，不再哭鬧，很是誠懇地謝了一下白嬤嬤。

白嬤嬤冷冷道：「不用謝我，只是想多積些福氣。」

紅菱怕白嬤嬤改變主意，不敢再多說，有了剛才那句囑咐，又不需要李婆子退銀錢，對方應該會幫她換個好人家吧。

紅菱收拾了下包裹，忍不住又哭了起來，接替她的丫鬟叫做墨蘭，兩個人同屋住了八、九日，還有些交情。她囑咐墨蘭道：「小主人似乎特別不喜人近身，妳切記要躲著他，哪怕離得遠都成。」

墨蘭嗯了一聲，她算是看出來了。

雖然大家都說李桓煜不是李先生親生之子，但是從王管事、白嬤嬤的態度來看，誰都可以得罪，唯獨李桓煜是打死都不能得罪的主兒。

李桓煜一睜眼發現整個環境都變了，說實話是有些不適應，最讓人憂傷的是他從王管事口中得知，李小芸並未搬來城裡住。他莫名覺得煩躁，可是考慮到對方身分終歸沒有發火。他腦海裡浮現出小芸常和他講的話——李先生收養你是你的造化，切不可做白眼狼給人平添麻煩。

好吧，他不忤逆義父，對於義父一直極其看重的岳丈家的人，自然也知書達禮起來。

王管事看著高興，見他更衣好卻未曾上靴，於是主動蹲下幫他穿鞋。

李桓煜嚇了一跳，卻忘記拒絕。

他穿好鞋子，坐在床邊，卻見王管事站著，便不大適應道：「王……管事您也坐下來吧，我義父呢？」

王管事搖了搖頭。「小的是奴才，在主子面前必須站著。邵和先生去書院了。黃院長有意年後讓邵和先生進京參加考試，考慮到日後考中需要走的關係，還是早些讓邵和先生在京中露臉才是。」他並未因為李桓煜年齡小而敷衍了事，反而詳細解釋，態度極其恭敬。

李桓煜不好意思地摸了下頭。「那我需要上京嗎？」

若是離開東寧郡，豈不是再也見不到小芸姊姊了？他胸口一堵，急道：「我不想上京。」

王管事慈祥地看著他。「放心吧，小主人暫且不需要上京。」

李桓煜長吁口氣，這才踏實下來。

王管事凝視著他，目光捨不得移開，嘆氣道：「小主人這些日子受苦了。」

李桓煜一怔，抬起頭古怪地看著他。「不曾受苦，大家都待我極好。」

王管事嗯了一聲。「咱們先在此地上學，龍華書院雖然算不上頂級書院，黃院長倒著實是真才實學之人。院裡還有武術師父，倒是省得去外面找了。老爺怕小主人身子調養不好，特意找了個老嬤嬤，稍後小主人會見到她，叫她白嬤嬤便是。」

李桓煜點下頭，其實對王管事嘴裡的小主人三個字很不適應，總感覺不是在說他似的。

「說人人便來了。」王管事聽到院外聲音，說：「白嬤嬤，妳快進來吧。」

白嬤嬤進屋恭敬地同李桓煜行了禮，道：「小主人眉清目秀，真是像……嗯，模樣真好。」

李桓煜望著他們兩人，總覺得哪裡奇怪，不過他懶得深思，如今他最著急的是如何讓李小芸來城裡住啊？一想到把小芸一個人留在村裡，他就心裡慌亂，滿滿的都是不放心。那個笨蛋李小芸，若是他不在村裡，到時候那丫頭被人賣了還幫別人數錢呢。

不成，總是要尋個辦法，他和小芸不可以分開。

王管事和白嬤嬤對視一眼，拉來兩個小姑娘，給李桓煜介紹道：「方才嚇著你的紅菱讓人退回去了，日後有墨蘭和墨悠服侍你。」

她言語落下，兩個小丫頭立刻跪在地上，戰戰兢兢地磕了個頭。

李桓煜不大習慣別人上來就跪，淡淡地說：「我不需要人服侍，我……不習慣。」

白嬤嬤一怔，眼底湧上一股柔和之色，嘆氣道：「小主人，今日不同往日，你不用那麼辛苦。」

她看了一眼王管事。「小主人小時候受的苦太多了。」

李桓煜頭皮發麻，真受不了他們，他真不覺得自個兒受苦了啊。

他過得很快樂，整日欺負小芸欺負得很過癮好嗎？不過話說回來，他對欺負別人著實沒有興趣。

「一般人家的少爺都要有丫鬟伺候，小主人若是不習慣，可以讓她們在屋外住著便是。」

天啊，本來還要住屋內嗎？李桓煜不由自主道：「先這樣吧，我去書院上學了。義父也在書院呢，對吧。」

他現在只著急李小芸的事情，自然要先見到義父才好。

李桓煜到了書院就滿處找李邵和，最後才發現他竟然和黃院長一起在大堂說話，於是同管事稟告了一聲，被帶入大堂。

李邵和溫暖地看著李桓煜，道：「還說讓人去找你呢，來，給你介紹個小夥伴。」

李桓煜一愣，將目光落到黃院長旁邊的少年身上。

他身材比他壯實，臉龐稜角分明，面容極其英俊，是他有記憶以來見過最漂亮的男孩。他年齡不大，腰間卻別著一把軟劍。大黎國明文規定，不是什麼人都可以攜帶武器上街的，所以李桓煜初步判斷這人定是世家子，而且不是簡單的世家子。

男孩似乎也是極其高傲的，但是在看到李桓煜的模樣時卻是一愣。「咦，黃伯伯，我怎麼覺得這小孩很眼熟呀？」

咚的一聲，李邵和的茶杯差點摔在桌上，他猶豫了一會兒，道：「五少爺見人頗多，難免覺得誰都眼熟。」

李桓煜不屑地掃了那男孩一眼。什麼叫做「這小孩」？他自己看起來也不大好嗎，李桓煜想拉著義父出去說話，沒想到他們似乎有要事詳談，義父沒出來不要緊，還要他帶五少爺到處逛逛。

「你叫什麼？」出來屋子後，李桓煜沒好氣地瞪了他一眼，這人比他高不少呢，他想起李小芸嫌棄他個子矮，忍不住求教——「你多大了？肩膀怎麼那麼寬，如何練的？」

五少爺還是覺得李桓煜眼熟，又想不起到底在哪兒見過，於是皺眉道：「我十歲了，出身漠北靖遠侯府，我爹是世子，不過祖父尚在家裡並未分家，我排行老五，大家都叫我五少爺。至於肩膀……」少年扭了扭脖頸處。

「真的很寬嗎？你是沒見過我大哥、二哥，那才是真正的男人。」

「哦。」李桓煜低聲應道。

靖遠侯府？他猛地抬起頭。「靖遠侯府不是……歐陽家嗎？」

少年一副看傻子似地盯著他道：「說半天你沒聽懂嗎？我是靖遠侯府五公子，歐陽燦！」

莫怪少年如此反應，歐陽家的名號在大黎國可說是無人不知、無人不曉，尤其靖遠侯嫡親妹妹歐陽雪更是當今皇后，先後生下二皇子、四皇子、六皇子三位麟兒。

李桓煜不是個好惹的主，他一把揮開歐陽燦張揚的手臂。「你吼什麼？不過是多問了一句。」

兩個人一言不和，竟就吵了起來。

李桓煜從小性子就強，此時在歐陽燦各種威懾下依然不服輸地撲了上去，扭打成一團，最後還是被前來尋李桓煜的白嬤嬤拉開。

李桓煜坐在地上，胳臂處全青了，他小歐陽燦兩歲，個頭也比他矮，自然吃虧。

白嬤嬤心疼地看著他，又不好斥責歐陽燦，只能盯著李桓煜的手臂抹眼淚。李桓煜對於白嬤嬤來說，並非李邵和的義子，而是另外一個人。

但是物是人非，這世上從來是三十年河東、三十年河西，若是放在先帝時期，歐陽家哪裡比得上他們家顯貴半分？

可是此時……白嬤嬤整理好李桓煜衣衫，還要同歐陽燦示弱，吩咐人將兩位少爺帶回屋子裡休息。

歐陽燦沒受太多傷，靖遠侯府尚武，他大哥哥都已經進了軍營，所以他從小就被當成士兵訓練，身子骨兒極其強壯。此時看白嬤嬤紅了眼眶，再看李桓煜不甘心的臉上一塊青一塊紫的頓時有些不好意思，若是他大哥歐陽穆知道他又亂打架了怕是會剝了他一層皮。

說到底，其實歐陽燦還滿欣賞李桓煜的性子，他最反感的就是滿嘴之乎者也、自以為是的人。歐陽燦友好地送出靖遠侯府獨有的膏藥，李桓煜見他雖然只有十歲，卻體格壯實，忍不住生出嚮往之意，雖然心底有些計較，但還是原諒了他。

兩個人一個下午處下來，竟成為了好朋友。

李桓煜纏著歐陽燦，道：「你大哥就是傳說中的年少將軍歐陽穆嗎？」

「那是當然，他雖然是我二叔家的長子，不過我們家男孩都在祖父膝下長大，關係甚好，大哥把我當嫡親弟弟疼呢。」

「有哥哥真好呀。」李桓煜真心讚道。

歐陽燦揚起下巴，自豪道：「歐陽家的男孩都是極好的。」

「你身子骨兒真棒，改日帶我練練吧。」

李桓煜嘟著嘴，莫名其妙老是想起李小芸嫌棄他個頭的事情，其實他如今已經不算矮了，卻比不上歐陽燦。

「你看起來確實更像個書生。」歐陽燦可不懂得敷衍應對，直言道。

李桓煜被打擊了。「會不會是因為我是女孩帶大的？」

一切都怪李小芸吧，還嫌棄他矮！

「哦，對了，你沒有哥哥，那以後便給我做小弟吧，我罩著你。」

歐陽燦說完覺得很痛快，他是歐陽家這一代嫡出的么孫，哥哥們的話他都要聽，早就煩了，此時遇到李桓煜，便搶著要做哥哥。

李桓煜不甘心被當成弟弟，可是不管從年齡來說，還是從樣貌來看，他都不像是大哥。

「罷了，你若是可以幫我把身體練上去，叫你聲哥哥無妨。」

歐陽燦不屑地掃了他一眼。「漠北想讓我當哥哥的多了去了，瞧你這德行。」

但是不知道為什麼，李桓煜高傲的來勁樣子還挺合他胃口的。

於是晚飯後兩個人就跑後山去打鬧了。白嬤嬤擔心刀劍無眼，索性派了侍衛盯著這兩個小孩子。

若是小主人和歐陽家嫡出子弟交好，也不是什麼壞事。但是白嬤嬤算是看出來了，李桓煜可不是好脾氣的主兒，莫非是遺傳，很像當年的侯爺呢。

侍衛回報，兩個孩子已經回來，還躲在屋裡交流心得。白嬤嬤總算放下心，見王管事忙完了，湊到一處說話。

王管事道：「上天有眼，小主人一切安好，而且改回李姓，甚好。」

他一把年紀了，想起曾經種種只覺得世事無常，好在一切回到正軌，便忍不住流下淚水。

白嬤嬤安撫道：「我家夫人說了，實在是感謝秦老爺。」李邵和岳父姓秦。

「妳不要如此說，我家老爺祖上還是侯爺家的奴才，不過是當年老太太開恩才脫了籍。」

白嬤嬤嘆氣道：「沒想到最後竟是靠著這條線……」

「嗯，白嬤嬤進京時可曾入宮？」

白嬤嬤一怔，搖了搖頭。她如今名義上是白家六房嫡女白容容的陪嫁嬤嬤，白容容是靖遠侯府世子爺夫人，歐陽燦的母親。

話說當今聖上並非李太后所出，也有人說聖上為了登基，先是討好李太后，待奪得大權後，又開始削弱她的權勢；更有傳言，當年太后娘家鎮南侯全族遭匪徒血洗、斷子絕孫，便是皇上暗中操作……

當時李家有一房娶了漠北白家女為媳婦，恰巧她帶著一對雙胞胎子女回娘家探親。為了保存這僅剩的鎮南侯血脈，又怕日後皇家追究，白家只好犧牲了一戶旁支子女，又將這男孩、女孩徹底入了白家籍。

其中的女孩便是白容容，她最後以白氏六房嫡出女的身分嫁給了靖遠侯府世子爺，並且生下兩個孩子。

男孩被寄養在另外一戶白家，成親後妻子竟然也生下雙胎。雙胎並不多見，白家又是大戶人家，就怕有人為了討好皇帝拿此事作梗，眾人商討後決定對外宣稱就生了一名女孩，取名叫若蘭。至於那男孩，大家本想偷偷養在鄉野間，豈料男孩三歲時，朝堂上有了零星討論鎮南侯案的聲音，眾人為避免節外生枝，趁著孩子尚小、無甚記憶，決定把他送入一戶李姓人家承嗣。這樣好歹可以恢復姓氏，就算日後無法平反，也可以替鎮南侯傳宗接代。

知道真相的除了李太后以外，只有歐陽家和白家的部分人——歐陽家之所以成全太后，純粹是為了給歐陽雪鋪路。太后好歹統領後宮多年，手中尚有勢力，即便新帝釜底抽薪毀了李太后娘家基業，卻也只敢推到匪徒身上，不敢明目張膽。

若是想把這男孩神不知鬼不覺送出去，卻也不能再是熟識之人。眾人調查之後發現漠北最偏僻之地尚有一個李家村，好巧不巧，這李家村裡還有一個李邵和是同李太后勢力有淵源之人，所以才有了後面這些事情……

當時，若不是李小芸撿了李桓煜，也會有其他人發現，然後由李邵和認下此子，徹底落戶李家村。

李家村位於東寧郡，是在靖遠侯府歐陽家的勢力範圍內，一般人想查李桓煜底細也不是那麼簡單。更重要的是，李桓煜確實在李家村長大，還是李小芸親手撿回來的，根本無須歐陽家、白家人出手，誰查都查不出問題。

說到底，李桓煜其實同歐陽燦還真有血緣關係，只不過兩人並不知情罷了。

歐陽燦之所以途經此地，和白嬤嬤有一定關係。白嬤嬤本是白容容母親的丫鬟，也就是李桓煜祖母的丫鬟，自然想留下來守著他了。於是白容容只好藉口報答李先生恩情，讓老嬤嬤去府上帶孩子。日後的預定走向怕是老嬤嬤在東寧郡突然患病，後受誰恩惠最終決定留下來……

入夜後，歐陽燦爬上李桓煜的床。「你這房裡也不安插個人，想喝口水都要自己出去倒。」

李桓煜正翻看著歐陽燦分享給他的一本武學書籍。「你生得那麼壯，倒杯水會累死嗎？」

「既然可以使喚人，幹麼要自己倒水？」歐陽燦可不認為自個兒有什麼錯。

「反正我是不喜歡有人在旁邊候著，煩。」

「可是我聽說你以前是被個村姑帶大的，還同枕而眠。」

李桓煜一怔，又想起李小芸，煩躁地把書扔一邊。「歐陽燦，靖遠侯府不是漠北最厲害的人家嗎？我想把小芸帶進城，你幫幫我吧。」

歐陽燦挑眉，這傢伙求人幫助姿態還這麼高啊。

「小芸是誰？村姑？」

「你才是村姑，小芸就是小芸！」李桓煜認真說，不喜歡歐陽燦張口村姑閉口村姑。

歐陽燦神秘兮兮地低下頭。「你這麼緊張小芸，她一定是個美人吧。」

李桓煜愣住，他從未想過這種事情。

他待小芸一切隨心，完全就是看不得有人欺負她，包括現在歐陽燦賊眉鼠眼的樣子，看起來真是……讓他非常、非常不爽到了極致。

燭火跳動著，歐陽燦見李桓煜恍神，嘲笑道：「那個小芸充其量是你奶娘吧。其實我也有奶娘，以前我對她也滿依戀的。」

「奶娘？奶娘是什麼？」李桓煜一怔。

歐陽燦好心解釋道：「我娘親要陪著父親去京城，必然要留人照顧我。我小時候都是喝奶娘奶長大的……」

李桓煜目瞪口呆，奶娘是餵奶的……小芸的……他滿臉脹紅，有一種被侮辱的感覺，揚起小拳頭就衝著歐陽燦的臉拍了過去。

歐陽燦頓時傻眼，他是誰啊，漠北赫赫有名的土霸王！他好好同李桓煜解釋居然被拍了臉，於是兩人二話不說又幹了一架。

白嬤嬤聽說後急忙趕來拉架，兩個人打得痛快了，果然挨打的還是李桓煜。他的鼻血流了出來，染紅嘴唇，歐陽燦見他這麼一副鬼樣子，同情心再次氾濫，覺得自個兒又過了。

兩個人打架，一般往往占了便宜沒受傷的人很容易原諒對方，於是很快歐陽燦又去幫李桓煜找藥了。

李桓煜暗自發誓，一定要好好練身體，有朝一日，揍死歐陽燦這個臭小子！

俗話說打是親、罵是愛，小孩子的友情都是打出來的，沒幾日歐陽燦就又和李桓煜成為了可以探討「奶娘」這種親密話題的好夥伴。

龍華書院的學生講話都文謅謅的，十分無趣。歐陽燦不敢說自個兒是歐陽家五少爺，於是自稱楊燦，但是因為其天生的威武氣勢，大多數人都繞著他走路，歐陽燦所到之處方圓幾里都無人出沒，因此他更加體悟李桓煜的好。

這沒心沒肺、膽大包天的奶娃子……

有人跟他說話總比沒人強，於是歐陽燦待李桓煜又好了許多。

第十章

李家村

李小芸近來時常關注爹娘的動靜，看他們何時才會和她言明金縣長的事。如果金縣長想訂下她和他傻兒子的婚事，必然怕日後她爹勢起後不同意，所以會立刻讓媒婆提親，然後交換文書，先備案此事。

她心頭有些疼，就算爹娘許了此事，是否要同自個兒說一聲呢？對方門第再高，成親對象也是個傻子，他們真要把她的終身，綁定在這樣一個人身上？

怕是爹娘也會猶豫吧，但是秀女待選的事又關乎小花前程，什麼事情但凡遇到小花，被捨棄的必然是自己。

李小芸有時候真想朝他們吼一吼——難道我不是爹娘親生的女兒嗎？她已經很努力不給家裡造成負擔了，為什麼就容不得留下她？

李小芸開始患得患失，她沒勇氣和親人鬧翻，便躲到李蘭那兒練習刺繡。她極其刻苦，手指都被扎成了馬蜂窩。

李蘭見她如此，猶豫道：「小芸，我曾經在城裡的如意繡坊做過幾年，他們每年入春都會招收繡娘，妳願意去試試嗎？」

「繡娘……我可以嗎？」李小芸畢竟才學了幾年刺繡，針法在同齡人中還算可以，可是在行業內必然就只是普通水準了。

「傻孩子，繡娘也不是讓妳一來就獨立完成作品的。我的一個好友如今剛剛晉升正式繡娘師父，可以帶學徒了，我打算託她幫幫忙，妳又確實有實力，就讓她收妳好了。」

李小芸眼睛一亮。「那太好了，我聽人說繡坊是包吃包住的吧？」

她如今只想盡快離開李家村，還可以自力更生，否則總是拿人手短、吃人嘴軟。但是她年紀小，又不能自報家門，未必什麼營生都敢收她；若不是好的前途，她爹娘也不會允許她走的。

「只是如意繡坊的學徒是要簽訂賣身契的……」這年頭哪個繡坊也不想剛剛培養出來的繡娘轉投其他繡坊。若是簽訂賣身契，怕是李旺和夏春妮會第一個出來反對吧，就算沒有金縣長的事，李村長為了面子也不可能把女兒賣出去。

李小芸也深感艱難。「賣身契是終身的嗎？」

李蘭搖搖頭。「並非必要是終身的，可以設定年限，但是一般至少八年，李村長肯定不同意；若是簽個五年倒是合適，到那時要是妳技法高超，還樂意留在繡坊，未必沒人幫妳。」每個繡坊背後都有勢力，對付金縣長這種人，李小芸一個人的力量太薄弱了。

「小芸，若是想讓其他人幫妳，首先自己本身就要具備價值。現在的妳，雖然沒有價值，將來也不能說沒有。我也不認同妳嫁給金縣長家的傻子，可是媒約從來是父母作主，就連李先生都不能插手。」

李小芸咬住嘴唇，她真的好害怕爹娘放棄她。

「李先生要是個潑皮無賴還可以耍混，可他是要參加科舉的，此時必然沒法幫妳，否則傳出去成什麼樣子了。妳爹娘尚在，又是官員之子明媒下定，單憑一句妳不願意，說出去只會讓人覺得孩子不懂事，辜負父母養育之恩，這是大逆不道之言。」這話雖然令人難以接受，卻都是實話。

李小芸淚水盈眶。「我想去繡坊，師父您幫我安排，賣身契的事我去和爹娘說，希望可以談到五年，否則……我爹娘必不會同意。」

李蘭見她如此，想起她何嘗不是孤兒寡母受人欺負，有太多身不由己才會躲回村子裡生活。她攥住李小芸的手，道：「小芸，妳放心吧，繡坊的事情我去辦，關鍵是妳爹娘必須允許，否則沒人願意收留來路不明的女子，惹上官司。」

李小芸擦了下眼角。「嗯，我這次一定不會妥協。」

得了李蘭的承諾，心知剩下的必須靠自己了。

她有自己的路要走，她已經認清這輩子無人可靠，也希望父母念在親情的分上，莫要逼她。

她回家見娘親正忙活午飯，站在廚房門口，一言不發。

夏春妮白了她一眼。「傻站著幹麼，過來幫忙。快過年了，我要去城裡採買些東西，妳可別偷懶，小不點不在了，好多活要妳做起來。」

李小芸垂下眼眸，道：「小花呢？」

夏春妮背對著她切菜。「屋裡練字呢，她明日同我一起進城。」

「是去姑姑家？」

「嗯，妳姑姑說想她了……」

「還是去金縣長家？」

夏春妮剛要應聲，忽地就呆住了。

窗外陽光照了進來，越發顯得灶台破舊。

「是去金縣長家嗎？」李小芸再次問道，嗓音中掩蓋著一抹顫抖，雙手交疊按著。

夏春妮依然沒說話，把菜切完，放入盤子裡，又點了火，兩隻手抹了下圍裙，回過神，冷冷地說：「妳想問什麼就說吧，一家人，沒必要用言語噎人。」

李小芸紅了眼眶。「我聽人說你們想把我許配給金縣長家的傻兒子。」

夏春妮瞪眼道：「哪個混帳說的，咱家事妳不信爹娘還信別人不成？我是妳親娘，還能真害妳不成？」

「金縣長家的兒子是個傻子，我不要嫁給他，死也不要！」李小芸堅定地說。

夏春妮胸口發悶，她就想把女兒嫁給傻子嗎？為了這件事情她何嘗沒和李旺吵過，本來心裡就已經很不痛快了，現在女兒還過來質問她。

「娘親，我求求您了，別把我嫁給傻子。」李小芸淚流滿面。

夏春妮深吸口氣，沒好氣道：「世人傳言妳便信嗎？人家還把妳說成個醜八怪呢，可是真有那麼難看嗎？若是流言都是真的，妳日後婚事還不說了？」

「可是我不是傻子啊，我只是胖而已。」

「成了，金縣長家的兒子未必如傳言那般，妳能不能先別給我添亂，否則娘也不好受。」

李小芸拉著夏春妮的胳臂。「求您了，娘親，我……我能幹活，我也可以去城裡找活計幹，絕對不給家裡添麻煩，不花家裡一分錢，求求你們別把我嫁給傻子。」

夏春妮見女兒哭得跟個淚人兒似的，多少有些難受。「妳別哭了，此事我再琢磨一下，本就是沒定下來呢，就知道哭，到時候讓妳爹看到了，就真拍板把妳嫁給傻子。」

李小芸一怔，見娘親態度並不堅決，急忙擦了下鼻涕，保證道：「娘親，我、我以後一定多幫家裡幹活，不搗亂……您一定要幫我。」

夏春妮一陣頭大，敷衍道：「先起火做飯，什麼事年後再說。」

李小芸見娘親又開始忙活了，跑過去搶活幹，看來此事年前是定不下來了。

但願年後也定不下來……

過年了，李小芸以為李桓煜會回村裡過年，沒想到不僅李先生不回來，連李才大叔都把李老夫人接走了。沒有了這些小夥伴，李小芸忽地感覺村裡安靜不少，有些不大習慣。

李小花初一就被王家接走了，他們還打算接小芸一起去城裡過年。李小芸擔心會扯上金縣長，佯裝病了死活不起床，這才躲過一劫。

夏春妮包了好多餃子，分別放在幾個筐裡，同李小芸說：「這些是給妳二叔家的，那一包送到城裡李先生家。咱家和李先生鄰居一場，總是不好斷了聯繫。李先生前幾日在城裡見到妳爹，還提議讓妳過去玩，我瞅著家裡活太多就給回絕了。後來妳爹說我來著，這次妳過去好好解釋下農活忙，若是李先生留妳，待上一日也無妨；但是不能再久了，小花不在，家裡沒人幫我幹活。」

李小芸聽說可以去城裡看小不點，心情沒來由好了起來，不停點頭，至於她娘到底說了啥其實完全沒注意。她給小不點做了衣裳，還給黃姑娘繡了小東西，打算一起送出去。

從李家村走到縣城大概一個時辰，李小芸這條路走慣了，倒也不覺得累，中途還搭了村裡大叔的馬車，所以臉上並沒有汗水。

李桓煜聽說李小芸要來看他，一起床就爬上屋頂最高處坐著，眼巴巴看著遠方，也不知道笨小芸什麼時候才會到。他不在，李伯母和李小花還不往死裡使喚她？指不定會掉多少肉！

一想到李小芸掉肉，李桓煜就心疼，好像掉的是他的肉。

歐陽燦晨練後也爬上房頂。「你『奶娘』據說要來啦。」

李桓煜兩眼圓睜，拿起一塊瓦磚就要扔過去……

歐陽燦急忙躲開，鄙夷道：「我倒要看看你的小芸生得多麼天香國色。」

他年齡不大，所以尚未近過女色，可他好歹是男孩，府上漂亮丫頭又多，便理所當然認為，能令李桓煜稀罕的必然是大美人了。

李桓煜撇開頭懶得搭理他，始終盯著胡同遠處的人群，臉色越來越沈。

笨蛋小芸，這都什麼時辰了，怎麼還沒有到呢？

李小芸來到城裡，先去了黃府。

黃怡見她難得來玩，偏要留吃午飯，葉嬤嬤亦幫著招呼，轉眼就過了晌午；若不是黃怡必須睡午覺，怕是還不肯放李小芸離開呢。

李小芸臉皮薄，坐了一會兒才擺脫黃怡，來到李邵和買的新宅子外面。

她看了一眼手中地址，總算揚起唇角，暗道——小不點，姊姊來看你啦！

李桓煜坐在房頂上多時，冷風襲來，吹得他臉色發白，肚子咕嚕叫了一聲。他本想和李小芸一起吃早飯的，可是……現在午飯時辰都快過了！氣死他了，到時候一定要「好好」蹂躪李小芸！

歐陽燦見李桓煜生悶氣，怕他又發瘋，躲得遠遠的兩腳翹著坐在一旁。忽然，他見李桓煜猛地站了起來，兩手攥拳，眼底流露出激動之色。

他也急忙踮著腳往遠處看，倒是有人從大街上拐進這座宅子的胡同。但是歐陽燦找來找去也不知道誰是小芸。一共就三個人，一名穿著藍色布衣的書生，一名挽著菜籃的大媽，還有一個揹著兩個大包裹的胖子，那包裹快比她人都高了，更顯得整個人是個渾圓的胖子。

「李小芸，妳居然敢現在才來！」李桓煜直接跳下屋頂，猛跑去外面院子開門。

歐陽燦也跟了出去，眼睜睜看著李桓煜投入胖子的懷裡，還在她身上又拉又扯，連捶帶打，一副扭扭捏捏的賤模樣……

他……忽地感到背後颼過一股涼風。

這就是小芸啊……

李桓煜就是為了這個「小芸」和他打架的嗎？

歐陽燦對於李桓煜的審美觀極其鄙視。

李桓煜卻當他不存在似的，仰起頭使勁蹭著李小芸，捏捏她的手，揉揉她的身，皺緊眉頭道：「小芸，妳腰又細了……」

細了？李小芸頭皮發麻，這小孩到底是誇她還是損她呢？全天下怕只有他一人覺得她變瘦了。

不過李小芸心底莫名開心起來，她的腰真的瘦了？真的？

啊噎……

李小芸擔心道：「怎麼流鼻涕了？真不會照顧自己。」

她摸了摸李桓煜的額頭，才發現遠處站著一名身材威武高大的男孩。

那人肩膀處披著白色貂毛，瞇著眼睛，神色倨傲，一看就是世家子弟，十分與眾不同。

「咳……」李小芸戳了下李桓煜。「你新認識的小夥伴嗎？」

李桓煜一怔，扭過頭見歐陽燦一臉目瞪口呆，懶懶地說：「別搭埋他，走，小芸～～」

他牽住小芸的手腕，拉著她往屋裡跑。「一早就讓人將王記點心鋪的糕點搬回來了。」

李小芸在黃怡那吃了一頓，本是不餓的，可她無法拒絕李桓煜充滿期望的目光，無語地笑了下，陪著李桓煜佯裝餓壞了肚子似地一起胡吃海塞。結果就是她這輩子再也不想吃點心了。

歐陽燦不識趣地纏著李桓煜，目光忍不住在李小芸身上打量。這姑娘細看下倒不是很醜，整個人肉多多，若是再瘦一半或許勉強可稱之為可愛，但是如今真真是不敢恭維。

李桓煜警惕地看著他，嘟著唇角。「你來幹什麼？」

歐陽燦挑眉。「你平時整日纏著我持刀弄棒，今兒個倒是躲得緊呢。」

李桓煜回過神就抱住李小芸的胳臂，揚起下巴說：「小芸來了，我要陪小芸。」

「哦？」歐陽燦抬起頭盯著李小芸。「喂，胖子，妳就是李小芸？我是……楊燦！」他用了面對外人時慣用的名字。

李小芸憨然一笑，沒有介意他不恭敬的言辭。「你好，我是桓煜的姊姊，李小芸。」

「什麼胖子，你再說一次！」李桓煜兩手插腰，白淨的臉上十分嚴肅。

「哼，我又沒說錯，你那麼生氣幹什麼？」歐陽燦雙手環胸，還不忘吹了個口哨。

李桓煜怒了，李小芸一把拉住他。「我不想你為了我同其他人吵架。」

她搖了搖頭，她確實胖，人家也沒說錯；再說，這種嘲諷根本沒法刺激她，她完成了從玻璃心到金剛心的進化。

李桓煜不甘心地看著歐陽燦，沒好氣地責怪李小芸。「我和人吵架的時候妳不要插嘴。」

……李小芸欲言又止，好吧。

歐陽燦挑眉，好笑地看著他們，李桓煜討厭他盯著李小芸亂看的目光，受不住推著他轟了出去。「小芸來了，你自個兒玩去吧。」

歐陽燦自然不依，於是兩個人在院子裡又幹了一架。周圍丫鬟、婆子們似乎對於這種場景習以為常，反正打累了就會停下，一般以李桓煜失敗而告終；但是這次不知怎麼了，小不點瘋了似地反攻，竟傷了歐陽燦。

歐陽燦真生氣了，白嬤嬤緊忙來把兩人分開。

李桓煜嘴角磕破了，流著血，不服輸地瞪了他一眼，轉身跑去找李小芸。

他一下子就撲入李小芸柔軟的懷裡，感嘆道：「不管哪兒都是胖嘟嘟的……」好像將剛曬過的被褥裹在身上，皮膚感覺極好極好！

這些時日都快想死小芸了。

李小芸見他臉上一片紅，嚇壞道：「你幹麼這麼衝動？瞧瞧人家那是什麼個頭，你撲上去就敢打呀，笨蛋！」

她一邊彈著小不點身上的塵土，一邊忍不住嘮叨著。

誰承想到小不點的心病就是李小芸嫌棄他矮，於是瞬間爆發，轉身就要找歐陽燦繼續切磋。「他那個頭怎麼了，個頭怎麼了……我還比不上他不成？」

「好了好了，我一會兒幫你洗洗吧，別亂跑了！」李小芸急忙拉住他。

李桓煜冷哼一聲，揚起下巴，回過頭撇嘴道：「妳幫我洗？」

「嗯，你這臉可夠髒的……」

「那順便給我揉揉腿吧……還有腳，前幾日晨練都把腳底磨破了。」李桓煜在面對李小芸的時候，從來不曉得什麼叫做客氣。

李小芸寵愛似地敲了下他的額頭，這才發現四周特別安靜。

她抬起頭，入眼的是一名眉頭緊皺的老婦，還有兩個漂亮的小丫鬟。雖然說是丫鬟，卻個個不比小花難看呢。

墨蘭、墨悠像是看鬼似地盯著李小芸，老天，哪裡蹦出來的胖妞？

而且這個看起來土裡土氣的胖妞居然不怕李桓煜！

李桓煜脾氣不好，待誰都冷冰冰的，仗著年紀小，比歐陽燦還不講理。

興許王管事、白嬤嬤覺得鎮南侯就剩這麼一個命根子，從小被扔在村裡長大，十分可憐，只想一味補償寵愛，導致伺候李桓煜的丫鬟們平日裡戰戰兢兢，生怕犯錯。

白嬤嬤不認同地盯著李小芸落在李桓煜肩膀處的小肥手，這鄉下女孩是誰？居然敢如此對待小主人，她憑什麼和小主人這般親昵？太影響他們家小主人成長了。

白嬤嬤目光有些不善，李小芸自然感覺到了，本能想要抽出被李桓煜攥著的手。

李桓煜想她想得緊，哪裡捨得鬆開手。

「嬤嬤，她就是小芸。李、小、芸！」李桓煜咬字道，向大家介紹。

噗……正巧跑到門口的王管事差點摔個跟頭。

他聽說小少爺又和歐陽家五少爺打了起來，便過來勸架，見到一名高個子胖妞在屋裡待著，還以為是牙子新送來的粗使丫頭，沒想到對方竟是那大名鼎鼎，日日夜夜不停被主子念叨著的李小芸呀。

李小芸見大家一臉驚愕，不知道哪裡出了問題，臉上一熱。

她有些手足無措地看著李桓煜，道：「那個……我待會兒就回去了，快過年了，家裡活多。」

李桓煜一怔，聽到李小芸要走立刻就紅了眼圈，暴躁道：「我不讓妳走，我不讓妳走！」

他回過身拉拉扯扯，扭著李小芸的胳臂撒潑，看得白嬤嬤和王管事目瞪口呆。

「小芸妳別走，我晚上一個人睡覺冷。」李桓煜故作街頭巷尾的無賴似的不講理。

李小芸摸了摸他的頭，道：「桓煜，你好好在縣城上學，興許過陣子我也會來縣城呢。」

「妳要來縣城嗎？」李桓煜眼睛一亮，立刻鬆開手。

「嗯。」李小芸使勁點了下頭，攥著拳頭說：「我打算去考如意繡坊……」

李桓煜哦了一聲。「小芸肯定沒問題，妳考上繡坊的話是不是就可以離開那個鬼地方啦？」

「什麼鬼地方，那是我家！」李小芸忍不住敲了下他額頭。

「大膽！妳在做什麼？」白嬤嬤見狀上前拉開李桓煜，輕輕揉著他的額頭。

李小芸一怔，嘴唇微張。「那個……我習慣了，對不起。」

天啊，原來小主人以前過的是這種日子嗎？白嬤嬤差點老淚縱橫，若不是看到小主人待這個胖妞挺好的，她都想轟對方出去了。

「妳揹著的是什麼東西？」其實她更想說的是，可不可以把這些髒兮兮的東西扔出去？

李小芸臉上一紅。「我給小不點做的棉襖。」

白嬤嬤剛要發難，李桓煜衝了上來，熱情地說：「算妳還有點良心，快拿來給我看看。」

李小芸淺笑一聲，把包裹打開，全是給李桓煜做的衣裳，就是好多都是用布料頭拼接而成。白嬤嬤覺得寒酸，卻不可否認，針法很細緻，顏色搭配得也很得宜。

她瞇著眼睛，問道：「妳這針法跟誰學的？」

李小芸猶豫片刻，道：「雜七雜八學的，其實師出無門。」

「哦，那麼以後不用再給小主人做衣服了，我們府上不缺針線丫頭。」

李小芸只覺得胸口一堵，被噎得一時無言。

李桓煜不高興了，白嬤嬤待他雖然不錯，但是也不可以欺負小芸啊，小芸從小到大那麼可憐、受人歧視，此時在他們家居然也受到欺負，這怎麼可以？

他大步跨出來，站到她身前，衝著白嬤嬤認真道：「我只穿小芸做的衣服，稍後就讓人把那什麼繡坊新送來的棉襖退回，我不會穿的。」

白嬤嬤憂心忡忡地望著小主人。

看來這孩子從小沒少吃苦，才會待胖妞那麼好吧？做人知恩圖報不是壞事，所以她並未反駁，而是轉過頭仔細打量李小芸。

這孩子生得高壯肥胖，眉眼隱約不那麼難看，卻掩埋在肉裡，不論如何都清秀不起來；真奇怪小主人居然不嫌棄她醜，那麼喜歡她。

「小芸小芸，妳剛才還說幫我揉揉呢，我身上疼……」他可被歐陽燦那臭小子打得夠嗆。

李小芸掐了他一下，小聲道：「你能不能安靜一會兒？」她有些受不了周圍一群人看著她的眼神，她什麼都沒有做呀？

李桓煜才不管三七二十一，吩咐墨蘭道：「快去倒水，爺要洗澡。」

墨蘭看了一眼白嬤嬤，見她沒有反對，灰溜溜地跑出去倒水。

李桓煜圍著李小芸轉了好幾圈。「小芸一會兒幫我洗澡～～」

「小主人，男女七歲不同席，小芸姑娘畢竟是外女。」

她皺著眉還想再說什麼卻被李桓煜不耐煩打斷。

「可是嬤嬤不是常想讓墨悠伺候我脫衣睡覺嗎？當時幹麼不提男女七歲不同席？」

「那不一樣，墨悠是簽了賣身契的丫鬟，早晚都是小主人的人。」

「呸呸呸！」李桓煜目光厭棄地掃了一眼墨悠，道：「拿出去賣還買不了幾兩肉，我才不要她。」

白嬤嬤看了一眼墨悠，又看了一眼李小芸，恍然大悟，難怪小公子討厭紅菱那模樣的，原來竟是看慣了李小芸，覺得這樣的好嗎？

李桓煜才不管別人如何想，拉著李小芸往外面跑，一邊跑一邊委屈埋怨著。

「虧我往日待妳那麼好，妳居然把我扔在城裡不管我，還不如那兩隻鷹有良心。」

李小芸一肚子牢騷沒地方說，她可不像李桓煜如此好命，隨便認個義父都能一步登天。

白嬤嬤望著兩人離去的身影，急忙吩咐王管事，重新去買幾個丫鬟吧。

王管事一愣。「買什麼樣子的？」

「這還看不出來嗎？」

王管事頓時瞭然。他們家小主人太可憐了，沒有一個正常的童年，自然喜好也異於常人……

白嬤嬤嫌棄李小芸的衣裳髒兮兮的，讓她換了一身衣裳；可是李小芸比一般同齡女孩胖，最後竟撿了白嬤嬤的衣裳穿。

白嬤嬤對此極其無語，李小芸也不好意思地臉紅道：「謝謝嬤嬤，我……去給小不點洗澡。」

「站住。」白嬤嬤皺著眉頭。「讓墨悠幫妳成嗎？日後總是墨悠來伺候小主人的。」

李小芸一怔，是呀，如今李先生參加科舉，背後有亡妻父親扶持，怕是再也不可能讓李桓煜過回原來的生活。他身邊將會有專門伺候洗漱、梳頭、飯食的丫鬟們以及陪玩的小廝們。

李小芸扯了一下唇角，曾經她總嫌棄李桓煜煩人，但是近幾年相處，她早就習慣了這個磨人的淘氣蛋，一想到他再也不需要她，多少還是有些失落的情緒……

「小主人脾氣不小，從來不許丫鬟近身，但是長此以往終不是個事呀。」白嬤嬤試探開口，頓了下說：「不然妳勸勸他……」

李小芸心裡多少有些不情願，耳邊卻傳來白嬤嬤的念叨。「妳不可能守著我家少爺一輩子，若是為了他好，就該徹底放手。小主人從小沒有娘，難免會對待他好的人充滿執念，但他畢竟是小孩子，時間長了不見面就會淡忘，日後就不勞小芸姑娘時常惦記著了。

「其實我很感謝妳，小芸，但是為了小主人好，以後……別太常來了。」

李小芸滿臉通紅，饒是別人平日裡的惡言相向都不如白嬤嬤三言兩句來得刺人。她胸口處堵得難過，輕聲說：「嬤嬤，我明白了。」

「嗯，好孩子，稍後我也有重禮相送。」

她示意下人去拿來一個包裹，遞給李小芸。「小主人那麼喜歡妳，可見妳曾經真心待他，一點薄禮，盼請收下。」

這是要劃清界限了吧？李小芸感覺包裹特別沈，忍不住打開掃了一眼，頓時嚇傻了，慌亂地把包裹還回去。「白嬤嬤，這都是銀子，我不要。」

白嬤嬤猶豫片刻。「那妳要什麼？我只是想報答妳。」

「我不用報答。我在家其實也閒得慌，帶小不點是我樂意的。您若是想讓我勸他我勸他便是，但是萬不可給我銀錢，否則我爹娘也會打死我。」

好歹李先生是李家村出身，若是讓鄰居知曉村長收人家錢，還得變成多大的事啊？李小芸這一點還是明白的。

白嬤嬤倒是對她多了幾分好感，不是個見錢眼開的主兒，倒算是小主人沒有白念著她一場。

李小芸擦了下眼角，生怕李桓煜看出她的心情。

兩個人難得見面，還是開心一些好了；而且李桓煜若是聽說她娘把她許配給傻子，指不定會鬧成什麼樣子。李先生是應考生，禁不得名聲上的詬皭，婚約本是父母之命，誰幫她說情都是違背常理，別害了別人。

李小芸決定自己的事情自己爭取，該徹底對李桓煜放手了。

他即將有他的少爺生活，她亦有自己的追求。

待此次回村後，她會將所有精力投注在考上如意繡坊……她雖然自身條件不好，但憑著一雙手也可以養活自己，總之打死也不會把未來託付給個傻子。

李小芸給李桓煜洗了個澡，發現小傢伙近來長高不少，盯著李桓煜結實的小屁股、白淨卻筆直的背脊……天啊，似乎還有肌肉呢。

她臉上熱了一下，李桓煜和她哥哥們的結實不大一樣，最主要是李桓煜長得好看，小臉極其俊俏，抿住唇角時有一種說不出的味道。

她垂下眼眸，遞過去一件衣服。「你自己穿吧。」

李桓煜一怔，大剌剌地轉過身。「澡都給我洗了，幹麼還讓我自己穿？」

李小芸的目光不經意掃過李桓煜身上的某個關鍵部位，頓時臉紅到耳根子。

咳咳……這孩子真的長大了。李小芸眼看著李桓煜就這麼光著身朝她走來，卻一點自覺都沒有。

李桓煜眯著眼睛，心裡早就對李小芸充滿不滿。她剛剛居然要他日後脾氣不要那麼差，要尊重長輩，還要善待丫鬟們，這樣她們才會好生伺候他。

問題是誰樂意讓她們好生伺候呀？這才分開幾日，李小芸居然就做起甩手掌櫃，想把他丟掉嗎？

三個字，想得美！

他不耐煩地張開手，催促道：「趕緊幫我更衣，快凍死了。」

李小芸慚愧地掐了一下自己，她怎麼可以想歪了呢？他們家桓煜還很純潔的。

李小芸幫他穿褲子，兩隻手沒來由的哆哆嗦嗦，待褲頭穿到了大腿處，立刻往上一提，完成任務。李桓煜嫌棄地看了她一眼，嘟囔道：「小芸妳怎麼回事？手勁那麼大，都蹭疼我了。稍後留點力氣給我揉揉全身，這幾日沒少和燦哥哥打架，筋骨都快散了。」

李小芸愣住，捶了下他的肩膀。「幹麼老和人打架，吃飽了沒事撐的。」

李桓煜冷哼一聲。「那小子身體不錯，我也想像他一樣威武。」

李小芸聽到此處，不由得笑了。「這世上人最敬重有學問之人，你要做個有學問的人。」

「哦？可是妳上次還拿我和村裡的臭皮蛋比呢。」李桓煜一臉不甘心。

李小芸暗道，小肚雞腸的臭小子，還記得上次吵架的事呢。

「桓煜，你待人要寬容一些，免得到時候別人都不喜歡你了。」

李桓煜畢竟是養子而已，李小芸擔心哪日得罪了李先生或者府上嬤嬤，再被退回李家村就不好了。

李桓煜不置可否地聳聳肩。「我幹麼讓人喜歡啊，最好不要喜歡我，省得黏著煩人。」

他見李小芸不說話，忍不住教訓道：「小芸妳真是個笨蛋啊。不知道大宅門裡是非多嗎？你稍微給丫鬟個好臉色，明日她們就敢爬上我的床。」

李小芸眉頭一皺。「誰和你講這些亂七八糟的？」

李桓煜嘟著嘴巴。「那幫婆子們屋簷下聊的都是這些，我沒吃過豬肉還沒見過豬跑嗎？」

「……」

「而且那日墨悠就爬我床來著。」

「不是吧?!」李小芸心裡暗驚，李桓煜才幾歲啊，就有丫鬟爬床……不成，她要立刻告訴白嬤嬤，省得日後壞了桓煜身體。

「她沒對你怎麼樣吧？」

李桓煜揚起下巴，自豪道：「借她一百個膽子也不敢對我怎樣！我最討厭別人動我的東西了，她居然爬上我的床鋪翻弄，幸好那日回來得早！」

「這樣子……爬床啊。」李小芸隱隱覺得哪裡不對。

李桓煜沒好氣地看著她。「不然爬床是什麼？」

她只能沈默了。

穿衣完畢，李桓煜讓李小芸脫了鞋子坐在床上，自己躺在她的大腿處。「揉揉腦……輕點。」

「嗯……」李小芸望著小不點白淨的臉龐，唇角彎了起來。

良久，房裡越發安靜，只聽得李桓煜的呼吸聲此起彼伏。

她摸了摸他飽滿的額頭，低下頭輕輕親了一下，小心地把他的腦袋移到枕頭上，長吁口氣，在心裡道了一聲再見。

李小芸知道李桓煜把她當娘親看待，這世上的孩子哪個捨得離開娘親的？若是醒著的時候她必然沒法走，所以推開門主動和白嬤嬤道別。

白嬤嬤挺詫異地看著她，若說早先覺得這女孩太過土氣，此時倒認同她的性子。或許只有小鄉村裡才會有這般純樸的女孩，她似乎真的從未想過利用李桓煜對她的感情，讓李先生答應下什麼。

「這些都是廚房親手做的糕點，妳帶回去吃吧。」白嬤嬤命人給她裝了個包裹。

李小芸特意打開仔細看了一眼，見沒有銀錢才放心收下。

「嬤嬤……桓煜是個好孩子，若是日後他惹先生生氣了，您千萬要幫桓煜說些好話。他不懂事，鄉下人也簡單，什麼都是直來直去的。」李小芸擔心李桓煜的臭脾氣，早晚讓大家反感。

白嬤嬤微微有些感動。「好孩子，我給妳安排了一輛馬車，天色不早了，妳快走吧。我肯定會照顧好少爺的，我比妳還希望他過得好。」

李小芸嗯了一聲，恭敬地給白嬤嬤福了個身，轉身離開。

午後明晃晃的日頭曬得地面有些發燙，李小芸卻覺得渾身冰涼，兩行清淚順著眼角落下……

白嬤嬤是好人，有她在也算是能放心了，李小芸，妳究竟在不捨什麼？

李小芸一路上都心神不寧的，回到家後發現院子裡放了好多箱子。李小花從內屋出來，眯著眼睛說：「小芸回來了，恭喜妳了。」

「恭喜？」李小芸腦中一片空白，一把推開她衝進屋裡。「娘！」

夏春妮此時在椅子上坐著，李旺喝著茶，看著夏春妮道：「回來了。」

李小芸環視四周，大哥、二哥目光閃爍地背過身，同爹娘問安後各自回房。

李小芸隱約覺得不對勁，視線落在夏春妮臉上，使勁盯著。

夏春妮被她看得彆扭，忽地惱羞成怒。「看什麼，一回來就陰陽怪氣的。」

李小芸深吸口氣。「院裡的箱子是誰的？我看木質都是上等的，誰送的？」她心底有不好的預感，是種被人背叛的感覺，所以語氣很差，略顯咄咄逼人。

咣噹一聲，李旺用力摔下茶杯。

「怎麼和大人說話的？沈著臉給誰看？」

李小芸臉色慘白，聲音顫抖。「是誰？是不是金縣長，是不是你們還是決定把我嫁給傻子？你們幹麼不直接把我賣了？也比嫁給傻子強啊。」

李旺氣沖沖道：「有這麼和爹娘講話的嗎？我們生妳養妳還是我們的不是了？別說沒把妳賣了，就算把妳賣了，妳這個模樣誰看得上？」

「阿旺。」夏春妮見丈夫氣得渾身哆嗦，急忙安撫。

「小芸，金夫人是個大善人，雖然他家公子或許不是良配，但是這個婆婆人品出挑沒得說；而且金夫人好歹出身漠北駱氏旁支，日後妳若是生了兒子，定是有造化出息的。」

李小芸聽到此處，手腳冰涼。

「小芸，等妳有了孩子妳就會知道，什麼良人夫君都沒用，關鍵是看婆婆和兒子。指望著一個好夫君，不如盼著兒子日後出人頭地給妳掙面子。」

李小芸搖了搖頭，她不要，她才多大啊……她的人生不能就此定格，她打死也不能過這種不用看就知曉明天要幹什麼的日子。

「我不嫁。」她沈靜下來。

「不嫁？李小芸！我看妳是這幾年被我們寵得眼睛長到腦袋上了吧？妳居然敢說不嫁，這世上因為困苦把女孩賣進窯子的少嗎？妳當年得怪病花了家裡多少銀錢？廢了我和妳娘多少心血？我們如今不求妳回報，只求別給家裡添亂就成。金縣長兒子傻又如何？妳知道多少比妳條件強百倍的姑娘想嫁入金家嗎？妳別不識好歹……」

李村長越想越氣，金縣長這門親事除了他兒子腦子不好以外，沒有一點缺憾；最主要的是他們家閨女這個模樣，圖個安穩婆家是最好的打算。

或許李村長和夏春妮覺得是為了女兒好，可是李小芸並不是普通鄉下孩子，她心裡還是極其有想法的。她從未想過靠別人，寧願吃苦走出自己的一片天地。

所以，她無法接受。

撲通一聲，李小芸跪在地上，哽咽道：「爹、娘，求你們了，把禮物退回去吧，我不想嫁入金縣長家，他們家孩子不是傻子我也不嫁。這世上反常過多便是妖，我命薄沒有福氣，求求你們，求求你們了。」她說著說著哭成了個淚人，肩膀顫抖起來。

夏春妮畢竟為人親娘，也忍不住哭起來。

李旺嘆了口氣。「春妮，勸勸妳閨女。爹娘是為了妳好，小芸，妳這模樣說不上什麼好親事，日後再趕上個挑剔婆婆，日子如何過？至少金家兒子是傻子，他們理虧，待日後小花有出息，或者咱家富裕了，他們只會待妳更好。然後妳爭氣點，生個哥兒，好日子都在後頭，妳怎麼不明白呢？」

淚水弄花了李小芸的臉頰，她嚷嚷道：「我才不要什麼好日子。我只想靠自己不成嗎？我幹麼偏要嫁人啊，我有手有腳幹什麼不成，蘭姊姊現在一個人帶孩子都能活得好好的，為啥我不可以！」

啪的一聲，夏春妮打了她一巴掌。「提誰不好提李蘭，她算怎麼個好法？妳看村裡哪個女人搭理她？整日裡把自個兒當成待嫁姑娘似的，嫵媚動人給誰看啊？賤貨一個。」

「說妳閨女呢，妳提蘭姊兒幹啥？」李旺皺著眉頭，責怪道。

夏春妮冷哼一聲。「哼，別以為我不知道你們這群男人怎麼想的。她當年蓋房你上趕著去城裡拉瓦，我怎麼不見你這麼幫別人啊？」

李旺眼睛一瞪。「妳這個臭娘們一天到晚想什麼呢。蘭姊兒好歹是我晚輩，多幫她些忙不應該嗎？再說又不是我一個人過去幫忙，妳較勁這個做甚？」

「是啊，你倒是真熱心，人家夫君去世還過去穿衣，也不怕惹上髒東西。」

「夠了！」李旺臉色一沈。「妳有工夫琢磨這些還是想想如何勸芸丫頭吧，金家這事就這麼定了，村裡需要這門親事，小花需要這門親事，這對芸丫頭自己也不是壞事，莫要再糾纏。」

夏春妮心裡不喜歡這門親事，但也確實覺得對於女兒來說，這絕對不是壞婚事。比起那些賣女養兒的人家來說，他們家待女兒還不好嗎？況且她近來身子骨兒發軟，特愛睡覺，怕是可能又有了。

李旺甩手走了，夏春妮扶起女兒。「小芸，聽爹娘的話，我們不會害妳的；再說這不是才議親嗎？真成親怎麼也要等到妳十七歲，妳怕啥？到時候指不定如何呢。」

李小芸淚眼矇矓，攥著娘的手。「娘，我求您，別答應金家好嗎？」

夏春妮抹了下孩子的臉龐。「這事定了，改不了。妳爹那脾氣妳不曉得嗎？一旦決定的事情十頭牛都拉不回來。」

李小芸絕望地跌坐在地上，真的無法改變了嗎？

不過，還有五年啊。

她要利用這僅有的時間尋找擺脫這門婚事的方法。

李小芸渾渾噩噩地回了屋子，一夜未眠。

她坐在窗邊小桌子旁，看著月亮慢慢地、慢慢地淡出她的視線，變淺，消失，然後成為雲彩中的一抹餘白……

次日清晨，大家見李小芸神色如常，以為她沒事了。

夏春妮身子不爽利，請大夫一瞧，果然是懷孕兩個月了。

於是過年時所有事情都落在李小芸一個人身上，她被壓得喘不過氣來，卻仍半夜熬著練習刺繡，準備年後的繡坊招人。

李旺近來忙得不得了，李才打算以李家村為基業，建立屬於自己的商業王朝。李旺之所以堅持將李小芸許配給金縣長，也有拉他入夥的意思。

金縣長本是先帝時期的進士，排位很靠後，難尋官職，後來託他岳丈駱老太爺的福，才找到門路求了個小官，所以金夫人在家裡極有分量，誰都不敢得罪她。

金縣長的兒子小名元寶，性子憨傻，十四歲的人了還只知道吃糖果；但是做爹娘的可不認為兒子是傻子，人家管這叫做純善，疼得不得了。可憨傻之人大多脾氣古怪，這元寶就是個暴躁的。

過年的時候打死了個丫鬟，鬧得府裡人心惶惶。

金夫人急忙命人喚來兒子奶娘，問道：「翠兒果真咽氣了？」

元寶奶娘藍氏回應道：「翠兒這孩子真是倒楣，竟是懷了孕，被少爺踹了兩腳後下面落了紅，沒救過來。」

「真是造孽啊。」金夫人撥弄著手腕處的佛珠。「打人這事傳出去就算了，懷孕的事情不許下人多言，否則抓一個發賣出去一個。」

藍氏點頭道：「放心吧夫人，只有元寶院裡的阿虹知曉。」

金夫人眉頭緊皺，她兒子名聲本就不好，可別再添什麼新戲碼了。

「我跟阿虹老子、娘說了，把阿虹許給老太太院子裡的劉管事兒子，然後去幫著守莊子。」藍氏嘴裡的老太太是金夫人的娘親。

「嗯，那劉管事兒子如今管著我姪兒名下兩間鋪子，再給他們一個莊子去替主子經營，阿虹是個有眼力的，日後該說什麼心裡有數，定會過得好……」

藍氏急忙福了個身，感嘆道：「夫人真仁慈，這若是其他人家怕是早把阿虹處置了。身為院子裡的大丫鬟，竟是死個人都不自知，留著何用。」

「唉……好歹伺候了元寶一場，咱們家不是苛待下人的人家。」金夫人手裡揉按著念珠。「至於翠兒，她家來人了嗎？」

「翠兒是外面買來的丫頭，又是死契，當初之所以會去服侍少爺還是少爺自己看上的，她也樂意。這事剛出奴婢先讓人給他們家送了二十兩銀子，她娘不敢收，一個勁說是賣入咱府上了就是咱家人，生死有命富貴在天，全憑縣長夫人處置。」

「嗯，妳辦事我是放心的。」金夫人淡淡開口。「但是翠兒好歹是咱府上的丫頭，因為怪病沒保住性命想想也令人疼惜，銀子定是要讓他們收下的。」

藍氏一聽，垂下眼眸道：「可不是？我和她爹娘說他們家孩子生了病，我們少爺不知，還使喚她幹活，沒想到累病了，可是翠兒是個要強的不肯說，耽誤了救治時間，後來夫人想救她都沒辦法。」

「嗯，這話沒錯，終歸也是咱們家疏忽了。」

「所以她娘就收了，還想讓我給小丫頭尋個差事。」藍氏見金夫人皺眉，又說：「小丫頭就是他們家小女兒，才六歲，我見她太小了就沒要，等她十一歲再來，到時候李家丫頭成年了，入門後必然要採辦新丫鬟。」

「也罷，他們家若是想等就等吧，不過是府裡活兒而已，不多她一個，也不差她一個。多結下善緣總歸不是壞事，為我兒祈福嘛。」金夫人話雖如此，手勁卻變得有些大。

他們家元寶腦子不靈活，卻是個即將成年的男孩，是不是該正式安插個丫頭服侍他呢？這次翠兒懷孕了，居然沒人知道，想想就是一陣後怕，若是傳出去對她兒子或者夫君影響都不大好吧。

「夫人真是個善人，那翠兒娘親拿了銀子後到處說咱府上好話，如今牙子手裡的女孩都想來咱府上做丫鬟呢。」藍氏拍馬屁道。

金夫人呵呵笑了兩聲，隨即嘆氣道：「人活在世上還是多行些善事吧。我瞅著元寶大了，給他房裡正式安插兩個人吧，若是懷孕了就放我房裡伺候著。」

知道他兒子雖然腦袋不好使，但是可以人道，仍讓金夫人很開心。

金家子嗣單薄，若是沒有兒子，有幾個孫子也不錯呀。管他庶孫、嫡孫，對於快斷子絕孫的金家來說，只要是孫子，就是好孫子！

藍氏見夫人如此說，嘴角忍不住微微揚起。

夫人著急金家子嗣，允許丫鬟們生庶孫兒，這對於府裡一群家生子、管事嬤嬤們來說，可真是天下第一大好事。

「是不是需要低調點？畢竟年後要給少爺同李家姑娘議親呢。」藍氏小聲問道。

金夫人搖搖頭。

「沒關係，放手去做吧。李家這門婚事跑不了，就算知道了又如何？李小芸那模樣，若不是元寶腦子不好，我會尋她來伺候孩子嗎？不過是怕找個漂亮的日後會欺負元寶，不如尋個踏實過日子的；況且他們李家尚有事求我呢。」

藍氏得了吩咐便曉得了，未來不用顧忌。

金家發生的事情李小芸不曉得，也根本沒興趣。

她絕對不會嫁入金家的……絕不……

第十一章

夏春妮這一胎懷得極其辛苦，整日嘔吐，李小芸每天雞鳴便起床給一家人做飯，然後收拾屋子餵豬餵雞，再給娘親煮了雞蛋。

李家村近來好事不斷，李旺心裡高興，還讓李小芸每隔幾日給夏春妮宰隻雞吃，李小芸都一一照做。那晚上一家人的尷尬彷彿不曾發生，唯有李小芸自己清楚，有些情感一旦出現裂痕，便再也回不去了。

大年初五，李小花從城裡回來。李旺和夏春妮想念閨女，眉眼上都帶著濃濃的笑意。

「稍後給小花煮點南瓜粥吧，她小時候最愛吃妳親手做的。」李旺戳了下夏春妮，笑道。

夏春妮瞟了他一眼。「難不成小姑子在城裡能委屈咱家丫頭？我聽說小花近來很爭氣呢。」

李旺點了點頭，自豪道：「可不是，貴人說了，咱們家小花是東寧郡這批丫頭裡最拔尖的，就算日後沒法伺候皇上，也定有大造化。」

「張口閉口皇上，說的好像真能見到似的。」夏春妮笑話李旺。他們都不清楚什麼叫做選秀，不過是人云亦云。

他們家小花本生得出眾，命也好才會趕上這次選秀，否則一輩子窩在山村裡做村婦著實委屈了孩子。以後呀，要是真有福氣嫁給皇子，再生個大胖小子，豈不是連帶著李家一步登天！

夏春妮琢磨，這下就是皇親國戚了！她心知這些或許是天方夜譚，卻忍不住越想越開心，臉上洋溢著幸福的笑容。

李小芸撩起簾子，見母親殷切地盯著窗外，心裡像打翻了醋罈子。

平日裡在家裡忙活得要死的人是她，可是所有人卻覺得理所當然。小花常年在姑姑家住，每次回來卻是父親哄著、大哥寵著，娘親也愛帶小花出去轉一圈，似乎極有面子。

李旺見到李小芸，揮揮手道：「歇會兒去吧，晌午沒什麼事。」

李小芸咬住嘴唇，其實她很想和父母談談，但是在他們眼裡，只覺得兒女一切都應該聽爹娘的，她有何資格說話呢。

她見娘親心不在焉，總是順著窗口往外望，胸口處湧上一股酸澀，點了下頭便出去了。

大哥、二哥知道小花回家，早早就收了活，正在院子裡洗漱。

乾淨的空氣裡，洋溢著喜氣味道，每一張張輕鬆愉悅的臉龐，彷若一把利刃，穿透李小芸的心臟。對於這個家，她真的很努力很努力付出，可是卻始終得不到任何人的認可。

想到此，她忽地想要逃離這一切。

這好像不是她的家似的，她是徹徹底底的外人。

李蘭年三十的時候帶著孩子去了祖父家拜年，想讓兒子和小孩子們一起玩，卻發現嫂子們都不待見她。寡居婦人多少有些尷尬，她又時不時去大宅門裡做活計，難免傳出一些難聽的話。

唉……李蘭倒也識趣，熬到初五幫著家裡人包完餃子後就藉口有活計需要趕工，趕緊回家。

正當中午過後，太陽高掛在半空上，溫度說冷不冷，說熱又不熱，她緊了緊兒子的棉襖，發現家門口坐著個女孩，正是李小芸。

「小芸，妳怎麼一個人在這兒？」她急忙開了門，拉著李小芸進了屋，發現她眼角發紅，道：「可是家裡又出了事情？」

李小芸咬住下唇，雖然極不願意面對，卻不得不張口。「李蘭姊姊，我爹他們怕是會狠了心同意金縣長家的親事。」

李蘭沈默下來，這個結局明眼人都清楚是為什麼。

她猶豫片刻，鄭重道：「小芸，這門婚事雖然聽起來不好，但是換個角度想，卻可以衣食無憂一輩子，待日後李才大叔和李先生飛黃騰達，金縣長一家未必真敢欺妳，所以……李村長才會答應下來吧，妳莫要怪他們……」

李小芸撇開頭，她無數次用同樣的理由安慰自己，但是她做不到拍著胸脯說無所謂。

李蘭嘆了口氣，摸了摸她的頭。

「我再問妳一次，妳可是當真不要這門婚事？寧可日後同爹娘決裂，名聲盡毀，流落街頭？」

李小芸抬起頭，目光堅定地看著李蘭。「師父，我寧可死，也希望是自己作死的，而不是讓別人掌握我的命運。」

李蘭嚇了一跳，發現她渾身發抖，憐惜地搖了搖頭，一把摟住她，輕聲說：「小芸別怕，其實我早就同那個好友見面了，我把妳往日繡的樣子給她看，她很想收下妳進如意繡坊。」

李小芸身體的涼氣似乎散去一些，她的眼底被水霧侵襲，喃喃道：「真的嗎？那我……」

「不過，如意繡坊畢竟是正規繡坊，他們看在我的情分上答應了簽五年的契子，卻必須要讓妳爹娘同意啊，所有手續要過官府手印，否則不敢收妳。」李蘭苦惱笑著。

李小芸立刻瞭然，若是她爹娘不同意，那就意味著她會違背父母之命，而且還牽扯到金縣長；如意繡坊背後勢力再大也沒必要得罪地頭蛇吧，更何況她算什麼？她有那麼大的價值值得繡坊替她撐腰嗎？

李小芸攥了下拳頭，這年頭幹什麼還是要靠自己，早晚有一日，她一定要成為有價值的人。

「這件事情，實在不成讓我去和李旺大叔提一下吧。」

「不成！」李小芸本能拒絕，這要是讓她娘知曉，指不定鬧成什麼樣。她娘如今懷著孕，她可不敢惹她。

李小芸垂下眼眸想了一會兒。「本來就是我自己的事情，我去和他們說。」

李蘭不放心地看著她。「可以嗎？你們上次便鬧得很僵，妳娘懷著孕妳可千萬慎重。」

李小芸攥了下拳頭，咬住下唇，一字字吐露清楚。「如今他們不就是想穩著金縣長，讓他幫忙把小花進京的事情解決了嗎？我若是鬧出不好聽的事，金家知道了未必還要我。」

李蘭嘆了口氣。「其實小芸，妳真是個明白孩子。」

可惜怎麼會被一場怪病毀了呢？她倒覺得撇開模樣不談，從性子來講李小花並不適合選秀。她生性高傲，自尊心強，又從小被村裡人慣著，卻不曉得自己出身到底多低……

李小芸卻正好相反，日子過得如履薄冰，反而成為旁觀者。她喜歡凡事從對方角度出發，體諒他人，任何人若是認真待李小芸，都會發現她是個很難得的聆聽者，一旦關係好了，便有些捨不得她。同李小芸相處真的很舒服，她不清楚，為了讓如意繡坊同意五年約的條件，李蘭做出的讓步是留駐如意繡坊五年……

她看著目光堅定、神色倔強的女孩，忽地看到曾經的自己，義無反顧地嫁給那個人，她至今仍不後悔。

為了躲避那些人，她回到山村裡，本以為一輩子都不會再離開，卻沒想到為了李小芸，莫名就答應了如意繡坊的條件，再次出山。

「好吧，妳自己處理，我等妳消息；若是晚上沒消息……我用不用去請宗族長老？」李蘭不放心地看著李小芸。

別人給李村長畫了一塊大餅，這一切的基礎是讓李小花參加選秀，怕是李村長用十頭牛都拉不回來，百分百無法放棄和金縣長家的婚事。

李小芸眨掉了淚花，搖搖頭道：「他們是我的爹娘，若是到時候打死我，我也認了。我是娘親懷胎十月才生下來的，她若是真的不顧及母女之情，想要拿回去，我想，那時我或許真無所謂了。」

李蘭紅了眼眶，緊緊摟住李小芸。「相信我，待此事解決了，妳便會浴火重生，未來的日子一定會很幸福……」

李小芸破涕而笑，只是那張略顯圓潤的臉上始終掛著淚痕，眼底是難以遮掩的悲傷。

「沒事，蘭姊姊，我真的沒事。這麼多天了，我不是妥協或者較勁，我在思考，我在想自己要的是什麼。後來我發現，我可以不要這條命，卻必須有尊嚴地活著。我明明可以做好多有意義的事情，我也不是那麼沒用。黃姑娘誇我繡法好，小不點覺得我性子好，你們又都那麼認真待我，我幹麼不好好活著，憑什麼要去伺候傻子……」

李蘭點了點頭，看著她微微顫抖的肩膀，沒來由地不停流淚。

她也老大不小的人了，卻無法控制情緒。

小芸是她看著長大的姑娘，從小受了那麼多苦，卻從不抱怨，總是樂呵呵安慰別人。她這麼努力，為什麼不能得到幸福？李小花就算進京了不等於就真的能伺候皇家人，可是小芸的一輩子卻賠了進去，太不公平了！

「別哭，師父不哭，我也不哭，我們以後都會好好的。」李小芸用力擦了下臉，咬住下唇說：「其實蘭姊姊不用為我擔心，我想通了，就算父親答應金家的親事，也不過是先走文書，待我成年才會出嫁。五年可以發生很多事情，五年後誰知道小花在京裡是什麼光景；若是她真變得有錢有勢，一切還指不定是什麼樣子。如今我爹是想穩住縣長，那麼必須要我配合，否則魚死網破，我大不了不要命都可以，小花姊姊卻成不了事，竹籃打水一場空，我爹又不傻。」

李蘭見她一副小大人似的倔強言辭，不停點頭。「嗯，小芸真聰明，回去好好同妳爹說。其實我覺得李村長是被人唬了，可是他現在誰的話都聽不進去。」

「不怪別人，李先生以前講課時候就說過，人之心慾，難以設防。若不是有心底的期望，必不會幹出此等事情。或許早在上次父親不當回事地回絕我時，我便心死了吧，只是不敢相信……更不願意相信……」

「小芸……」李蘭擔憂地看著她。

「沒事，哭完了反而好受些。今日小花回家，他們怕是想不起我來，等晚上回去就同我爹徹底說清楚。如意繡坊的事還要託蘭姊姊幫我盯著，若是我爹同意了，正月十五以後我就離開……我不想在村裡待著了，我的時間本就不多，一定要更努力才成。」

當你成為一個有價值的人，那麼便有人願意為你出頭解決事情。包括小花，不也是因為她自身的價值才會被人看重嗎？

李小芸嘆了口氣，天生麗質的女孩或許不會因此一帆風順，卻著實占了幾分優勢。不過，她不會輕言放棄。平日裡裝傻充愣，只是不想太過計較，但不意味著，她可以無下限做出任何忍讓。

李小芸在李蘭那兒意氣風發講了一段話，待理智回來後又有些害怕。她畢竟是個孩子，又不大愛和人爭執，於是隨著理智回歸，李小芸的心裡反而打鼓起來。

她走到家門口，院子裡一片漆黑，屋裡倒是點著火燭，時不時傳來一陣陣歡聲笑語。她步履艱難，遲疑好久才走到大門前，李小花軟綿綿的聲音傳入她的耳裡。

「娘，您可不知道起初那些人如何看不起我。」

「搭理他們呢，爹娘以妳為榮，妳李才大叔和金縣長私下都同妳爹講，京城的貴人很看重妳呢。」

李小花得意地揚起頭。「我音律不好，便日夜練習，教我們的那位姑姑是老宮女呢，姓夏。」

「哦，是嗎？我們小花真有出息。」夏春妮摸了摸肚子，慈眉善目地說。

「姑姑說，宮裡什麼都用最好的。那花式樣子在外面都瞅不著，隨便拎出來個瓷器花瓶，都恨不得追溯到數百年前。宮女明明是服侍人的奴才，到了外面都成了先生；那些皇帝身邊的太監，在官身面前趾高氣揚，有的還成了監軍去前線督戰，就是代表皇帝，比將軍可有權力多了。」李小花眼睛帶光，彷彿有朝一日她也可以這般揚眉吐氣。

李旺和夏春妮聽著，只覺得是天方夜譚，卻妨礙不了兩個人胡思亂想，勾勒出一幅美好的遠景。李小花此次回來後明顯變了個人，談吐越發得當，眼界更高，重點是模樣越來越水靈了。難怪說一方水土養育一方人，在城裡住著和在鄉下被日頭曬著，能一樣嗎？

「姑姑還說，先帝曾經特別寵愛一個妃子，那妃子好吃荔枝。可是荔枝這種水果若離本枝，一日而色變，二日而香變，三日而味變，四日、五日色香味就盡去了；所以先帝動用驛站，命人千里快馬運送荔枝，只為了博得愛妃一笑。」

「那妃子也是有福氣的人。」

「可不是，正是當今太后娘娘呢。」李小花眨著眼睛，認真說道。

在他們看來，太后娘娘自然是極其尊貴的，至於皇帝和她真正的關係如何，還輪不到他們這種階層的人暗自猜測，至少大家明面上演著子孝母慈的戲碼。

「如此說來，這位老宮女伺候過太后娘娘呀？」夏春妮問著。

李小花點了下頭。「此次來東寧郡的是皇后娘娘極其看重的太監王德勝。我瞅著別說是金縣長，就連郡守大人在王大人和夏姑姑面前都跟下人似的，特別諂媚。」
夏春妮拍了下她。「別這麼說人家金縣長，咱家現在還什麼都不是呢。」
「哦。」李小花不情願地應聲。她此次和好多家世好的小姐們一起被人教導，只覺大開眼界。況且她發現了，夏姑姑根本不管妳是誰，一切以女孩自身條件說話，所以她才分外努力。
其實在宮裡這群人眼裡，漠北怕是除了靖遠侯府歐陽家的人外，其他人都是沒有背景的。更何況東寧郡本身地處偏僻，大多數世家都是旁支子弟，在本地自稱豪門也就罷了，若是同天天和皇帝打交道的人談及背景，著實有些可笑。
「成了，別纏著小花問東問西了，不早了，讓小花早些休息吧。」李旺怕女兒辛苦，揉了下她的頭髮。「若是有什麼委屈，就哭出來，吃得苦中苦，方為人上人。」
李小花看著父親慈愛的眼神，瞬間紅了眼眶，點頭道：「女兒知曉。咦，妹妹呢？吃飯的時候也不見她人影，跑哪兒玩去？」
提到小女兒，夏春妮一陣煩悶。「怕是又去那寡婦家了。」
李旺不認同地瞥了她一眼。「如何講話呢，丟人現眼。」
夏春妮肚子一挺。「哪句話說錯了，不是寡婦是什麼？你們這群男人一個個心裡怎麼想的我清楚，前幾日還有人說李蘭去員外家繡圖，半夜被馬車送回來，誰知道幹了什麼噁心事。」

「夠了，愚昧婦人。」

李小花見母親又要發火，勸道：「爹娘，你們何必因為一個寡居婦人吵架，再毀了情分？」她轉過頭，親暱地摟住夏春妮。

「娘，爹說您也沒錯，李蘭姊姊本就很可憐了，您張口閉口就是寡婦，若是被人聽了，作為一村之長的父親會很難堪的。」

夏春妮見李小花笑咪咪的眼睛，氣便消去大半。「現在又沒人，還不許我罵兩句？每次我一說李蘭不是，妳爹就是這副樣子，好像踩了他小辮子似的，誰知道心裡是不是惦記什麼？」

「我惦記誰了？」李旺一肚子火氣。

「爹……」李小花甜甜的聲音好像帶有治癒能力，她抬起頭，可憐兮兮地望著父親。「我才回來兩日，你們就要吵著過年嗎？娘之所以會說李蘭姊姊的不是，還不是因為太愛您了，您就別和娘生氣了。」

夏春妮臉上一紅，越看李小花越順眼。「不愧是娘的小棉襖。妳若是常在家，我和妳爹就不會老吵架了，偏偏小芸是個嘴巴笨的，只知道惹妳爹生氣。」

李小花嗯了一聲。「走前我會同她聊聊，讓小芸知道爹娘的不易。」

提起李小芸，李旺臉色有些發沈，不論哪個父母也不願意承認賣女兒的事實，習慣性為自己尋找藉口。「妳若見了小芸，同她好好說說，爹娘都是為了她好。」

李小花眼眶發紅說道：「她是知道金縣長提親的事了吧？那門婚事或許是委屈她了，其實我心裡曉得你們都是為了我……我……」

「別哭了我的寶貝……」夏春妮一把摟住女兒。「怎麼會全是為了妳？妳去京城也是為了李家的富貴，為了大郎、二郎，我們都懂的……小小年紀就要去京城，妳也不容易啊。」

沒一會兒就變成了母女抱著哭，李小芸站在門口真是進也不是，出也不是，只覺得冷風颼颼往衣領灌著，她卻寧可在門外站著。

李旺看著她們兩人，頓時一陣心酸。

「成了，大家都是為了這個家，以後不要提誰付出多或者誰付出少。小花，妳出門在外不要給自己太多壓力，小芸這事，就算沒妳的事我也會同意的；芸丫頭這輩子也就這樣了，但是妳不一樣，妳可以走出這座大山。」

李小芸剛鼓起勇氣邁出去的腳又撤了回來。

「是啊，芸丫頭性子不錯，或許會有不嫌棄她的叔叔嬸嬸想娶她做兒媳婦，但是嫁過去卻肯定吃苦受罪，不得丈夫喜愛。男人嘛，鮮少有不顧及外貌的。起初金家有意小芸，我本是不樂意金家兒子是個傻子，後來想想至少嫁入金家衣食無憂，到時候生個兒子這輩子倒也安生，我就可以徹底放心她了。」

「嗯，所以小花妳莫要難過，每個人都有自己的命。」李旺拍了拍女兒柔弱的肩膀。

「都回去睡吧，明日還要去你們祖父那兒吃頓團圓飯。」李旺早年喪母，父親續娶，雖然同父親不親近，卻也要帶孩子們過去走場面的。
李小花挽著娘親胳臂。「我聽鄰居說您鬧得厲害，今晚我伺候您吧？」
夏春妮急忙搖頭。「這怎麼成？日後妳身子骨兒會越來越矜貴的，娘不用妳伺候。」
李小花輕聲嘆氣。「反正也沒幾日可以伺候娘親了。」
夏春妮分外感動。「我的好閨女，小芸若是有妳半分懂事，我就不用操心了。」
「希望她可以理解爹娘的苦心。」李小花應聲道。
李小芸十分無語。
合著她若不答應嫁給傻子，就是無法體會爹娘苦心了？
李小花拗不過母親，便率先離開。
夏春妮不放心，送她出來。
李小芸躲在角落，看著他們溫馨的一家三口背影，胸口處覺得特別堵。她轉過身，默默走入屋裡。
李旺和夏春妮回屋的時候嚇了一跳，只見李小芸臉頰凍得發白，精神不大好。夏春妮皺著眉頭呵斥道：「怎麼回事，進屋沒個聲音，鬼鬼祟祟的嚇人一跳。」
李小芸垂下眼眸，良久才抬起頭，直視著父母。「爹、娘，我和李蘭姊姊商量過了，節後去參加城裡如意繡坊的選拔。」
李旺徹底怔住，他盯著站得筆直的李小芸。

她似乎還是那個性子好拿捏的女兒，卻又有哪裡發生變化。她身子很高，體格壯實，被肉擠成一條線的眼睛卻透著堅毅。

一陣冷風襲來，吹開破舊的木門，發出嘎吱嘎吱的響聲。夏春妮本能地撫摸著肚子，感受到李旺的沈默，她忽地驚慌起來。

李小芸咬住下唇，大聲道：「我決定去參加如意繡坊的選拔，如果沒有什麼事情，我就先回屋子了。」她艱難轉身，才發現身子凍僵了，兩條腿好像灌了鉛，完全抬不起來。

「站住！」一道厲聲來自背後。

李旺見女兒死性不改的決然樣子，怒道：「妳這是什麼態度？妳是來通知我們的？知道城裡繡坊是幹麼的嗎？隨便一個人就可以考上嗎？還是那李蘭許諾了妳什麼？」

李小芸撇開頭，倔強道：「總之都安排好了……」

「安排好了？誰給妳安排好了，你娘嗎？還是我？我是妳爹！虧得讓妳和李先生讀了那麼多書，竟是養了個白眼狼！」

夏春妮見丈夫生氣，也插嘴道：「小芸，妳發什麼瘋，快和妳爹道歉，說不去了。」

李小芸看著他們一唱一和，低聲說：「我心意已決，希望爹娘成全。」

她站在那裡，厚重的身子彷彿隨著冷風即將搖搖欲墜。

夏春妮著急地看著女兒。「阿旺，妳聽我說，定是李蘭那賤人給小芸洗腦了。」她話未說完便被李小芸打斷。「娘，這是我的決定，同李蘭姊姊沒有任何關係，從小到大她待我是極好的，您莫說她閒話，否則我心裡堵。」

「夠了！」夏春妮氣急敗壞道：「妳心裡堵？妳心裡堵我心裡不堵嗎？李蘭到底想幹什麼，莫不是想把妳搶走，毀了這個家？」

李小芸咬住牙齒，聲音微微顫抖道：「你們一心要把我嫁給金縣長家的傻子，就不是毀了我嗎？」

李旺狠狠甩了李小芸一巴掌。李小芸只覺得大腦一懵，一股血腥味從嘴裡傳來。她的心臟彷彿被用力掰開，生疼得很。

她兩手攥拳，咬住下唇，哽咽道：「你們是我爹娘，打死我都可以，但是，我必須說清楚心裡的想法——我要去城裡參加如意繡坊的選拔，我相信我可以考上的……我一定……可以考上的。我給繡坊做學徒五年，不需要家裡花一分錢，求你們成全。」

李旺又給了她左邊臉頰一巴掌，怒道：「孽障！」

李小芸沈默下來，身體卻站得筆直。

她前些時日給父母下跪，撕心裂肺地求他們不要如此待她，得到的是不被在乎的結局；那麼今日，她不會再和誰求饒了，大不了就是一死，說到底，死又有何懼？

「說話啊！」李旺衝她吼道：「翅膀長硬了是嗎？別以為家裡用妳看了幾年孩子就長本事了！妳未來的婚事，除了爹娘，誰都別想插手！李邵和也罷，李蘭也罷，都統統沒資格管妳！他們都是外人，妳到底知道不知道！」

「我不知道！」李小芸不清楚哪裡來的勇氣，喊了出來。她的眼睛被淚水模糊了，嚷道：「我只知道你們為了姊姊要把我嫁給傻子，我只知道你們根本就和外人一樣嫌棄我，生怕我一輩子嫁不出去！」

李旺氣極，轉眼又是一巴掌。

「打死我也是這句話。爹……娘，我真的不恨你們，我只覺得很不公平。我曉得我很沒用，所以從小到大，我一直努力為家裡多做一些事情，減輕你們的負擔，我真的很努力想要你們像是看待哥哥、姊姊們那樣看待我。我只希望你們可以把我當成正常人，相信我早晚可以養活自己，我會過得很好，無所謂什麼婚事……」

「別說了，小芸。」夏春妮捂住嘴巴也哭了起來。「妳還小，等妳大了就清楚我們是為了妳好。」

「如果是這種好，那麼女兒不需要。我其實早就和李蘭姊姊學習刺繡了，我每日等小不點睡過去才敢點了燭火練習針法，又怕娘說我浪費，夏日裡就搬著椅子去院子裡借著月光練習；我知道我笨，但是我真的很用心，你們就成全我好不好？五年，反正五年後怎麼樣誰又能知道？」

「好一個誰又能知道。妳是讓我做那背信棄義之人嗎？如今敷衍金縣長答應下來，改日再把人家一腳踹了，妳居然會如此想！」李旺右手抬起指著女兒，上下顫抖著說。

李小芸搖搖頭。「爹，您莫逼我，我今日只有一句話，如果您不同意我去城裡考繡娘子，那麼我只能鬧到金縣長那兒去，親自去說我不嫁他的傻兒子！」

「妳敢！」

「我為何不敢？」李小芸揚起下巴，一字字地說：「我已經作出決定，我要成為繡娘子，早晚有一日，我誰都可以不靠。」

「妳……」李旺氣得臉色蒼白，耳邊突然傳來一聲慘叫。

李小芸嚇了一跳，發現母親捂住肚子，她爹立刻沒了剛才的怒氣，顫抖地說：「快……快去請大夫……」

李小芸慌了，轉身狂奔去找大夫，心臟緊張得快跳出來。

村裡原來唯一懂醫理的大夫便是李邵和，可是他不在了，一般人病了都找村東頭的大壯叔。可惜今日不巧，大壯叔出門喝酒了，李小芸又去他喝酒的地方找人，來回足足用了半個時辰。

李小芸額頭都是汗水，心臟跳個不停，他們來到大屋，發現屋裡很安靜。她詫異地走到飯堂，看到大哥、二哥還有小花姊姊，以及爹爹都坐在一起沈默不語。

李小芸嚇傻了。「娘……娘沒事吧？」

咚的一聲，李小花用力拍了下桌子。「妳去哪兒了？」

「我去叫大夫了。」李小芸如實道。

李小花不屑地掃了一眼喝得臉頰通紅的所謂大夫，埋怨道：「照妳這麼處理早出人命了。都是被妳氣的，娘動了胎氣，好在隨我回來的嬤嬤是產婆，現在已經沒事了，明日讓人去城裡尋個好一點的大夫再給娘親看下。」

李小芸雙手交握，一言不發。

大郎、二郎埋怨地看著她，剛要開口就被李小花攔住。「大哥、二哥、爹爹你們都累了吧，快去睡吧。」

李旺還在生李小芸的氣，可是熬不過李小花的請求，便帶著兒子們離開了。

李小花見他們走遠，來到李小芸的身邊。「我聽爹說了，妳不想嫁給金縣長家的兒子。」

李小芸嗯了一聲，反應淡淡的。

李小花詫異地掃了她一眼。「幾日不見，妳脾氣倒也不小了。」

李小芸嘴角輕扯，平淡道：「不是脾氣不小，而是有所堅持。」

李小花沒說話，良久才道：「好吧，不過這件事情由不得妳選擇，難不成妳真去死啊？」

李小芸輕輕一笑。「小花，妳從小被眾人呵護著，怎麼能明白我現在的感受呢？」

李小花一愣，總覺得小芸好像變了一個人。「那妳要如何，妳死了我倒是沒所謂，可是爹娘呢，妳看娘今日差點動了胎氣，妳真不著急嗎？」

李小芸不再言語。是啊，一句對方畢竟是她爹娘，便徹底讓她熄火。

她若真是那狼心狗肺不孝的兒女，怕也不會面臨此時境地。但是此時此刻，她冷靜到連自己都覺得陌生，哀莫大於心死，若真走投無路了，倒也破罐子破摔了。

「妳如今的決定就是必須去城裡考繡娘子，對吧。」李小花眨了眨眼睛，問道。

李小芸咬住嘴唇。「嗯，妳想如何？」

她清楚姊姊很聰慧，總是有辦法說服父母。

李小花揚起下巴。「我可以說服爹娘，但是妳也必須答應我一件事情。」

李小芸一怔，痛快道：「好！」

她真沒想到有朝一日李小花有什麼事會求到她頭上。

「老實應下金縣長的婚事。」

「……」

李小花輕蔑地看著她。「現在李家需要金縣長，這門婚事又不是真那麼差，妳以為妳躲得過嗎？如果是其他人家的孩子，妳還可以鬧到官府說爹娘逼妳嫁給傻子，可金夫人娘家是駱家，別說是咱們村裡，就是郡守大人也懶得管妳。誰不曉得漠北的土皇帝是歐陽家，駱家可是歐陽家長年姻親，怕是京城貴人都得睜隻眼睛閉隻眼睛！」

這種捧著金家的話李小芸一日聽了好幾遍，早已麻木。

她沒有哭泣，不曾吵鬧，只是很安靜地凝望著李小花，一字字道：「那麼，既然姊姊妳說金家那麼好，妳願意嫁嗎？」

李小花愣住了，李小芸居然敢反駁她，她憤怒道：「妳腦子進水了嗎？讓我嫁給他？我又不像妳外貌那麼難看，十里八村多少人想娶我呢。李小芸，妳有點自知之明好不好！妳可不可以別那麼自私，這是想把家人都往死裡逼嗎？」

李小芸望著姊姊跋扈的表情，剛要張口卻有些疲倦。

她為家裡做了那麼多事情，弄到最後卻成了最自私的人。她有些無法呼吸，良久，低聲道：「好吧，按照妳說的辦。」

李小花皺眉道：「妳……妳說真的？」

李小芸平靜道：「這門婚事我可能確實躲不過，但是給我五年時間，我要去如意繡坊，議親的事你們愛怎麼處理怎麼處理，只要讓我走。」

「啊？」李小花說不清楚心底的感覺，只覺得李小芸的態度極其詭異，這是同意了？

李小芸好笑地看著她，經此一事，她發現自己又成長許多。

其實此次回來攤牌，她就已經作好必須答應議親的準備，畢竟這世上的婚事全都是父母之命、媒妁之言。她若是像李蘭姊姊那樣十五、六歲遇到心上人，尚可以拚一把，但是她才十二歲，拿什麼和家裡談條件？

她試圖鬧一鬧，若是可以讓父母心軟，拒絕這門婚事最好；如果父母硬是不同意，她便拿此事作為籌碼同爹娘談簽賣身契給如意繡坊的事。

反正就五年，五年後，她正好十七歲，總可以再搏一回。

李小芸心裡是傷心的，卻忍不住自嘲，她這是死豬不怕滾水燙嗎？真的答應下來後倒也沒什麼特別感覺，該吃吃、該睡睡，似乎也就是如此了。

李小花見李小芸性情大變，也不多說什麼，反正只要她答應和金縣長兒子的婚事，就不會對她的前程有所影響，這就夠了。

李小花生怕李小芸反悔，再三承諾，此事定幫她辦成。

李小芸冷笑，反正為了李小花，爹娘什麼都會答應的，所以她也相信她可以說服爹娘。

第十二章

次日清晨，李小芸都懶得去問結果，便收拾好東西直奔李蘭家。反正她都和李小花約定好了，憑姊姊那張三寸不爛之舌，沒有不可能的事情。

總之，這家裡李小花幹什麼都是對的，她李小芸做什麼都是錯的。

她猛地想起李桓煜說過的一句話——君若悅你，甚喜；君若厭你，甚擾。

人家若是喜歡你，你做什麼都令他感到歡喜，人家若是討厭你，你幹什麼都是貼冷屁股……

小不點也不曉得如何了？李小芸忽地有些想念他。

她包裹裡的東西並不多，恨不得將所有東西都留在那個家。經過這些年總算不得不承認，這世上或許每個爹娘都會疼愛自己的孩子，卻很難做到一碗水端平，她無法繼續自欺欺人……

李蘭沒想到李小芸這麼早就到了，她還在整理包裹。

李小芸看著院門外的馬車，問道：「李蘭姊姊，妳這是要搬家嗎？還雇了馬車。」

李蘭瞇著眼睛笑了一下。「我前幾日進城見過李先生，說過要帶妳留駐如意繡坊，怕是沒精力照顧小土豆，正巧桓煜缺個伴，先生便讓小土豆過去陪他，所以我就決定搬到城裡了。」

「李蘭姊姊以後也要待在如意繡坊嗎？」李小芸驚訝地看著她。

近幾年，隨著李蘭的繡品深得宅門內院夫人們的喜愛，很多繡房都亟欲招攬李蘭姊姊；然而她卻礙於繡坊需要簽訂年限合約，便都拒絕了，現在卻說同她一起去如意繡坊，背後深意一探可知。

「師父……」李小芸忽地哽咽，一下子撲入了李蘭懷裡。

她生得壯實，差點撞倒李蘭。李蘭摟住她，輕輕拍著她的背脊。「沒事的小芸，就五年，等到五年後妳就出師了呢……咱們一起離開如意繡坊。」

李小芸胸口流過一股暖流，好吧，雖然爹娘偏心小花姊姊，但是也有人真心待她的。

「別哭了，誰讓妳是我徒弟呢，再說我想讓小土豆讀書，不可能一輩子留在村裡。」

李小芸擦了下眼角。「師父，我一定不會給妳丟臉的。」

兩個人收拾了下包裹，便上了馬車離開。

李小芸害怕生變，巴不得趕緊離開李家村，昨日父親打在她臉上的巴掌彷彿一把長劍刺穿她的胸膛。

她不想再見他們，也說不上恨與原諒，只是從今以後，是她一個人努力的人生。

縣城李家

白嬤嬤使喚小丫鬟們忙裡忙外，京城來的貴人王德勝和夏姑姑要去黃家拜訪，他們家李先生已經過去了，而夏姑姑卻要來見她。

這幾日白嬤嬤忙瘋了，李桓煜自醒來後不見李小芸，便哭鬧起來，不小心著了涼，染上風寒，整個年都不見轉好，嚇得眾人丟了魂，最後歐陽燦幫忙連夜跑回靖遠侯府，找來了漠北神醫。既然神醫來了，考慮到黃家住著一位病弱的姑娘黃怡，於是一起給瞧了病。

聽說宮女夏氏是皇后歐陽雪身邊的老宮女，本來年滿二十五歲要放出去的，後來礙於家中再無親眷，又有一手出奇好的廚藝，在皇上那兒留下印象，就被皇后娘娘留了下來。

此次夏氏之所以跟著王大人一起離京，也有代歐陽雪回娘家探望的意思，所到之處，外放官員無人敢怠慢。

白嬤嬤將夏氏邀請到屋裡，便吩咐丫鬟們出去，兩個人對視一眼，忽地都紅了眼眶。白嬤嬤倒了杯茶水，看到窗外有人走過，大聲道：「皇后娘娘在宮裡可過得舒暢？」

夏氏一怔，曉得她所問的皇后娘娘不是現在這位，猶豫片刻，道：「聽說家人安好，甚是心寬。」

白嬤嬤點了下頭，所謂家人，是暗指李家這一株獨苗吧？

她不放心地走到門口，打開門，四周看了一下方關上大門。「小主人近來身體不大好，怕是今日見不到了。」

夏氏嗯了一聲，道：「我聽神醫說了，說是心疾……」

「唉，這事說來話長，小主人自從到了李家村後便是被個李姓村姑帶大的，兩人關係極好，小主人怕是把她當成娘了，依戀得不得了。」

夏氏眉頭一皺。「既然如此，幹麼不讓那孩子跟來伺候呢？」

「對方是村長之女呀。李先生如今還沒考上官身，總不能出了強納民女的事情吧。」

夏氏不屑地揚起唇角，她是老觀念之人，沒想到連個村民之女都無法拿捏住了？她猛地想起什麼，問道：「她叫什麼？」

「李小芸。」

「李……小芸……」夏氏似乎想起什麼，唇角揚起一抹笑意。「我明白了。我捎句話讓那丫頭過來伺候小主人，一個女孩而已，要殺要剮也是小主人一句話，別因此事鬧出心疾。」

白嬤嬤猶豫片刻，道：「這樣好嗎？上頭那位不會關注到？」

夏氏冷哼一聲。「我如今算是皇后宮裡的人，現在歐陽家何嘗不是面臨當年李家的命運？當年先皇后李氏難產而亡後，便晉升曾經的德妃娘娘歐陽雪為皇后娘娘；皇上真不愧心機深沈，他捧著歐陽家牽制李家，如今李家斷根，鎮南侯位無人繼承，他又開始捧著鎮國公府，還封了對方女兒為賢妃給皇后添堵，怕是想用相同戲碼對付歐陽家吧。」

「皇后娘娘怎麼說？」白嬤嬤問道。

夏氏無奈道：「還能怎麼說，學習太后娘娘唄，小不忍則亂大謀，總有那人吃虧的時候，賢妃娘娘早晚被捧得出了事。不過皇上如此霸道，倒拉近了太后娘娘和皇后娘娘的關係呢。」

白嬤嬤對當今聖上也極其鄙夷。

「皇上如今竟是如此張狂了，這種陰謀玩一次就夠了，歐陽家可比當年的李家子嗣更枝繁葉茂，怕是幾波土匪都滅不了。」

說到土匪，兩人對視一眼，無語地嘆了口氣。

「忍著吧，等小皇子們長大了，又是一陣血雨腥風，早晚讓他嘗嘗白眼狼兒子的感覺。」

「可不是……」

可惜李太后風光一生，竟栽在自己挑選的皇子手裡。原本夏氏就是皇后娘娘進宮時，李太后安插在她身邊的自己人，此次主動申請來漠北替皇后娘娘探望親人，其實主要目的是見見李桓煜。

他們李家這唯一的子嗣，太后娘娘心裡想都想瘋了。為了祈求上天憐愛這個孩子，整日埋頭禮佛，只求等李桓煜先長大再說。

「讓我去看看那孩子吧。我此次特意帶了個畫手，想給他畫幅畫……」夏氏請求道。

白嬤嬤怔住。「妳瘋了？這要是被人看到可怎麼辦？老侯爺在地下都無法瞑目啊，這可是李家唯一的後人。」

夏氏嘆了口氣，紅了眼眶。「白姊姊，妳不知道如今太后的樣子……否則定會心疼死的。當年如此呼風喚雨的一個人，卻被那人徹底牽制住。我整日在皇后那兒待著，也不好看望她老人家。聽說太后娘娘這些年來性情大變，怕是當年勾心鬥角的事情做得太多，才會變成如此境地。如今光顧著供養高僧、求神算命……我怕如此下去，太后娘娘能否撐到見小主人一面。」

「呸呸呸！」白嬤嬤揮了揮手。「妳別說喪氣話。稍後我讓妳看眼小主人，但是說好了，看一眼就走，畫畫就算了，妳只許把話帶回去，相信太后娘娘會體諒的。」

夏氏有些捨不得，想了好半天，才點頭答應下來。

午後時分，院子裡人煙稀少，乾枯的樹木旁是一個沒有水的池塘，遠處的拱門那裡還散落幾個袋子，像是後院小廚房剛剛清掃出來的垃圾。

夏氏瞇著眼睛看了一眼，眉頭一皺。「白姊姊，你們這院子也太不講究了。」

白嬤嬤扯了下唇角，嘆氣道：「畢竟李先生還沒有官身，太奢華容易引起注意，反而平添麻煩。妳不曉得，這李先生才來城裡住一陣子，琢磨著幫他說親的人天天往黃夫人那兒露面去呢。」

「李先生全名是叫李邵和吧？此人性情如何，我記得你們說他是老秦家的女婿，可是老秦家女兒都去了好些年了，這人還靠得住嗎？」

白嬤嬤輕輕點了下頭。「本來我也擔心他這個人，所以早先秦老太爺只同他講小主人是故人之後，李邵和並不清楚其身世。王管事後來才告訴他，小主人本是身世顯赫的望族後人，但是此族捲入當年後宮奪嫡之爭，只能期待日後平反。」

「那位李先生如何說？」

「他倒是真深愛秦家女兒，根本不好奇小主人的背景。據說他都隱居山村好幾年了，若不是此次秦老爺親自給他去信，怕是根本不樂意考取功名。所以我想，他既然可以在山村裡雲淡風輕地過這些年，便不是個會輕易放棄過去、被其他勢力誘惑的人。」

夏氏不由自主地點著頭。「老秦家此次立了大功，不知道是否有何要求？他們家五十多年前就脫了籍，如今做藥商倒也做得不錯。」

白氏見夏氏一臉感慨，道：「我來之前倒是同秦老爺在京城見過面，他有個幼孫正在讀書。夏妹妹，妳曉得的，大黎祖訓，商人子弟不可以參加科舉。雖然先帝時期已放寬至三代後可以參加科舉，可是秦老爺子見他幼孫好學，著實有幾分期望。」

夏氏聽後沈默了片刻，道：「這事好辦。我回京去見他，看看怎麼安排，就讓他家幼孫來歐陽家學府上學吧。」

「世子夫人也是如此想的，只是白家出手有些忌諱，若是直接讓皇后娘娘幫忙，日後查也只會查到皇后娘娘那裡，倒是最好的出路。」

夏氏點頭。「秦家那頭我來辦吧，妳照顧好小主人才是最重要的。」

秦家之所以這麼多年了還明嚷著惦念恩情，多半是衝著太后的面子。若是太后去了，誰沒事還玩這種富貴險中求的戲碼；秦家再有錢也只是地位低賤的商賈，他日若想上位，必然要尋找其他門路。

兩人一邊聊著，一邊走到了李桓煜的小院子裡。他病了好幾日，今日才稍稍有些起色，正在午睡。

墨悠、墨蘭在門外候著，她們見兩位嬤嬤來到，立刻起身相迎。墨悠暗道白嬤嬤厲害，據說這夏氏可是宮裡來的貴人，居然都如此賞臉光臨他們家，可見白嬤嬤的手段。

白嬤嬤見墨蘭、墨悠一個勁地盯著夏氏看，便將她倆支去廚房準備飯食。「宮裡的貴人」幾個字真是好使，墨蘭、墨悠拚命在夏氏面前表現著。

夏氏完全顧不了她們，走到門口時竟是有些緊張。

白嬤嬤拉著她進了屋子，李桓煜尚且睡著，夏氏站在床邊，凝望著床上那張沈睡容顏，忍不住紅了眼眶。

她右手撫上李桓煜的臉頰，摸了摸，道：「皮膚都糙了，看看如何養一下，模樣真好看，姪孫像姑奶奶。」

白嬤嬤望著李桓煜，眼底流露出溫柔。「也像世子夫人呢，她念著這孩子，才讓我過來陪著他，我這次是打算不回京了。」

「別回去了，照我說應該多派些人過來才是。」

「不敢做得太明顯，否則幹麼幫秦老爺家孫子，還要繞個大圈圈。」

夏氏點頭。「我懂得，一切謹慎起見。妳切記照顧好小主子，再過幾年就訂個媳婦，早日給李家傳宗接代。」

白嬤嬤微微一愣，說：「這事還是有點早吧，不過世子夫人有意給小主人尋童養媳，女孩大點懂得多，有利於生下子嗣。」

夏氏認同道：「太后娘娘也有此意，又怕委屈了孩子，畢竟能做童養媳的出身總是配不上咱家，一切日後再說吧。」她又看了一會兒李桓煜。「真可惜，無法把他的樣子帶給太后娘娘看。」

「看什麼看，小孩長得快呢，沒兩年就又是別個樣子，待日後有機會進京，直接去拜見太后娘娘，妳且把話帶回去，早晚小主人會拿回屬於他的一切。」白嬤嬤目光亮亮的，對於這一切他們從未失去信心過。

夏氏捨不得地離開了小屋子，又同白嬤嬤嘮叨了好久才離開。

夏氏回到黃院長家，又同黃夫人打過招呼，吃了晚飯，陪同大太監王德勝一起回到落腳處。

王德勝見夏氏心情似乎極好，便道：「怎麼，遇到了好事？」

夏氏瞇著眼睛，淡淡地說：「沒什麼，就是想著明年就能起程回京，心裡高興。」

「才出來多久就想回去了，不過怕是娘娘也念著妳的好手藝呢。」

「可不是，回去好好伺候娘娘。」

王德勝摸了下頭。「東寧郡此次的秀女可都挺一般的，我聽下人說妳一個都不打算帶走？」

夏氏一怔，猶豫道：「又改決定了。」

「啊？」王德勝詫異地看著她。

夏氏是老宮女，因廚藝高超在皇后、皇帝面前都有幾分臉面，所以造就一副對誰都愛理不理的性子；偏偏皇后娘娘就喜歡她這性子，所以王德勝倒也不敢得罪她。兩人一起出門辦事，他還會主動讓她幾分。

「本來是一個都沒看上，後來又擔心其他地方的還不如東寧郡的，所以決定帶走兩、三個。」

其實夏氏聽白嬤嬤說了李小芸以後，就想起一直在她手下學習的李小花，她似乎就是村長之女，兩人必有淵源。若小主人是在李家長大的，那麼李小花就必須要攥在手裡牽制李家，誰知道日後是個什麼境地？

夏氏一回來就讓人把李小花叫了過來。

李小花受寵若驚，她還是第一次被夏姑姑主動召見，定要好好表現。

她特意挑選了一條姑姑剛給她做的淡綠色束腰長裙。裙襬處銀絲線勾勒出一朵淺粉色牡丹花，領口處鑲著幾片金線編織的祥雲圖案，襯托白淨的面容越發清秀出眾，卻又不豔麗庸俗。她挺直腰板站在夏姑姑面前，企圖讓對方察覺出她的與眾不同。

夏氏不著痕跡地觀察著她，暗道——心機太明顯，日後哪裡能擔得住事？娘娘們喜歡的是什麼樣的女孩？首先就是要學會低調，宮裡人精多了去，連扮豬吃老虎都學不會怕是多少條命都不夠丟的。

她抿了一口茶水，淡淡道：「我今日同王大人去拜訪了龍華書院院長黃大人，碰到一位故人，這位故人受了李邵和先生的恩惠，如今幫他照顧一位小公子。」

李小花一愣，李邵和？那豈不是李家村的教書先生？所謂小公子，莫不是小不點吧？

她沈思片刻，說：「李邵和先生同我父親關係極好呢，像兄弟一般。」

夏氏挑眉道：「哦？那位故人倒也同我提及過妳家，不過沒提妳爹，而是提了個女孩，叫做李小芸，妳認識她嗎？」

「小芸……」李小花腦子轉了無數個彎，面上笑靨如花。

「她是我嫡親妹子，我倆本是雙胞胎，可是妹妹小時候染上一場怪病，爹娘為了她散盡金銀，說來真是有緣，正是李邵和先生救下我妹子的命呢。我們全家都對李先生深懷感激之情……」

「還有這事？」夏氏垂下眼眸，忽地嘆了口氣。「這次偶遇那位故人，我本想幫她一些，可是她卻沒什麼需要我出力的；倒是他們家那位小公子，據說同妳妹妹有些淵源，不曉得妳妹妹有無可能……」

「去伺候小公子嗎？」李小花聰慧地接話道。

夏氏一愣，故作苦惱道：「可是妳爹是村長，若是讓妳妹妹賣身於李家似乎不大好，可是若不賣身怕是我那故人也沒法用她……」

歸根結柢還是想要李村長賣女兒呀。

李小花大概明白了夏氏意思，變得躊躇起來。

怎麼李小芸莫名就變得如此搶手了？如今她和金縣長兒子的親事已訂，可是若說賣身……五年後李家拿什麼給金縣長做兒媳婦去？

但是這些話李小花是不敢說的，相較之下，夏姑姑更值得被討好。

夏氏見她沈默不語，道：「唉……可惜我們之後就要離開東寧郡了。」

「我們？」李小花急忙抬起頭，見夏氏一臉慈眉善目……這麼說，夏姑姑是決定選走她了？

「怎麼，妳不想去京城嗎？就是我那故人的事……讓我有些遺憾，猶豫不決……」最後四個字，她咬得很深。

李小花咬住唇。

「夏姑姑，此事我去勸勸我爹吧。雖然說良家女不好賣給李先生家做奴才，更何況我爹還是村長，但是誰讓夏姑姑的那位故人在李家呢？」

「會不會有些勉強？」夏氏為難道。

「不會不會，既然這是姑姑唯一的遺憾，小花自然會努力幫姑姑達成。」李小花拍胸脯保證道。

夏氏滿意地點了點頭。「李先生此時要下場考試，絕不能傳出不利於他的流言……小花妳如此聰慧，我相信妳可以辦得好。」

李小花用力地點了下頭，看來又要回趟李家村了。

李小花琢磨了幾日，認為這正是討好夏姑姑的機會。

再說，李小芸不樂意嫁給金縣長的傻兒子，那麼賣身給李先生家做丫鬟總不是什麼壞事吧？她同李桓煜關係本就要好，雖然身分聽起來不大好，但是心裡應該會很樂意的。

天氣轉暖，李小花翻看黃曆挑好日子。她換了一身普通衣衫，整理好包裹回到李家村。

夏春妮的肚子越來越大，身子骨兒被折騰得夠嗆，胃裡酸水不停往上溢著，完全沒有胃口。她並沒有因為肚子大而長肉，反而清瘦不少，面色略顯蒼白。

夏春妮見到李小花的身影由遠及近，以為看錯了，確認後感到分外驚訝。「小花，妳怎麼回來啦？城裡不忙嗎？」

李小花搖了搖頭。「娘親，我有事同你們說。」

夏春妮笑咪咪地迎她進屋。「來，喝口水再說吧。」

李小花喝了點水，開門見山道：「娘親，昨日夏姑姑私下召見我了，還同我說了好多話，您猜提到誰了？還是咱家人呢。」

夏春妮笑著摸了摸女兒乾淨的臉龐，溫柔道：「誰啊？娘親猜不到。」

李小花垂下眼眸，略顯吃味道：「說到了小芸妹妹。」

夏春妮大驚，回想起前幾日家裡發生的事情，她都有些不想聽到這名字。

「為什麼會提及芸丫頭呢？」

小花苦哈哈地看著娘親，將在夏姑姑那兒聽到的話娓娓道來。「娘，您有所不知，夏姑姑去拜訪黃院長的時候，遇到一位曾經有些淵源的故人……」

聽完後，夏春妮沈默下來。

李小芸同家人決裂的那個夜晚仍歷歷在目，作為娘親，她心裡是極其難受的，可是一邊是丈夫、一邊是女兒，她又能如何？她要考慮大郎娶媳婦、二郎說親、小花進京，還有肚子裡即將出生的娃兒，她又能有多少注意力分在李小芸身上？

李小芸小時候身體不好已讓她和李旺夠煩心，莫不是這孩子天生下來就是禍害他們家的？她如今一想到李小芸就頭疼，不願意面對心底的偏心，又怕街坊鄰居說三道四，只好一個勁想著孩子的不是。

久而久之，也就變得理直氣壯——我是她娘，我生她養她，我有權力對她做任何事，不需要有一點愧疚！但話雖如此，能不去招惹那孩子她還真不想去見她，沒想到今兒個又蹦出夏姑姑故人……豈不是兜來兜去都扯上芸丫頭！

李小花見夏春妮不說話，眨著眼睛道：「其實本來夏姑姑都定下我一起進京了，卻突然尋我說這些話，還扯在一起說……」

夏春妮聽聞此事可能會影響到女兒進京，道：「莫不是逼妳做什麼？」

李小花搖搖頭，聲音裡帶著幾分哽咽。「她們都是人精，話說得好聽呢。還說小芸的事情處理不好她會有很大的遺憾，又提及李先生正值科舉，萬不能出現強搶民女的流言；可是哪個良家女、爹爹又是村長，會把女兒賣出去做丫鬟呢？多丟臉。」

「唉……小花，外面不比家裡，娘親知道妳的苦悶。」

李小花紅了眼眶，她一個人住城裡能沒委屈嗎？

「娘親，怎麼辦啊？要不然就讓小芸去李家算了。反正簽給如意繡坊五年也是賣身契，賣給李家也是賣身契，兩者並無區別，而且李家人定會待小芸很好的。」

夏春妮猶豫片刻，也有些動心。

當初李邵和就曾提過這件事情，但是被丈夫否定了。他們家還真沒到賣女兒的地步。賣給繡坊那是有年限的，而且孩子是去做學徒，長本事；若是賣給李邵和……

大家都是一個村裡的人，若是被別人非議，說他們家抱李先生大腿，著實對丈夫來說面子上很難看。

「反正大家只知道小芸是去城裡了，具體做些什麼又有誰會去打聽？況且，她去繡坊考試，娘親就以為沒人說閒話了？她這麼折騰，早就被外人嚼舌根了；但是那又如何？咱家過得好才是最重要的。日後邵和先生做大官，金家也不會為難她，她鬧來鬧去就是不想嫁給傻子。搞不好今日之事是一場造化，五年後當真不用嫁了呢。」

這句話說到夏春妮心坎裡，她替自己找到了一個賣女兒的理由，咬牙道：「好吧，妳爹那兒我去同他商量，反正金家的事要五年後定奪，現在是妳能進京城的事最要緊。」

說到底他們會答應金家的議親，不就是為了讓李小花進京嗎？

如果因為夏姑姑不滿意，李小花進不了京，他們才是賠了夫人又折兵。

李小花開心至極，沒想到這麼簡單就說服娘親，她一把摟住大肚子的夏春妮。「娘親，就知道您最疼我了。」

夏春妮慈愛地摸了摸她的頭，開懷道：「我的寶貝，妳是娘親的小棉襖，妳若是不開心，娘親都替妳冷著。」

母女倆吃了一頓午飯，李小花就急急忙忙回城裡了。

父母這頭解決了，接下來就是妹妹那裡。她不擔心李小芸，她不是很喜歡李桓煜嗎？

她若進了李家後院，以她同李桓煜的情誼，日子必然會特別舒心。飯來伸手的日子總比苦哈哈做繡娘子強吧。

第十三章

李小芸揹著一個小包裹，同李蘭住進了如意繡坊當家人易如意的家裡。這是一座五進院子，座落於城裡最繁華的東城胡同，臨著街面，外面還擺了兩個石獅子鎮宅，好不威風。

李小芸沒想到李蘭張口閉口提及的閨中好友，竟然是如意繡坊的當家，易如意本人。易如意十七歲左右，卻尚未成親。

說來如意繡坊家裡也是一團亂七八糟，易如意娘親是家中獨女，她外祖父同幾個兄弟關係並不好，所以不樂意過繼兄弟的兒子做嗣子，便給女兒招婿。

無奈她娘接連生下兩個女兒，老二易如心也是個藥罐子，她娘幾年前又高齡生下兒子，卻丟了性命。如今易家獨苗不過四、五歲，叫做易如海。易如意的爹爹前幾年受到親戚挑撥意圖奪取如意繡坊，還在外面納了外室，徹底同易如意外祖父決裂。雖然外祖父最終將她爹爹驅逐出易家，卻也徹底壞了易如意的名聲。

母親是個病秧子，爹爹是白眼狼女婿，這種人的女兒能要嗎？若是易如意沒有弟弟，或許還有人會為了如意繡坊娶她……可是現在易如意所做的都是給幼弟積攢家業，哪個婆家還樂意貼上來？

李小芸一進大堂，便見有名女子正站著擺弄一座屏風，她身材纖細，皮膚白淨，說不上有多漂亮，卻天生一張笑顏，說話時眼睛是瞇著的，嘴角微微上揚。

她一眼就喜歡上易如意……

易如意見到李蘭時神情微微激動，走過來拉住她的手。「阿蘭，我見了妳簽的那張紙契，妳這是做甚？妳難得求我辦點事，我不會強迫妳做什麼的。」

李蘭淡淡一笑。「我不樂意欠妳人情。」

「就這般見外？」易如意故作生氣。

「反正要陪小芸在這裡待上五年，我賣給妳妳也好做一些，省得又有親戚說閒話。妳外祖父年歲已高，能少一事是一事，我不想妳為難。」

易如意嘆了口氣，看向李小芸。「來，走近些。」

李小芸靦覥地走上前，她今日特意換了一件乾淨的衣服，是淡藍色的，髮髻被李蘭梳攏盤起，因為她臉大，就留了些劉海，整體看起來並不讓人反感。

「好孩子，妳的繡品我看過，真真不錯。」易如意誇獎道。

李小芸笑了一聲，說：「師父教得好。」

易如意眉眼帶笑，看向李蘭。「可不是，妳師父才是真正深藏不露之人，要多和她學，日後早晚一鳴驚人。」

李小芸不好意思地笑了。「如意師父，我會努力的。」

易如意看了一眼李蘭，有些欲言又止，似有其他私事要同李蘭說。

李小芸識相地藉口去後院逛逛，便離開大堂。

她才出來沒多久，就有丫鬟尋她。「小芸姑娘，妳家裡來人了。」

李小芸心裡一緊……發生了那麼多事，如今她不苛求家人可以給她更多的關愛，只要不來刺激她便是萬幸。

她猶豫片刻，見丫鬟催促，怕家人做出渾事給如意姊姊添麻煩，所以趕緊走到前院，沒想到入眼的居然是李小花。

她那麼忙，居然有工夫來找她……

李小花見李小芸出來，眼前不由得一亮。

李小芸雖然胖，卻並不醜，就算有小孩子罵她醜，那也是因為臉上肉多，而不是五官生得難看。

有朝一日，若是小芸妹子瘦下來，不能說是美人，至少也算半個佳人。

但是平日裡李小芸在村裡風吹日曬，哪裡有工夫收拾自個兒呢，所以便給人感覺是個醜胖子。

「小芸，我來告訴妳一個好消息。」李小花興奮地走上前，一把拉住妹妹的手。她彷彿給予恩惠似地揚起下巴，道：「我去同爹爹求情，讓他們同意妳去李邵和先生家照顧小桓煜了。」

李小芸一怔，眉頭皺了一下，道：「我又不是李家人，幹麼去李家照顧小不點？」

「妳可以成為李家人呀！在李家做工總比繡坊輕鬆吧，待日後李邵和先生功成名就，搞不好金縣長的婚事也可以通過他解除呢。」李小花一副這是天大好事的樣子。

李小芸愣住了，她垂下眼眸，猶豫片刻，問道：「妳的意思是，要把我賣給李家做李桓煜的丫鬟？」

李小花暗道妹妹腦子真好使，一下子就想到關鍵問題。

她沈默了一會兒，說：「小芸，妳要清楚，以咱們家的資歷，根本得罪不起金縣長……李先生又疼愛李桓煜，為了李桓煜的安全也不可能要沒賣身契的丫鬟。」

「夠了。」李小芸打斷她。「我從未想過給李先生添麻煩，金縣長家的婚事我打算自己處理，就不勞姊姊操心了。妳要去京城了吧，祝妳一路順風。」

李小花愣住，她凝視著彷彿變了個人似的李小芸，斥責道：「妳傻了嗎？這是一條多麼好走的路啊，妳偏要迎難而上。靠自己？妳以為妳是誰？妳不給李先生添麻煩所以給咱家添麻煩嗎？」

李小芸冷笑一聲。「小花，我敬重李先生，我也極其喜歡小桓煜，所以我才不能利用他們。而且我也不想給誰家當丫鬟，我如今雖然一無所有，卻可以把自己賣給繡坊學本事。我會努力學習，變得更好、更有價值，而不是給什麼金縣長做媳婦，更不是伺候一個奶娃子。」

李小花被她噎得呆住。

「五年後我就是自由身，到時候一切未可知，但是我願意賭上一把，至少我從來沒想過靠別人。」

她說話時心底滿是酸澀，一個孩子但凡可以靠父母，誰願意出來奔前程？但是她沒得選擇，所以從今以後，她選擇只相信自己。

遠處，一縷明亮的日光順著屋簷傾灑而下，投影在姊妹兩個人身上，將李小芸挺直的背脊拉得很長，她的眼底閃著淚花，目光卻異常堅定。

不破不立，她真的沒什麼可退讓的了。

李小花咬住唇看著她，眼底迸射出一抹恨意。

李小芸若是不答應，夏姑姑那裡她就是徹底得罪了，這臭丫頭是要毀了她的前程嗎？

李小芸看了一眼時辰，不想再和李小花多說，兩人的成長經歷完全迥異，很多想法自然大相逕庭。她可以理解姊姊的想法，但不意味著必須順從。曾經，她為了得到家人的憐惜什麼活都願意幹，可是結果卻不盡如人意。

既然大家認為她對這個家並不重要，她又何苦熱臉貼人家冷屁股呢。

這是陌生的李小芸，亦是全新的李小芸。

她再也不是誰身後的影子，她也不會再羨慕漂亮的小花姊姊了，一個企圖靠男人獲得榮華富貴，連自己命運都無法掌握的女人，如何值得她羨慕？

此時易家丫鬟們聽到了兩人的爭執聲，深感李小花盛氣凌人，生出不耐煩的心意。一名粉色衣衫女孩主動上前，喊道：「小芸妹子，我家小姐說開飯了，喚妳過去呢。」

李小芸急忙應聲。「姊姊，我先回去了。今日一別或許很多年都難以再見，妳獨身去京城一定要珍重，妳本就生得漂亮，怕是會惹人注目，還是低調一些比較好。」

李小芸言語懇切真誠，聽在李小花耳裡卻充滿諷刺之意。

「妳倒是不盼我好些？」

李小芸頓時覺得自己說了多餘的話。

她看向粉色衣衫的丫鬟，道：「這位姊姊幫我送這位姑娘出去吧，我先去易姑娘那兒回話。」

粉衣丫鬟輕輕一笑，點頭說：「放心趕緊去吧，我來幫妳送姊姊出門。」

眼看著兩個壯實的丫鬟走了過來，李小花不屑同她們計較，回過頭發狠說道：「李小芸，別以為賣身給繡坊妳就能高枕無憂，妳脫離不了李家的。妳若是把我得罪了，在家裡的地位只會更難堪！」

李小芸無奈地嘆了口氣，她現在還不夠難堪嗎？

「小花姊姊，我們本是親人，無所謂得罪不得罪，我只是想走自己的路而已。」

李小花冷笑道：「妳的路擋了我的路，便是得罪我。」

李小芸一怔，聽不懂她在說什麼。

罷了，由她去吧，她還要準備繡娘子考試呢。

雖然易姊姊說了必會讓她進入如意繡坊，但是大家都要考試，她若連考試成績都沒有，就成了走後門之人。

她骨子裡還是很要強的，要名正言順進入如意繡坊，不願一進門就讓別人看輕。

她是有實力的，對吧？

主屋裡，易如意吩咐人換了一壺茶水，面色沈靜地望著李蘭，道：「阿蘭，這些年一個人帶著小土豆，在鄉下過日子也很辛苦吧！」

李蘭怔了片刻。「有些寂寞，但是生活很平靜，倒也落個安生。」

易如意嘆了口氣道：「妳可知道，前些年，誰來我這裡問過妳？」

李蘭呆住。「往事如雲煙，不提也罷。」

「妳同小土豆是如何說的？他沒問過妳親生爹爹的事情嗎？」

李蘭無奈道：「他還小從未問過，怕是日後上學了就會來問我吧。我不打算瞞著他，他若願意，我會如實告訴他。」

「唉……前幾日有人指定妳繡圖，還送出超額的金銀，可見還是他。我想不明白，那人明明至今仍在乎著你們母子，為何始終不肯見一面？說走就走，連個理由都沒有。」

想起往事，李蘭忽地紅了眼眶，酸澀道：「念著？既然念著為何一聲不說就走掉了？」

易如意也哽咽道：「怕是有難言之隱吧。」

聽到曾經的愛人或許仍念著她，李蘭心裡多少有些動容。但是對方再如何念著，總歸是拋妻棄子，還令她無路可尋；後來明明派人救濟他們，卻始終不曾留下隻言片語，著實令她無法不恨他。

「罷了，看日後如何吧。我娘家人死絕，就怕有朝一日我也被人發現，活不下去了，才會將小土豆託付給村裡李先生，倒是比送給他外祖父家讓我心裡更多些安慰。」

易如意點了下頭，道：「可是那位李邵和先生吧。他近來算是東寧郡新出的名人，又聽說有京城得力岳丈相護，現在黃院長也提拔他呢，怕是日後真能考上個官身。妳把孩子放那兒，也算有了依仗，妳娘家的冤案，或許有沈冤得雪的一日。」

李蘭柔弱的臉上慘澹一笑。「我已經不信什麼沈冤得雪，只希望祖上繡法不會失傳。」提及繡法，易如意道：「李小芸這孩子看著不錯，挺憨厚的。」

「嗯，我看了她好幾年了，而且我教給她的繡法大多是改良後的，真正的繡法不會讓她用。我也想看看這五年，她是否可以練出來。刺繡之法除了勤勉以外，還是需要不少天分。」

「嗯，她也算幸運之人，輕易就取得妳的傳承，殊不知為了這張繡譜，有多少人付出性命。」

李蘭忍不住流下清淚。「只可惜那惡人非一般人可以得罪，這些事情我會帶入塵土裡，不告訴她比較好吧？省得小芸那孩子死心眼，一心為我家平反可就麻煩了。」

「唉，先走一步看一步吧。你們村那李才攀得高枝，接連收購了兩家小繡坊，還挖走了我兩個賣身的繡娘子呢，我不敢得罪他，只好忍讓下來。好在他心中有底，知道我是給他面子而已，懂得什麼叫見好就收；不過妳來幫我，我心裡還是踏實一些。」

李蘭抹了下眼角。「妳不怕我給妳帶來麻煩嗎？」

易如意戳了下她的額頭。「我們什麼關係，妳如今不過是李家村的寡居婦人，說到底還是李才的老鄉呢，他總要給同宗人留條活路吧。」

李蘭破涕而笑。「好吧。稍後我讓小芸給妳露幾手功夫，她真是有幾分天分的。」

「她是妳徒弟，妳自然看著哪裡都好……」

李小芸剛好走到主屋門口，由於易如意在和李蘭聊私密的事情，並未讓丫鬟、婆子在門口守著，所以最後一句話李小芸是聽到了。

完蛋了，難得聽到師父誇她，她是進，還是不進呢？

「小芸姑娘，妳站在門口幹麼呢？」身後傳來一道清脆的嗓音，正是剛才的粉衫姑娘。

李小芸的牙齒差點咬到嘴唇，一個踉蹌就邁著腳進了屋門，差點摔了跟頭。

李蘭和易如意對視一笑。「妳如今走路用滾的？」

李小芸尷尬地站起來，兩手侷促地互相揉著。「那個……不小心聽到師父在誇我。」

「哈……」李蘭走上前，整理了一下她的領口，輕聲說：「如意繡坊女孩多，妳年歲大了，也要開始學會打扮，不要再穿破衣爛布頭整的衣裳，我們做繡娘子的，自然要把自己的衣服繡得漂漂亮亮的，知道嗎？」

李小芸望著李蘭溫柔的臉龐，整顆心都快融化了，認真道：「好。」

「妳初次進門，易姊姊給妳備了上好的料子，都是按照妳的身材訂製的，但是沒有繡花，稍後自個兒弄吧。記住，妳不再是李家村餵豬餵雞的李小芸，日後要做一名人人爭搶的繡娘子呢，我們可是給美麗衣裳添磚加瓦的畫師，所以要注意形象！」

李蘭的言語輕輕柔柔，卻沒來由給李小芸帶來莫大的動力。她雖然是賣身進來的，卻並不卑賤！

「四月初考試，妳尚有練習時間，稍後讓人告訴妳流程，切莫丟了妳師父的臉面。」易如意也站起來，直言道。

李小芸攥緊拳頭。「必然不會丟了師父臉面！」

李小芸的日子變得規律起來，最主要的是不需要做家務了。她是李蘭認可的徒弟，易如意待她十分禮遇，若不是李小芸堅持拒絕，怕是還會給她配個雜務丫鬟。

易家有許多珍藏繡譜、書籍，好在李小芸識字，閱讀起來並不大費勁，遇到不認識的字，她就描下來，回頭去和師父請教。

李蘭見她十分用心，教導起來也特別認真，轉眼間就快到了考試日子，李蘭卻接到李邵和家管事的拜帖，說是小主人生辰到了，邀請李蘭出席。

不過李家是醉翁之意不在酒，拜帖裡特意說明一定要帶著小芸姑娘。

李小芸其實是懶得去的，自從白嬤嬤要她遠離李桓煜後，她便克制自己，極少思念小不點。小不點的人生肯定會平步青雲的，他們的交集會越來越少吧。

李蘭把兒子託付給李邵和先生，自然不敢拿喬說不去，便帶著李小芸正式出席。李小芸白肉底，過去因為下地幹活黑了許多，但是近來又養了回來。

李蘭沒有女兒，把她當女兒看待，雖然她並不比李小芸大多少，卻極懂得如何將女孩養得漂亮。易家主人是女孩，所以易家後院有一個專門供易如意使喚的小廚房，研製美容養顏料理，諸如玫瑰釀、檸檬蜂蜜水、木瓜奶水……

李小芸沾了李蘭的光，每日也有人給她送去。

她起初不好意思喝，最後被易如意和李蘭訓斥一頓——女孩子生下來就應該愛美，就算不漂亮也要打扮得清清爽爽，讓人賞心悅目才對！

否則她們日日見她破衣爛衫、熊腰虎背的身影走來走去，實在令人受不了，衝動之下會將她掃地出門！

李小芸臉上一熱，生怕師父和易姊姊日後嫌棄她醜，看不順眼了，於是便開始喝了。

她尤其大愛檸檬蜂蜜水，易姊姊告訴她晚上喝對身體最好。

一個月下來，她突然發現，自從開始喝檸檬蜂蜜水，上茅廁的次數變多了不說，肥肉真的掉了一點點，下巴也從三層，變成雙層……

李小芸曾經參加過二狗子的生辰宴會，但是當時無人告訴她需要裝扮，更何況她還要看住小不點，所以難免衣著普通，甚至可以用淒慘來形容。

這次李蘭帶她出席李桓煜的生辰宴會，還有易如意隨行，自然好東西全往她身上招呼，沒一會兒，一款樣式新穎、剪裁合身的新裝便套在李小芸身上了。

李小芸尷尬不已，望著鏡子中的自己，都有些認不出。鏡中的女孩身材高眺豐滿，合身剪裁將飽滿的胸脯襯托出來，水桶腰也不那麼明顯了；還有荷葉寬袖口，使得粗壯手臂不再把衣服繃住，整個人變得衣著得體起來。

更別提領口處繡著祥雲，粉色衣衫搭配金色銀絲線，這種高品質絲線怕也只有易家拿得出來。

李蘭還幫李小芸修了眉毛，畫了眼線，搽上胭紅胭脂，讓她佩服得五體投地……

難怪有錢人家的女孩都喜歡搽粉，她上了粉以後也好像精緻的瓷娃娃。她本來就胖，但是此時打扮下來卻平添幾分福相，不再是肥膩的圓盤臉蛋，難怪人們經常說，人靠衣裝、馬靠鞍呢。

李小芸與易姑娘、李蘭師父共乘一輛馬車，她們兩個好得跟一個人似的，時不時還打趣一下李小芸。她原先有些不適應，慢慢的也習慣易如意的說話方式，感覺她是個很直接的人。

李邵和的宅子不如易家大，卻挨著本地最清貴的黃家。這條街道叫做尚德胡同，背後一條街就是龍華書院，東寧郡但凡有點勢力的家族子弟都紮了堆似地往這裡送。

黃院長是備受黃家老太君看重的庶長子呢，所以連帶著被黃院長看重的李邵和身價水漲船高，他養子的生辰自然備受關注，套句王管事的話——收禮收到快手抽筋了。

李桓煜大病初癒，心情卻並不是很好，他鍛鍊許久的肌肉消失了。於是他睜開眼便纏著歐陽燦練身體。

白嬤嬤答應會讓小芸來給他過生辰，所以……他一定要趕緊努力長高，否則還不如小芸高，實在太丟臉了。

比較讓李桓煜洩氣的是，他發現自己活動量越大，怎麼就越瘦呀？其實是因為他長個了，所以看起來不再是小胖子身形，而是纖細瘦長。

李桓煜穿了一身靛藍色長袍，領口處鑲著金絲流雲紋的滾邊，墨黑色長髮束起來戴上一頂翡翠玉冠，那翡翠晶瑩剔透的潤華感映射在陽光下越發耀眼明亮，襯托得整張臉白淨無瑕。

再加上他近來身材變得修長，筆直背脊從遠處看過來，只覺得隱隱透露著幾分尊貴，讓人覺得這面如玉冠的少年郎是那般高不可攀。

白嬤嬤點了點頭，這才是老侯爺後人該有的模樣。

李桓煜的眼底銳利剛毅，他可從來不是好脾氣的主，根本不讓墨悠、墨蘭近身，這身行頭還是白嬤嬤親手為他整理的。美其名曰——總要讓小芸看出少爺的英俊不是？

李桓煜心裡一想，可不是嗎？定要讓小芸對他刮目相看！

白嬤嬤可是同他說了，日後會接小芸進府伺候他，一想到此處，他的心情就萬分舒暢。李小芸好歹伺候他多年，他早就習慣了呢。

白嬤嬤望著他時不時站起身往外望的目光，不由得嘆了口氣。

她原是不樂意李小芸近了少爺身子的，但是自從李桓煜重病，她便放棄了堅持。

少爺舒心過得好比什麼都重要……少爺若是樂意親近李小芸就親近好了，一個農村丫頭而已，還長得那麼胖，待日後少爺知道女色了，自然會對她膩了，就算把對方當娘親供著也成。

李小芸才踏入大門便被墨悠迎了進來。

她可是對李小芸印象極深，這人可不是一般小姑娘，而是他們李家後院的大菩薩！

李小芸踩著新做的布鞋，一路跟著墨悠走過來，心裡記著李蘭教的步伐，暗道——要挺直胸膛不能伏低做小，她們是靠手藝討生活的繡娘子，並不卑賤。女孩子家步履要慢，不宜超過領路人，不宜擺頭亂看，只須打量對方丫鬟，便可以知道府裡規矩一二。

她見墨悠走路比上次更穩健，笑容有度，便道白嬤嬤是調教人的好手。

兩人直接進了一道拱門，拱門裡是小花園，冬日裡便栽種好的樹木長出嫩綠的枝芽，腳邊草叢裡的黃色野花盛開了一大片，彷彿在迎著日光舞動微笑。

「小芸！」

一道喊聲從屋內傳來，她還沒聽清楚就感到一團黑影撲了過來，正好撞上她高聳的胸部——話說她近來發育挺快的，為了讓衣衫穿起來好看，李蘭特意給她裹了胸……

這一撞下來，可真疼！

李桓煜用力抱住李小芸，哪裡顧得上男女之別，他的鼻尖趴在她肩上，吸了吸，可憐地說：「小芸，妳好狠的心，我病了都不來看我。」

李小芸臉上一紅，李桓煜的肩膀正抵著她的胸，一股莫名的尷尬蔓延全身。她的雙手都不知道該放在哪裡才是，如果放在小不點的背部吧，兩個人就成了緊緊相擁……

多久不見怎麼小不點一下子就這麼高了？

太讓人無法接受啦！

她印象裡的李桓煜始終是個愛尿床，然後厚臉皮伸出肥腳丫子讓她按摩的小無賴呀。

李桓煜抱住李小芸一陣蹂躪，搞得她都想找個地洞鑽進去算了。

她心知李桓煜沒有惡意，不過是用自以為的方式懲罰她，可是這些在別人眼裡看來，簡直是……太不成樣子了吧。

白嬤嬤在一旁徹底呆住，光天化日之下，他們這也太放肆了！

李小芸拚了命掙脫李桓煜的懷抱，轉過身躲開老遠。「小不點別這樣，你不再是小孩子了，在外面要注意形象！」

李桓煜眼底閃過一抹不服氣，吼道：「回來，我不過就是同妳親近一下，妳跑什麼？」

李小芸猶豫片刻，還是堅持站在樹下，躲著李桓煜遠遠的。這小傢伙，不拘小節，指不定做出什麼舉動呢。

李桓煜深感受傷，轉過身衝兩個丫鬟發火道：「都滾出去，誰許妳們在這裡看！」

李小芸嘆了口氣，走過去摸了摸他的後腦。「桓煜，不要這麼和別人說話。」

李桓煜拍開她的手，瞬間紅了眼眶，埋怨地看向李小芸，委屈道：「前些時日我都快死了，妳都不來看我一眼，我想妳想得心口都疼。」

他用力擦了下眼角，繼續抽泣道：「好不容易熬到今日，妳還推開我，我不就抱了妳一會兒嗎？以前還一起睡呢，妳怎麼都不會嫌棄我？」

他聲音情真意切，模樣又可憐兮兮，李小芸胸口莫名一緊，不由自主安慰道：「成了，別難過了，有些時日未見，你個子真高了不少。」

李桓煜心中一動，見李小芸誇了他的樣貌，不由得開心了一下，但是不能就這麼原諒她，所以他並未表現出來，依舊是低聲道：「哼，妳必然覺得我個子高，也不想想妳多久不曾登門見我，虧我待妳那麼好，這不是白眼狼是什麼……」

李小芸總覺得哪裡不對，若說白眼狼也應該是她說他吧……

「桓煜少爺，屋裡還備著糕點，不如進去說吧。」白嬤嬤實在聽不下去了，主動開口。

李小芸不好意思地看了一眼白嬤嬤，換來對方一記白眼。

李桓煜想起自己為李小芸準備了好吃的，一下子活了過來，急忙拉住她的手往屋裡跑去，獻寶似地說：「快來看，這裡有快馬從江南運來的水果還有點心哦。我沒敢吃獨食，留給妳一起分享。」他興致盎然地介紹，睜著一雙細長的鳳眼，企圖獲得李小芸的誇獎。

李小芸的目光落在他面如玉冠的臉上，這張臉皮膚雖然白淨，嘴唇薄薄的，容貌卻稜角分明，鼻梁挺直，一點都不顯得娘娘腔。

他留在腦後的髮絲像綢緞似的很有質感，摸起來絲潤順滑。

看來小不點在李家過得養尊處優。不管白嬤嬤待自己如何，對李桓煜卻是像掏心掏肺般極好的吧。

李小芸看著彷彿是一夜長大的李桓煜，突然有種我家少年初長成的感覺，沒來由地落寞起來，眼角流下幾滴開心的淚水。

李桓煜見狀，急忙跑過來伸出手，寬大的袖口處以明黃色絲線繡著騰雲圖案，精緻美麗，此刻他正用這上好的料子當成擦臉布，仔細地擦拭李小芸的眼角。

他的目光很亮，灼灼地盯著她。

「哭什麼？小芸笨蛋，動不動就知道哭……」

李小芸的感傷瞬間變得不復存在。

第十四章

良辰到了，李桓煜身為小主人有必要出去露個臉。王德勝和夏氏也有出席本次飯局，所以來了好多達官貴人。

李桓煜戀戀不捨地離開李小芸，叮囑道：「在這裡等著我，別亂跑，我去去就回來。」

李小芸不停點頭保證不會擅自離開，才讓他安心離去。

李桓煜走了兩步，又跑回來。「剛才忘了問，妳怎麼穿成這副鬼樣子？」

「哪裡是鬼樣子了！」李小芸忍不住反駁，好多人都說好看呢。

他嘟了下嘴巴。「稍後同妳講。」

之後他轉身跑向前院，李小芸總算可以安靜歇會兒了。

墨蘭、墨悠被白嬤嬤召喚回來招呼李小芸，自個兒則不放心地陪同小主人去了前院。

好在李桓煜心底也有幾分計較，他為了能快點完成任務回去和李小芸相處，該行禮行禮，該裝蒜裝蒜，最後得了一籮筐的稱讚表揚。

他才不信這些話是真心讚美之詞，不過是衝著他義父的名聲吧，他雖然小，卻看得通透，所以更懶得應付眾人。

李桓煜跟著李邵和轉了一圈，見了好多伯伯叔叔們後總算被放回後院。

他看了眼時辰，都要吃午飯了，別到時候又把他拉去前堂。真是煩透了，稍後和白嬤嬤磨一磨，不想讓小芸走。

一想到小芸要去做自己的事情，不管他了，李桓煜心裡就莫名發慌，這種感覺特別陌生，總之就是想黏著小芸……

李桓煜往屋子裡跑，回到安靜的後院，心裡才踏實下來。

他輕手輕腳走到大門口，發現李小芸正坐在桌子旁，好像小時候借著窗外光亮給他縫補衣裳呢。不愧是小芸，果然知曉他的意思。

李桓煜把這陣子破掉的衣裳都堆在椅子上不許丫鬟動，就等著小芸過來縫補呢，他的衣裳就要讓小芸做，其他人誰也碰不得。

他捨不得打破這片寧靜，悄悄進了屋子坐在床邊，把鞋子脫掉，右手拿著一片剛從外面摘下的樹葉，啣在嘴裡，臉上露出幾分玩世不恭的氣息，瞇著眼睛看著李小芸靈巧的雙手拿針穿線，彷若流水般一氣呵成，動作溫柔中帶著幾分細膩，看起來極其舒暢。

他歪著小腦袋，看得認真，感覺不到時間的流逝。

良久，李小芸猛地抬起頭，正好和李桓煜的目光對上，莫名臉上一熱。「壞小孩，什麼時候進來了也不說一聲。」

李桓煜也莫名不自在起來，為了掩飾尷尬，忽地就惱羞成怒了。「我……我叫妳了，明明是小芸自己笨，總是聽不見。」

李小芸見他硬著頭皮扭開頭，還一臉生氣，懶得同他計較，溫柔道：「好吧，我活幹完了，稍後吃完午飯後我可能要先走，後日就要參加考試了，我還要回去複習。難得易姑娘家書籍頗豐，近來我很有長進呢。」

她憨憨一笑，很滿意如今的生活。

李桓煜聽她急著走，立刻生氣道：「我不許！」

李小芸摸了摸他的頭。「我又不是不回來了。你我都在縣城，見面的機會多得很呢。你好好在書院讀書，我每個月都過來看你，好嗎？師父說，繡坊每個月有兩天休假。」

「不要不要，我不許妳走……妳要照顧我，怎麼又要把我扔在這裡？」李桓煜說著說著大眼睛就紅了起來，什麼狗屁生辰，過得一點都不開心。

李小芸急忙安撫，輕聲道：「桓煜，這才是你的家，我不是你娘，更不是你的親人。我會來看你的，但是你卻不能和我走，更不能留我一輩子。」

李桓煜咬著下唇，倔強道：「可是白嬤嬤說了同貴人要妳，讓妳來伺候我。」

李小芸想起前幾日李小花說的話，忽然就明白了一切。

她眉頭緊皺，正色看著李桓煜，認真說道：「桓煜，我以前照顧你是因為李先生進京，後來先生忙於村裡孩子的課業，我才繼續帶著你；但是……我從未想過給你們家做丫鬟啊，你難道希望我變成你的丫鬟嗎？」

希望啊……李桓煜心裡念叨，一天到晚只伺候他一個人有什麼不希望的？但是小芸臉色很沈，沈得讓他覺得陌生起來，沒敢一口氣說出來。

他眼巴巴盯著李小芸，小聲說：「我捨不得妳。」

李小芸笑了笑，一字字道：「我也捨不得你。」

她聲音極其輕柔，像根羽毛撓過了李桓煜的胸口，渾身癢癢的，說不出來的舒服。

「那……妳留下來陪著我。」李桓煜臉頰發紅，低下頭要求著。

李小芸搖了搖頭。「你是個男子漢，哪有成天和女孩在一起的道理。我亦有自己的追求，我多麼努力你比誰都清楚，所以……你好好讀書，改日來見我，我也好好學習刺繡，若是有朝一日真的學出名堂，沒準兒還會有自己的繡坊呢。」

這話聽起來有些誇大，所以說完後李小芸自己也有些臉紅。但是心有多大，人才可以走得多遠，她若是連想的勇氣都沒有，如今的日子豈不是太過蹉跎了。

李桓煜傻傻看著眼前的李小芸，她明明還是記憶中的笨小芸、傻小芸、一味忍讓的包子小芸，可是此時此刻，又發生了一些改變。

她的眉眼並不漂亮，卻眼底帶笑；她的臉龐並不秀麗，卻透著讓人想親近的憨厚；她的身材根本就不纖細，卻背脊筆直高大。她安靜地站在自己面前，害羞地說著很遙遠的事情，卻是莫名耀眼……

遠處的光亮投射過來，她沈浸在光暈裡，晃得李桓煜快睜不開眼睛。

他本能伸出手，一把攥住她的手腕，良久，又鬆開了……

李桓煜沈默了，李小芸卻沒有再勸他。

每一個小孩子都有離開娘親的那一日，她認為李桓煜完全把她當娘親了，才會如此依戀。

兩個人早晚要分開的，索性長痛不如短痛，就如此結束吧。

李桓煜變得鬱鬱寡歡，失望地看著李小芸，她居然沒有過來抱抱他，沒有一句安慰。小芸不再喜歡他了，她有更重要的事情要做，那麼他該怎麼辦？

好好讀書，讓小芸刮目相看嗎？

李桓煜很糾結，午飯時也時不時偷瞄李小芸，發現她神色如常，還和周圍的姑娘們說說笑笑，尤其是和黃怡說話時，嘴角都快笑到耳邊了。

李桓煜冷哼一聲，生氣似地胡吃海塞起來！

小芸居然一點都不難過，她一點都不在乎他的傷心了，現在的小芸不再只屬於他一個人，她不再自卑，有了追求，亦有了朋友……

他咬牙切齒瞪著圍在李小芸身旁的姑娘們，憋了一肚子氣。最終將所有原因歸結到小芸瘦了下來，問題是這才瘦了一點點，就不肯聽他話了，日後若是真成了李小花那種瘦姑娘，豈不是再也不理他了？

他越想越難過，賭氣似地沒有去送小芸，卻忍不住叫來墨悠。「李小芸走的時候，沒說過見我一面再走嗎？」

墨悠躊躇著到底要不要說實話。小芸姑娘不但沒要求見小主人一面，還叮囑她們好好伺候他呢。

李桓煜見她不說話，立刻猜到白眼狼小芸定是沒留下好話，生氣地踹了一腳木桌椅，轉身跑進夜色裡，墨悠只好追著出去……

李桓煜爬上房頂，患得患失起來，過去他去哪兒，小芸就去哪兒，也沒有人圍著她玩，只有他看得到小芸的好，只有他……

他握著小手，昏黃的月色籠罩著屋簷，隱隱罩出一層迷霧，這迷霧迷離了他的眼睛，李桓煜覺得自己像是一隻被丟棄的小狗，可憐地哽咽出聲。

眾人拿他沒辦法，偏巧歐陽燦過來尋李桓煜玩，自告奮勇爬上了房頂。

他決定好好寬慰下好兄弟，三條腿的蛤蟆找不到，兩條腿的姑娘還不是滿大街跑？不過這年頭長成李小芸那模樣的也算是個奇葩，著實不大好找。

李桓煜背對著他，歐陽燦遲疑地走上前，像什麼都沒發生過似地拍了下他肩膀。「今兒個……這月色還不錯。」

李桓煜微微一怔，慢悠悠轉過頭，一臉哀怨地看向他。他的眼睛亮亮的，兩行清淚不停往下落，著實嚇了歐陽燦一跳。

「阿燦，小芸連抱都不抱我了……」

……

歐陽燦渾身起了一陣雞皮疙瘩，啪的一聲抽出腰中長劍，吼道：「李桓煜，你到底是不是個爺們啊啊啊啊！老子在你這個年紀屁股都被我大哥打開了花兒，抱你個頭啊啊啊啊！」

李桓煜正愁一肚子火氣沒地方發洩，二話不說站起來。「少廢話，來戰！」

「誰怕誰！」歐陽燦把長劍一扔，挽袖子架式一擺。

李桓煜更是沒廢話地撲了過去……

屋簷下的白嬤嬤嚇得心肝直顫，埋怨王管事道：「早就說過歐陽家少爺上去準壞事……」

李桓煜被歐陽燦打得鼻青臉腫方才老實下來，兩個人躺在房頂上，看著一望無垠的黑夜，不由得出神。夜色深處好像一塊綢緞幕布籠罩下來，繁星是點綴幕布的花紋。

李桓煜大口呼吸。「你們一家子都是當兵的嗎？」

他常聽人說，靖遠侯府祖上是與先帝一起打下江山之人，才會有今日地位。

歐陽燦很想站起來踹他一腳，可惜李桓煜雖然年紀小卻硬脾氣，所以他雖然贏了卻略顯慘烈，渾身沒勁地說：「你們才一家子當兵的呢，我們家那都是將軍好嗎……」

「將軍？」李桓煜不屑地揚起唇角。

「將軍還不如兵呢，戰場上犧牲的還不都是普通士兵。我前幾日看書，歷史上但凡足以使將領領功封爵的戰役哪場不是鮮血淋漓……但是書上卻只記得將軍的名字，那些逝去的人，怕是連個名字都無人知曉。」

歐陽燦被他噎住，良久，反駁道：「別跟我提寫書的，人云亦云，你們這些書生若是上了前線，怕是第一個投靠敵國。」

「你哪裡看出我是書生了？」李桓煜不服氣辯解。

歐陽燦斜瞅了他一眼。

「你性子倒是堅毅，可曾想過去參軍？近來邊境地區西涼國經常來犯，怕是一場大戰在所難免。」

李桓煜猶豫片刻，道：「……我不去。小芸說只有多讀書才可以不受欺負，武夫沒前途。」

歐陽燦又被噎住。「愛去不去，看得起你才叫你的，反正過陣子我回侯府，明年過了年就去尋我大哥，你若是改變主意可以來找我。」

李桓煜直言回絕。「我不會去參軍的，小芸對我有期望，我定不能負她。」

歐陽燦見他信誓旦旦的，很想打擊他一句——人家哪裡顧得上你的事，若是在乎你，又怎會毫不猶豫離去？

可是他發現李桓煜的目光明亮如夜裡繁星，一副「自己很重要，李小芸定是對我充滿期望」的模樣，反倒是聳聳肩懶得再多說什麼。

這世上人活著得有個念頭，總比渾渾噩噩的強吧。

他身上並未負傷，只是有些累了，想到祖父允許他明年上前線的事，心情大好起來，閒聊道：「小桓煜，大家都說你義父會金榜題名，到時候你就一躍成為官家少爺了。」

李桓煜一愣，其實他和李邵和在一起的時間並不長，而且李邵和性子嚴肅，極其講究原則，他對他充滿敬重之情，但是要說起親近的話，反倒是同李小芸更像是親人。

「你義父日後怕是要離開城裡，你會同他進京嗎？」

「不去！」李桓煜想都不想便搖頭道：「我若離開這裡，小芸就該找不到我了。」

「我倒覺得李小芸如今想和你撇清關係呢，你們本來就不會是一路人，她也是好心吧。」歐陽燦沒心沒肺地說了一句。

至少在他看來，李小芸只會拖累李桓煜。

李桓煜跳了起來，怒道：「你有種再說一句，什麼叫做好心就是和我撇清關係？她不同我扯關係，還能和誰扯關係！」

歐陽燦見他脾氣又被點著，立刻噤了聲，良久才有些詫異地看著他。「李桓煜，你對李小芸到底是什麼感情？你……莫不是喜歡她吧？」

李桓煜微微一怔。「我是喜歡小芸。」

「不是。」歐陽燦不好意思地撓了撓後腦。「我是說那種喜歡……」

李桓煜臉上一熱，尷尬道：「你胡說什麼，我……我和小芸，我們……我們反正是要永遠在一起的人，什麼喜歡不喜歡的根本不重要！」

「不重要嗎？」歐陽燦撇了下唇角。「又沒說你，瞧你一副公雞被踩了尾巴的樣子。」

李桓煜胸口處有一種說不出來的感覺，總之這個想法讓他極其羞憤，於是兩個人再次打成一團。好在白嬤嬤早就安排好侍衛，立刻上去把兩個孩子生生從房頂上扛了下來。

李桓煜被拖回床上時腦子裡全是歐陽燦的那句喜歡……於是失眠了一晚上。

他莫名緊張，生怕別人看出來，有些難為情，又覺得喜歡小芸很正常，小時候他們不是一直在一起嗎？只是小芸變了，變得不要他了……

李桓煜一想到此處就想哭，他從有記憶以來就沒有爹娘，義父李邵和雖然收養了他，卻與他聚少離多，但凡有記憶的時光都是和笨小芸一起度過的……

如今，小芸也要把他扔掉嗎？

不成不成，他一定不能失去小芸。好在小芸說待考完繡娘子就來看他，他也要好好讀書，讓小芸刮目相看！

李桓煜的心裡突然燃起鬥志，大半夜地爬起來掌燈夜讀，睡在旁邊屋子裡的墨悠都不知道該不該同白嬤嬤稟告一下。

李小芸回到易家倒是無比興奮，除了覺得前途一片光明，最主要的是城裡生活同在家裡一比，簡直是書上說的黃金屋，舒坦得不能再舒坦。

她滿心鼓舞休息了兩日，直到四月初一如意繡坊正式招人。

李小芸在李蘭的教育下學會梳頭了，所謂梳頭不過是在腦後打個圓鼓鼓的髮髻，插上一根簪子而已；但是相較於她從不修飾的蓬頭亂髮，此時的李小芸看起來爽利乾淨多了。

她身穿靛藍色長袍，袖口隱隱繡著祥雲，她為了讓白雲看起來不那麼凸凹，特意用水墨畫過後才正式上針，看起來極其雅致，與眾不同。

她的臉蛋圓潤，在李蘭的建議下留了劉海，耳邊畫了鬢角，整張臉倒不像一張圓餅了，遠處看過去，胖乎乎的小女孩還滿可愛的。

如意繡坊是東寧郡三大繡坊之一，所以前來參加考試的姑娘們數不勝數。

第一輪是選樣。所謂選樣是讓參選的女孩們帶著自己平日裡的繡品，上交到如意繡坊，這些繡品上面都要繡上名字、住宿的地址，方便繡坊聯繫。

選樣就用了兩日，所有繡品都匯聚到繡房裡鳳娘子們那兒分別挑選。

鳳娘子是高級繡娘的稱號，熟人也叫她們鳳姊。在如意繡坊依等級劃分共分成三級，最高級的便是鳳娘子。

鳳娘子是繡坊最大的財富，即便是如意繡坊能拿得出手的鳳娘子也不過三、四人。

她們大多入行最少十年，掌握許多種針法。

其次是中級繡娘，俗稱繡女，入行約五年以上，繡法純熟；再者便是初級繡娘，又叫繡妹，入行兩年以上，可以獨立完成繡品。

整個考試中只有選樣需要鳳娘子出面。

考慮到鳳娘子大多數眼光毒辣，為了避免埋沒好苗子，如意繡坊都會讓鳳娘子把關繡品。鳳娘子們選出滿意的繡品，將人數控制在五十左右，再將繡品轉交給丫鬟們，由丫鬟們確認名單，隔日在如意繡坊門口放榜。

李蘭是繡坊裡有鳳娘子實力卻無鳳娘子稱號的高級繡娘，她對李小芸的刺繡技法有信心，於是沒有參與選樣。果然最後李小芸還是選上了，這個結果給她增添許多自信。

雖然早料到不會落選，但是當李小芸看到大紅榜上有自己名字的時候，還是很開心。

她旁邊站著兩位綠衫姑娘，正在嘰嘰喳喳說個不停，見她眼底激動閃過淚花，問道：「妳也是來考學徒的嗎？」

李小芸靦覥地點了點頭。

兩人眼光頗為詫異。

眼前的李小芸身材高大，渾身肉肉的略顯豐腴，居然和她們一樣榜上有名？

通過選樣環節，如意繡坊刷下去多半人數，最後留下五十個姑娘，再從中取十人入坊。五十取十，如意繡坊其實挺難考的。

真有那滿懷希望而來的女孩坐在門口大哭起來，爹娘如何勸都停不住。

在漠北，民風比南方開放許多，女孩子可以靠手藝賺錢，若想要出人頭地必須掌握一門技能，刺繡是其中最為上檔的選擇了。日後就算老了，也可以選擇進高門大戶教導小姐們，不但被人尊重，還衣食無憂。

最主要的是這個行業不是隨便就可以進入，繡法也好、繡譜也罷，大多數屬於私人藏物。北方貧瘠規矩少一些，江南地區可就是另外一番景象。好的繡譜都掌握在歷史悠久的刺繡世家手中，根本不允許外傳，一本有背景的繡譜甚至可以鬧出人命。

李小芸看著那些失神落魄的落選女孩，突然覺得自己很幸運。她真是歪打正著才會受到蘭姊姊的青睞，正式拜師。

她咬住嘴唇，攥了攥拳頭，渾身充滿鬥志。

絕對不能給李蘭師父丟臉呀。

次日清晨，李小芸同一群妙齡少女前往繡坊參加考試。

如意繡坊的考試並不複雜，不是看重妳的技法多麼高超，而是看靈性和發展的空間。

一般來說，評判繡娘能力的高低可以看她會使用多少技法。很多情況下畫面局部的地方必須粗細搭配，才能表達畫面本身的深淺過度和質感，最終達到更好的立體效果。

易如意親自主持學徒選拔，倒不是說選學徒多麼重要，而是她認為不管是經營什麼行業，都必須挑選品德好的女孩。易家無男丁，又有一群豺狼虎豹惦記著家業，如果選拔出有問題的人就麻煩了。

她相信一個人的品德從細微小事就可以看出，尤其是女孩的心性，是否不驕不躁，是否豁達都是考察的重點，所以她扮成普通繡娘了，開始了第一輪測試。

易如意將五十個女孩分成五撥，每撥隨意選了一名領路人走在前面，其中第一組就讓李小芸帶隊。

李小芸詫異地看著易如意，耳邊傳來一陣不服氣的冷哼。

她又見易如意今日穿著打扮好像普通的繡娘子，必然是不希望被人認出來的，所以克制住緊張，淡定地答應下來。

易如意滿意地點了點頭，李蘭還怕小芸緊張呢，這丫頭一點都不怯場，而且扮豬吃老虎的潛力很大嘛，看見她連眉頭都不皺一下，兩個人生疏得彷彿第一次見面。

李小芸這一組十個人裡頭數她個頭最高，身材最胖，也不知道易姊姊是不是有意的，總之她們這一組除了她這個帶隊的以外，其他人全部是瘦子。

所以，她壓力很大呀。

她們來到一處院子裡，院子裡擺放了十個方形小石桌，搭配著圓圓的小石椅。

易如意掃了一眼眾人道：「其實可以進入本輪考試的姑娘們在刺繡技法方面都有一定優勢，所以我們反而不想考察這些。退一步說，所謂技法是人刺繡時的方式，在今後繡坊學習中可以重新塑造打磨，不是本輪考試的重點。」

李小芸點了點頭，易姊姊的話簡而言之，就是妳們一個個就算繡法再高超對我們來說也沒有任何意義，還不如一張白紙日後可以塗抹上色，塑造打磨，所以妳們不要拿此當成優勢，態度輕慢疏忽，反而弄巧成拙。

李小芸為人謙虛，又知道面前的女子就是易如意，難免生出崇敬之情，覺得她說的全對；可是其他女孩就未必如此想了——李小芸有所不知，易如意是將技法最出眾的十人排在第一撥，自己親自跟著的。

她故意挑選李小芸做領隊人也有自己的考量，不過是想看看這些人的心性。果然有小姑娘為此沈下臉色，此時聽她如此說，更是覺得不屑。

若是知道對方是易如意，她們或許會忌憚，但是現在的易如意在她們眼裡只是個普通繡娘呢，還胡亂找了個最不像繡娘子的胖子當領隊，誰會服氣？

李小芸主動尋了張石椅坐下，桌子上鋪了一層白布，旁邊只放了灰色絲線，還有兩根針，以及一枝小號毛筆。

易如意宣佈，第一輪選拔正式開始，請每個女孩依照院子裡的景色創作一幅繡品。這一輪每組至少淘汰四個人，無上限。

眾人譁然，這院子並無特殊景色，十組桌椅便占據了多半面積。遠處有一個拱門，角落處栽種一棵楊樹，西北邊是乾涸的池塘，因為天氣尚未轉暖，都沒敢往裡面放魚。

這樣簡陋的環境，何來畫樣挑選？

一位紅衣女孩忍不住說：「這位繡娘子，請問若是繡出同院落景致無關的畫樣可好？」

易如意瞇著眼睛道：「能夠走到現在這一步，妳們心裡都有一些畫樣，怕是繡出來極快，但是那又有什麼用？我既然將妳們帶到此處，那麼當場所做的繡品靈感至少要來源此處，否則妳們回家刺繡便是。」

李小芸環顧四周，仔細打量起來。

她是行動派，從小就懶得較勁，她只知道易姑娘是考官，那麼來參加考試的人就要聽她的。

如果事事都要反駁，她小時還不天天和人爭執吵架？

紅衣女孩不大高興，看了一眼李小芸已經開始準備，低聲諷刺道：「難怪是我們這一撥的領路人，倒是足夠聽話。」

於是大家把目光放在李小芸身上，眼底閃過一絲輕蔑。不管在什麼時候，主動討好上面的人總會被集體排斥。

李小芸很無辜，若是往日或許就算了，但是她看不慣這些人對易姊姊不敬，便沈靜道：「我只知道自己是來參加選拔的，是人家選我不是我選人家，人家說的話自然就是規定。」

她抬起頭，表情淡定揚起唇角。「妳若是有意見，可以離開。」

易如意眼底閃過讚賞，這群姑娘她早就看不順眼了，一個個挑剔得要命，也不想想自己是來幹麼的。

紅衣女孩臉上一熱，揚聲說：「我們都離開好讓妳入選嗎？也不看看自己生得什麼樣子。」

李小芸胸口一緊，外貌永遠是她的硬傷。她本能握緊拳頭，冷冷說：「從未聽說繡娘子需要以貌取人。」

「妳的手拿得住針嗎？」紅衣女孩旁邊的藍衣女子接話道。

李小芸胖，難免手肉肉的，若說她不在乎那是騙人的。

她垂下眼眸，讓自己平靜下來。「是否拿得住稍後妳可以過來看，這世上奇人怪才多得是，我不敢說自己多有才卻一直很努力；所以兩位姑娘，切莫像個跳樑小丑似地挖苦別人，因為很多時候不意味著別人哭，妳就會贏。妳若有本事就轉身離開不參加選拔，若沒那個骨氣，就閉上嘴考試！」

人人都喜歡捧高踩低，打擊他人，總以為別人退出自己就有機會了；其實不然，是金子走到哪裡都會發光，同理可證，石頭扔在金子堆裡照樣不會發光。

「哼，看妳一會兒能繡出什麼。」紅衣女子負氣道，卻沒有離開的意思。

李小芸沒有接話，望著石桌上的白布和筆墨琢磨起來。

只有灰線，如果繡花就會不好看……她咬住下唇，既然剛剛同其他人吵開了，那麼她便沒有退路，普通好的繡品怕是堵不住人云亦云的嘴，到時候反倒給易姊姊添麻煩。

易如意沒來由的對李小芸多了幾分喜愛，太過謙虛往往就是虛偽，實實在在才是最好的。在剛才的風波裡，倒有兩位白衣姑娘始終淡定，根本沒有豎耳朵聽，而是觀察環境，坐了下來，閉目沈思。

這群女孩並未受過正統訓練，真正繡品出眾的女孩並不多，只能說是矬子裡頭選將軍。

其他人的繡品太差，才可以脫穎而出；那麼，一個女孩的品德、心性、靈氣便是最為重要的。屬於繡娘子骨子裡的氣息越往後面越能襯托出來，繡品也往往具備這種氣質。

真正的鳳娘子是孤獨的，同樣是大多數沈浸在刺繡中，安靜的女子。

李小芸來回看了一會兒，突然發現，相較於這普通的院子，她們這群女孩反而變得出彩起來。紅橙黃綠藍靛紫……各式各樣的髮髻、五彩繽紛的插花以及衣裳上別致的絲線圖案，讓人眼花繚亂。她腦子裡靈光一閃，既然是這院子裡的景致，女孩子本身不也算在內嗎？

她的目光落在桌上的灰線上，白布搭配灰線，弄常規的花樣或許顯得色調單一，但若是繡人呢？以灰線勾勒出人的外形，還可以用線條區分出衣著，只是身體線條多是需要弧度，那麼再下些功夫吧。

李小芸抬起頭，正巧目光和遠處坐在大堂上的易如意對上了，對方衝她微微笑了一下。

她靦靦地垂下眼眸，又忍不住看向了易如意。

她明明很瘦，卻穿著大紅色寬袍長裙，墨黑色的髮絲彷彿綢緞，略顯凌亂地盤在腦後，耳邊還時不時落下幾縷秀髮。長裙很長，快要及地，露出粉色布鞋的前端，盛開著一朵碩大的牡丹花。

李小芸微微一笑，就是她了！

易如意一愣，發現小芸不停看她，還露出匪夷所思的笑容……

第十五章

易如意覺得詭異，不過依然沒太在意。

她歪著頭，命人端了把椅子過來，兩條腿舒服地搭在上面，打了個哈欠，手持芭蕉扇，仔細觀察這挑選出來的作品最優秀的十個女娃。

其中剛才說話的紅衣女孩是十人中最佳，她本就生得白淨，瓜子臉、柳葉眉，拿起針線時的樣子特別吸引人。敢於在公開場合叫板的人多少是有些實力的吧？

易如意唇角微微揚起，覺得甚有興趣。她環顧一周，目光忍不住落在李小芸身上。

李小芸身材高壯，一眼望過去很難忽略她的存在，但是當她拿起針線時，眼睛瞇得細長，淡粉色唇角揚起一抹好看的弧度，令人無法移開視線。

或許，小芸真的有幾分天分吧，易如意淡淡想著。

李小芸先用小號毛筆畫了女子基本輪廓，然後串好灰線沿著輪廓繡出女人寬大的衣裳，白布是鬆垮的繡袍底色。

她用兩根針串了兩條灰線，從長裙的腰身左右兩面對著穿插起來，造成雙線滾在一起的層次感，當作腰帶襯托出一抹腰身，突顯出女孩天生麗質的韻味。

眉眼處她怕繡不好，索性挑瞇著眼的那一瞬間，倒也顯得女子懶洋洋的頗為可愛。

易如意最誘人的是那一頭綢緞似的長髮，李小芸琢磨半天，總覺得灰色線表達不出這種感覺，於是靈機一動，揪下自己幾根長髮，一點點搯了起來，攢成一團，用針線固定在白布上女子的頭髮處，頓時增色不少。

李小芸望著白布上的清秀女子，總覺得缺了點什麼，腦海裡猛地想起小不點曾經唸過的一首小詩，叫做〈木瓜〉。因為裡面提及木瓜，她聽不懂還特意問過李桓煜是什麼意思。

於是她毫不猶豫在旁邊題詞——

投我以木瓜，報之以瓊琚。匪報也，永以為好也。

她自認繡得還可以，忍不住長吁口氣，唇角一揚，又揚起手串線，調皮地在女子手心處用灰色線繡滿了一個實心木瓜。

灰色線密密麻麻，為了讓人看出這是水果，她調整灰線的粗細表示明暗，足以看出木瓜表面的深淺，看起來效果非常棒。

李小芸頭一次參加這種比試，一切都是來自於腦子裡的瞬間想法，心裡忍不住稱讚自己。她本就天性樂觀，從未覺得生活不美好，此時此刻，望著自己的作品，更是開心得不得了。

整幅繡品映襯在暖暖陽光下，顯得畫布上女子栩栩如生，笑意盎然，女子手中的木瓜更明暗交加，極具立體感。李小芸擦了下額頭，發現流了好多汗水，她抬眼看向別人，這才發現眾人都圍著紅衣女孩說話，耳邊傳來陣陣讚美之詞。

原來好多人都已經交上繡品，紅衣女子的作品明顯極佳，這才有人圍著她討教。

紅衣女孩似乎一直注意著李小芸的動靜，此時見她抬起頭，忍不住大聲咳嗽一聲，道：

「咦？咱們這撥人的組長似乎繡好了呢。」

於是大家的目光都投了過來。

由於紅衣女孩的作品著實驚豔，大家都不大看好李小芸，包括易如意都覺得如此，心裡有些過意不去，幹麼讓小芸當組長呢？雖然起初有試探之意，倒沒想到碰到一個如此有實力的對手，這可如何是好？別再把小芸剛剛培養起來的自信心打擊沒了。

她有意阻止，卻見李小芸靦覥一笑，眼睛炯炯有神。「大家都圍著妳，可是妳繡得好？」

紅衣女孩撇開頭，道：「妳自己沒眼睛過來看嗎？」

李小芸不由得失笑，這女孩貌似比她還小，脾氣正衝，不懂得掩飾呢。她走過去一看，倒也驚訝。

紅衣女孩畫布上的圖案正是庭院一角。

這一角選的極其冷門，竟是屋簷處翹起的那幾塊磚頭外加橫樑……

這叫做將遠景放大，更著重考察繡女對針線的控制力。如果作品是一處大場景，那麼對線絲的細密度的要求相對低很多，因為遠遠看過去，可以很明白分出何為草地、何為樓宇、何為拱門，或者何為樹木。

但是紅衣女孩選的屋簷一角則完全相反，它沒有其他景物，如果沒有控制好灰線的粗細密度，那麼看起來就只是一坨大灰疙瘩，根本看不出層次。

李小芸眨了眨眼睛，由衷道：「妳繡得真好！」

易如意在一旁鬆了一口氣。還不錯，小芸看起來極其淡定，這她就放心了。心性對於女孩的成長尤其重要，這種淡定的性子，越往後越能將人的潛能劃分出來。有的人技法極其出眾，但是一繡到關鍵部位就容易緊張出錯；反之，有種人或許看起來實力平平，但是極少出錯。

一般來說，大家都更愛尋找靠得住的繡娘子，這種人就叫做內心強大，做事情讓人覺得踏實。

「妳的呢？」紅衣女孩冷笑一聲。

李小芸想了片刻，說：「從技法層面來看，我的不如妳的……」她揚起唇角，坦誠得極其自然。

這種淡然看在紅衣女孩眼裡更增添厭惡幾分。「怎麼？妳覺得比不過我，輕易認輸了？」

李小芸愣住，急忙搖頭，靦覥道：「但是我會努力練習技法，期待早日超過妳。」

紅衣女孩懶得同她糾纏，站起身自己走過去，來到石桌前，卻也是微微一愣。大家都走過來觀摩李小芸的作品，忽地不知是誰，噗哧笑了一聲。

那笑出聲的女孩回過頭看向易如意，見她懶洋洋地靠在窗欞處，手裡正好拿著僕人剛剛送上的一顆果子，輪廓同畫布中女子相似極了。

不，不能叫做輪廓，因為畫布上的女孩面部表情都是抽象的，但就是取其神韻姿態，令人聯想到一塊兒，也或許是那寬大的袍子，以及易如意手裡捧著的果子……

「投我以木瓜，報之以瓊琚。匪報也，永以為好也。」有人輕輕唸出來，面露笑容看向李小芸。「妳字寫得好漂亮。」

李小芸難得被人誇獎，臉頰瞬間通紅，這怕是還要感謝李桓煜呢，不但在讀書寫字方面鄙夷她，還居高臨下地「指導」她。

每個女孩都極其敬佩有實力之人，所以雖然李小芸的繡品沒有特別體現技法，卻別出心裁，讓人眼睛一亮。要知道，在場女子都是小孩子呢。那首可愛的小詩、繡品主物居然選擇了考官，還用頭髮點綴繡布中女子的頭髮，以及腰間那別致的腰帶……

無一不表明李小芸是一名很有想像力的女孩。

繡娘子最基本的要素便是想像力，否則落針後會擔心成品不夠立體，好多準備都需要在下第一針的時候就布好全局。

易如意見居然沒人恥笑李小芸，更重要的是紅衣女孩沒有出言諷刺，實在有些意外。她大步走了過來，待看到繡品時差點摔了跟頭，臉上一熱，莫名就把手裡果子扔了出去。

投我以木瓜，報之以瓊琚……有些學子飲酒的時候往往會用這首詩來調侃美人……所以易如意快瘋了，咬著牙道：「李……小……芸……」

李小芸從腳下到頭頂散發著一股涼氣，她尷尬地摸了摸後腦。「易……考官。」

紅衣女孩沈默下來，深深看了一眼李小芸，她或許是真心熱愛刺繡，所以不再出言不敬，而是淡淡開口。「妳的成品確實不如我，瞧瞧衣裳右下角的線頭，沒有收好，不過整個作品想法還算新穎，暫且就當妳和我平手吧。」

李小芸一怔，這樣可以叫平手嗎？為啥她覺得自己賺到了，但仍立刻附和道：「嗯嗯，平手。」

「沒骨氣！」

易如意忍不住拍了下李小芸的額頭，但是心裡多少有幾分吃驚。

這幅作品或許技法上稍顯遜色，但是卻融合了幾種繡法。比如直接用頭髮來點綴仕女的髮絲，一般人是想像不到的。

在刺繡界還真有一個門派叫做「髮繡」。不過身體髮膚乃父母恩賜，不能不愛惜，這種髮繡在一些人眼裡屬於異類，非常不普及。所以她可以肯定李小芸並未聽說過髮繡，但是她居然可以按照自己的想法做出來還用上了……實在是天生的繡女呀。

除此之外，這幅作品還多了三分意境。其實她繡的並不是很像自己，卻捕捉到她最基本的幾個特質——比如寬袍、比如束腰腰帶，還有……她一雙沒空著過的手。

易如意忽然覺得自己好悲慘，就這麼被李蘭的徒弟調侃了，還完全沒話說。她都有些羨慕李蘭居然可以從農村裡淘出這麼個徒弟……

最終，紅衣女孩和李小芸都入選了。

因為此次參選的女孩整體水準較低，一輪考試下來就只剩下十八個人入圍。考慮到如意繡坊每兩年招一次學徒，每次學徒上限是二十人，所以便不再進行篩選。

李小芸正式成為繡娘子！

她激動無比，卻突然發現無人可以訴說。

本來應是值得大肆慶祝的事情，如果回家告訴爹娘，怕是只會換來一頓冷嘲熱諷，他們又不指望著她賺錢養自己，他們認為她的價值在於拉攏金家，幫助李小花。

唉……李小芸心裡多少有些惆悵，恐怕只有李桓煜可以和她分享這分喜悅了。

李小芸順利通過學徒考試，還備受大家讚揚，最高興的當屬李蘭。她送了一套精美的花針給李小芸，樂得她恨不得抱著箱盒睡覺。

紅衣女孩叫做王湘蘭，原來還是李小芸姑姑家的旁支親戚。可是他們家似乎是庶出，在宗族地位極低，家裡人想把湘蘭議親給一戶紈袴子弟，所以她才出來考繡娘子。

李小芸頓時對她感到惺惺相惜，也對她略顯憤世嫉俗的性格有些理解。

王湘蘭和李小芸唯一的不同便是她爹娘還是很愛她的，為了擺脫宗族控制，跟如意繡坊簽了十二年的賣身契。但是正因為爹娘的無能為力，才讓王湘蘭深感世事不公，性子好像一隻刺蝟，對誰都恨不得扎一下。

夏天眼看著就要到了，李小芸為李桓煜做了好幾件小背心，準備給他送過去，卻意外地接到黃怡的信函。

先前李桓煜突然生病，白嬤嬤向靖遠侯府求助，請來了漠北神醫給小不點看病。神醫既然來了東寧郡，便順便醫治了黃怡。她現在吃著藥，病情有所好轉，言語裡滿滿的都是感恩戀世。於是，黃大姑娘又要花銀子請客了，聽說李小芸考試順利，嚷嚷著為她慶祝呢。

黃怡是李小芸除去翠娘外認識的第一個好朋友，自然不好拒絕對方的熱情，順勢答應下來。但是令她無言的是，黃怡不愧是貴女，竟然把有點臉面的小夥伴全邀請來了，一起恭祝李小芸順利進入如意繡坊。

李小芸好想哭，既感動黃怡對她的重視，又有些悲傷，賣身進繡坊真的值得慶祝嗎？說到底是她走投無路的選擇呢。

入夜後，大家都離開了黃府。

黃怡卻想讓李小芸留下來陪她幾日。

由於如意繡坊尚未開課，一般會給姑娘們一個多月回家收拾的時間，不過李小芸沒地方回，索性留在黃家。況且她心裡自有一番打算，黃家旁邊是李家，那麼她也好張口去看望李桓煜。

李小芸知道李桓煜和自己感情好，但是他們畢竟不是一家人，為了不讓白嬤嬤和李先生尷尬她才答應少去看李桓煜。所以挨著近也算是一個藉口吧？

李小芸因為受過被人欺負的傷害，反而更容易從別人的處境思考問題。她一點都不怪白嬤嬤的冷淡，人之常情嘛。

她陪了黃怡兩天，便尋了個晌午，簡單收拾下直奔李家。她揹著一個包裹，暗道總不能空手上門嘛。

好在她同黃怡熟了，葉嬤嬤也待她特別親熱，於是她厚臉皮地用人家的材料包了粽子。離端午節還早，可是她怕一個月後剛進入繡坊，不好立刻請假休息，所以提前包了一串。

她身穿一條淡藍色長裙，腰間也別了柳帶，上面還鑲了玉，是易如意送給她的。腳下布鞋亦是嶄新的，她自己繡的，包裹裡還有給李桓煜的衣裳以及三雙鞋子。小孩子玩鬧，最耗鞋子了。

門衛不曾見過李小芸，見她模樣難看，懶得知會內院。後聽她自報家門是從黃府過來的，又不敢輕易怠慢李小芸，便琢磨同前院管事稟告一聲。

前院管事正忙，就耽擱了一會兒才將其他事情一起傳遞到後院，沒一會兒就見小公子身邊的大丫鬟墨悠、墨蘭匆匆忙忙小跑著過來，問道：「小芸姑娘呢？你們這群人把人弄哪裡去了！」

前院管事眉頭一皺，急忙客氣道：「墨悠姑娘，這位小芸姑娘難不成還是貴人嗎？」

墨悠還沒說話，墨蘭便沒好氣地瞪了他一眼。「比貴人還不能得罪！」

「人呢？」

前院管事嗓子突然發乾，渾身出冷汗。

壞了！他沒當回事，貌似人還在大門口待著呢，於是眾人急急忙忙往外趕去……

門衛給前院管事遞話後，見院內很長時間沒人回覆，開始轟李小芸——「妳先走吧，這地方不是妳隨便喊出主人姓名，就可以進來的。」

他故意掃了一眼她的包裹，莫非是想進府裡推銷東西的嗎？

李小芸擦了下額角汗水，淡淡地說：「我不妨礙您，在邊上等著。」她有些意外，陷入沈思，難道是小不點生氣了？否則為何晾著她？

這臭小子真是……還跟她擺起少爺脾氣不成？

她等了半天不見人來，眼看快到午飯時間了，便將包裹放在臺階上，誠懇道：「我不知道院裡發生了什麼事，這東西麻煩您幫我轉交給白嬤嬤。」

門衛見她挺不容易的，一個人在日頭下待了半個多時辰，便收下她的包裹。「我會幫妳轉給前院管事，至於能否送到白嬤嬤手裡，我就不清楚了。」

李小芸揚起唇角，燦爛一笑。「我曉得，拜託了。」
她福了個身，轉身離開，心口處湧出酸澀的感覺，怕是白嬤嬤不想她見李桓煜，又或者李桓煜如今過得不錯，刻意疏遠她呢。
也罷，這或許是兩個人最好的結局。
門衛微微一愣，他本覺得眼前女孩不好看，相處下來，卻覺得她性子真不錯，不管他如何措辭不恭，她都仍客客氣氣的。
李小芸大步離開，用力咬著嘴唇，嘴裡隱隱傳來一股血腥味道。
或許……她還是有一絲不甘心吧。
她的小不點，終究可以離開她了……
她不能太自私，要放他去親近李先生一家人，這樣王管事和白嬤嬤才會善待小不點。
門衛嘆了口氣，望著李小芸落寞的背影突然覺得自己有些殘忍。他看了一眼手中的包裹，暗道——一定要想辦法幫這個女孩把包裹交到後宅。
前院管事等人氣喘吁吁地跑到門口，看到門衛，吼道：「人呢?!」
「什麼人……」門衛有些不明所以。
「壞了！」墨蘭著急跺腳。「你們到底是幹什麼吃的，這麼重要的人就給放走了嗎?!」
她紅了眼眶，氣急敗壞衝管事發脾氣道：「人是幾時來的？都經過誰的手？到底是誰晚了？誰又幾時告訴後院的？你們必須給我說清楚，我才不要替你們揹黑鍋！」

前院管事傻眼道：「墨蘭姑娘……這、這到底是怎麼一回事？你們後院也沒說要注意一名叫李小芸的姑娘呀。」

「這需要我們說嗎？東寧郡貴客多了去了，但凡登門拜訪之人便是客，主人還沒說怠慢呢，你們前頭卻故意拖延，就是因為你們前院傳話進去晚了，才會讓客人跑了！」

墨蘭深知「李小芸」三個字對於李桓煜的意義，萬不敢扯上半分責任，否則就是一頓責罵，搞不好還會給賣出去了——李家後院在白嬤嬤的調教下沒什麼勾心鬥角的事，伺候的主子脾氣雖不好卻並非玩弄女孩的紈袴子弟，墨蘭對如今這份差事還是很滿意的。

前院管事眉頭緊皺，他見兩個備受白嬤嬤喜歡的大丫頭如此緊張這個姑娘，看來這姑娘真有些來頭。

莫非是真搞砸了？唉，但是他們前院每日處理的事情十分繁瑣，沒背景登門拜訪的數不勝數，誰知道哪位重要，哪位又不重要呢？

門衛挑眉，難怪剛才女孩表情淡定，原來真是貴客臨門有所不知呢。他想了片刻，遞上來一個包裹。「這是剛才那女孩留下的，說是想交給後院的白嬤嬤。」

墨蘭一下將包裹揣入懷裡，看了一眼墨悠道：「還好東西留下了，稍後就和少爺說小芸姑娘放下包裹走了呢。」

墨蘭做事情比較圓滑，懂得避重就輕。

墨悠相對實在，不停搖頭。「我可不敢在小芸姑娘的事情上說謊，若是下次少爺見到小芸姑娘，抱怨她為何走得那麼早，我們豈不是露餡了？」

她瞥了一眼門衛和前院管事，繼續道：「再說，這又不是咱們後院的責任，一切還是讓王管事和白嬤嬤定奪吧。」

門衛和前院管事同時一驚，這麼個小姑娘居然可以驚動府上兩座大山?!

前院管事還想再說什麼卻被墨蘭打斷。

她眼眶發酸，埋怨道：「走吧，趕緊去見白嬤嬤，免得待會兒少爺知道了怕是會出人命的。」

相對而言，讓白嬤嬤懲罰還是比讓李桓煜懲罰有章法。

墨蘭不怕被罰，就怕李桓煜一生氣把她轟出去退給人牙子可就不好了。

她越想越覺渾身冰涼，兩腿發軟，待看到白嬤嬤由遠及近走過來時，一下子哭出聲，跪在地上不敢起來。

墨悠見她如此，頓感淒涼，連白嬤嬤都不清楚的事情她卻是知道的。

她伺候李桓煜一段時間，深知他念叨李小芸簡直到了不可理喻的地步，她得罪誰也不能得罪李小芸。

李小芸對小公子來說絕對是寶貝心肝，不不不，比心肝還重要，她是他的命啊……

李小芸並不清楚因為她的離開，李家快鬧翻天了。她心裡有些許失落，不停低聲安慰自己，沒一會兒就強顏歡笑地面對迎面而來的黃家丫鬟們，恢復成樂觀向上的李小芸。

她不願意去想李桓煜，心裡空空的。

畢竟是養在身邊多年的小崽子，她總說希望他堅強點離開自己，但等他真的放棄她了，反而莫名失落。李小芸甩了甩頭，思緒混亂，在拐角處撞到人。

「啊，對不起。」她抬起頭，嚇了一跳，竟然是葉嬤嬤。

葉嬤嬤身穿棕色長袍，袖口處刺著紫色玫瑰，她眼睛一亮，拉住李小芸。「我家姑娘早上還尋妳呢，後來不見妳就自個兒去騎馬了。」

「嗯。」李小芸看著落在自己手腕處的葉嬤嬤的手。「那……我先回屋等她。」

「不用，我正巧有些話想問妳呢。」葉嬤嬤笑呵呵地將她請入旁邊屋子，吩咐丫鬟們上茶點。

李小芸受寵若驚，難免有些戰戰兢兢。

她平日裡同葉嬤嬤並無太多交集，一般都是黃怡在場的時候才有接觸，不曉得對方尋她何事？

葉嬤嬤仔細看了她一會兒。「小芸，妳瘦了呢。」

李小芸臉上一熱，心裡卻莫名歡愉。「承嬤嬤吉言，希望日後能繼續瘦下去。」

葉嬤嬤見狀，捂住嘴角淺笑。「女孩子胖點是福氣，父母才疼愛。」

真的嗎？

李小芸深深嘆了一口氣，或許別人家的爹娘都心疼女兒，胖點也就罷了，他們家卻完全不同。她娘懷孕了，她卻連家都不敢回去，前幾日見到同村的李大嬸，說是她娘鬧得厲害，搞不好又是一對雙胞胎。家裡如今已有四個孩子，再來兩個……

李小芸捂住心口，誰私心不希望爹娘只疼愛自己一個人呢？

「小芸，我看過妳的荷包，繡得真好。」葉嬤嬤誠心讚道。

李小芸臉上一熱。「才疏學淺，還要繼續努力在繡坊學習。」

葉嬤嬤點了下頭。

「技法是可以經過時間打磨變得越來越出色，但是一個人的靈性卻是從骨子裡散發的，無法模仿，更沒法改變。我娘以前是黃夫人家的刺繡師父，所以我從小在夫人家長大，後來陪嫁到黃家。本是同府上管事訂了親，才成親一年他就意外去了，我才開始幫夫人帶小姐，阿怡的繡法還是同我學的呢。」

李小芸微微一怔，如此說來，葉嬤嬤繡法應該也是很出眾的吧。

「阿怡喜歡妳，我本來沒覺得什麼，後來接觸下來，倒覺得小芸真是個好姑娘呢。」葉嬤嬤輕聲淺笑，言語溫柔。

李小芸從未被人如此稱讚過，對方還是位高權重的老嬤嬤，頓時害羞得不得了。她垂下眼眸，連連道：「嬤嬤誇大了，小芸……小芸其實更應該感謝黃姑娘。她是那般出眾，卻樂得同我親近，我……我真的很受鼓勵呢。」

「阿怡身體不好，性格有些消極，其實這次來漠北尋大夫治病骨子裡並不願意，還有些不耐煩呢。可是偏偏遇到了妳，她曾多次同我感嘆，說，妳看小芸，上有美貌如花的姊姊壓著，就好像一面鏡子，隨時提醒她原本應該有的模樣。若是一般人，怕是早承受不住自暴自棄，或是憤世嫉俗了，但是妳沒有。妳總是笑著，即便心裡也會難過……妳的繡品都透著對生活的熱愛，小芸，妳真的很不錯。」

李小芸滿臉通紅，完全不知道該回應什麼了。

葉嬤嬤拍了拍她的肩膀，道：「我這裡有張圖，想尋妳來繡。」

李小芸錯愕片刻，沒想到說來說去是想讓她繡圖，可是她的水準不成吧？

葉嬤嬤見她搖頭，打斷她拒絕的話語。「這圖本是我家姑娘打算在老太君生辰宴會上，呈獻的水墨山水刺繡圖；但是目前時間緊迫，我打算讓你們繡坊做底圖，阿怡不樂意和別人合作呢。」

李小芸猶豫了一會兒，這個理由倒也說得通。

「請問黃家老太君生辰是何時？」

「過年後。我們家姑娘這次身體大好，秋天會啟程回京。」

也就是說黃怡頂多再待幾個月就要離開了，她忽地有些不捨。

葉嬤嬤看出她的思緒，笑道：「每次提到要離開，我們家姑娘就挺難受的。但是她還沒議親，又頂著病秧子的名號，好不容易病好多了，總要在京城走動走動才是。」

李小芸點了點頭，黃怡終究同她不一樣，親事必然精挑細選；那麼同理可證，她也不能老窩在漠北躲著，誰曉得她身子到底好了沒？

「妳有個姊姊不是要參加京城選秀嗎？」葉嬤嬤問道。

李小芸一愣。「是呀，現在先學規矩呢。」

「好的，我記下了，李小花對吧？日後在京城若是可以幫上忙，我會跟夫人打招呼的。」

李小芸嘴巴微張，其實是想拒絕的……

「夏姑姑他們應該是明年趕在秋天走，省得再拖些時日水路結冰，反倒只能走陸路。妳和姊姊還不至於那麼快分別。」

李小芸嗯了一聲，今年黃怡走，明年小花走……她們都去了京城，那麼自己呢？還有小不點……她想起李桓煜，胸口疼得要死，他們都會有屬於自己的人生，她亦有！

「稍後讓人把示圖帶送到妳那兒，聽說妳還有個師父，是叫李蘭對吧？」

葉嬤嬤抿了一口茶水，淡定道：「我前幾日看上一款屏風，後來曉得上面的百花爭豔圖是李蘭的繡品，極其大氣，這幅底圖我是想讓妳和李蘭幫我弄，妳說呢？」

李小芸想了下。「我還是回去問下李蘭姊姊再給您回話吧。」她拿不准李蘭樂意不樂意接下此活。

葉嬤嬤似乎對這個答案一點都不介意，反而拿出一套花樣遞給李小芸。「這是我意外得到的一套小圖花樣，送給妳吧，妳也可以給妳師父看看。」

李小芸應聲，又覺得哪裡不對，葉嬤嬤怎麼知道李蘭是她的師父呢？罷了，黃家勢大，怕是從易家那裡知道的吧。

李小芸本想今日告辭回如意繡坊，又被熱情的葉嬤嬤留了飯。葉嬤嬤同她聊了好多關於刺繡方面的事情，李小芸瞬間對葉嬤嬤敬佩起來，不敢輕易把對方當成普通管事嬤嬤對待。

午後，李小芸有些睏倦，她在李家門口等了一個時辰，有些中暑，吃了點藥早早睡去。

此時的李家，尚未等白嬤嬤處置丫鬟們，李桓煜就跑了出來，一聽說他們居然把李小芸拒之門外，他勃然大怒。

他今日穿了一身靛藍色騎馬裝，腰間繫著鑲著暖玉的匕首，棕色馬靴踩在腳下，風馳電掣從遠處跑過來。

「混帳！誰幹的好事？」

眾人不敢說話了，前院管事望著面如冠玉的小公子，渾身哆哆嗦嗦。

以他的地位，尚是第一次如此接近同主人家說話，他們都是府裡新人，大氣不敢吭一聲。

「李小芸呢？」李桓煜狠狠甩了一下手中的馬鞭子，打在地上的敲擊聲彈起一陣塵土，映襯在刺眼的光芒下，更顯得四周的安靜。

白嬤嬤一陣嘆息，小主人這脾氣還當真是繼承了老侯爺的倔脾氣，待親近之人怎麼都成，對待外人說翻臉就翻臉，沒有一點餘地。

她急忙將門衛送來的包裹遞給李桓煜。「小芸姑娘真是惦記小主人，這不做了好幾件衣裳給您呢。」

李桓煜一聽李小芸惦記他，火氣稍微收斂，但是依然沈著臉看向眾人。這群奴才居然敢怠慢他的小芸！

「小芸姑娘如今就在旁邊黃府呢，不如咱們這就過去看看她呢？」

白嬤嬤投其所好，果然效果甚佳。李桓煜根本懶得同這群人較勁，留下一句狠話——「回來再處置你們。」

就急匆匆拉著白嬤嬤。「快帶我去尋小芸，剛才讓她等了那麼久，別再是氣著了。」

白嬤嬤不敢有絲毫怠慢，吩咐墨蘭、墨悠備上禮品，直奔黃家。

黃怡尚未歸家，於是葉嬤嬤出面替她應酬。她也知道李桓煜和李小芸的情誼，於是自己留下來招待白嬤嬤，爽快地讓其他丫鬟領著李桓煜去後院見李小芸了。

丫鬟沒想到李小芸已經睡了，考慮到李桓煜畢竟是外男……她回過身剛想拒絕就對上一雙冰冷至極的眼眸，瞬間所有話都嚥了回去，害怕道：「那……奴婢先退下了，小公子請自便。」

反正是葉嬤嬤讓她領著李桓煜進來的，出了什麼事也同她無關。

再說，怕是李小芸和李桓煜站在一起，大家更擔心李小芸強迫他做什麼吧。

李桓煜冷哼一聲，揮手道：「沒妳的事，去吧。」

小丫鬟立刻跑掉。

李桓煜躡手躡腳進了屋子，生怕吵醒李小芸。

小芸剛考完繡娘子，定是累了，就讓她好好休息一下吧。

他走到床邊，入眼的是一張酣睡正香的大臉。

李桓煜的唇角忍不住揚了起來，右手犯癢似地捏了李小芸一下，突然眉頭緊皺。

原本輕易一捏就可以掐起來的水嫩皮膚，現在竟變得緊緻有加，手感不好。

李桓煜如臨大敵，如此瘦下去怎麼成！

他有些不高興，暗罵臭小芸，睡得還真死，她就不想自己嗎？

他嘟著嘴巴，俊俏的下巴微微揚起，瞇著眼睛露出幾分不耐，又捨不得甩手離開，於是脫掉鞋子上了床。

他坐在床邊，眼睛看向窗外明媚的暖陽，碧藍的天空好像被水洗過似的清澈無雲，純淨的空氣裡瀰漫著花香。他深深呼吸，心情舒緩一些。哼，看在大家過去的情分上，他就原諒李小芸這次「意外的」不告而別吧。

李桓煜自我安慰完畢，扭過頭再次看向熟睡中的小芸，身子趴了過去，恨不得把她看得清楚一些。

他的睫毛很長，眼看著快貼到小芸額頭了，又輕輕眨了一下，悲傷地發現，她果然是瘦了，他以前貼她臉，明明都是先碰到顴骨上的……

這真是令人鬱悶的消息。

李桓煜賭氣似地脫掉上衣，又扔掉短褲，掀起被子鑽了進去。

天氣漸熱，李小芸只穿著一件薄料子的白色褻衣午覺，她突然覺得身上某處癢癢的，忍不住翻了個身。

他順手把小手放在她的腰間，盯著她的背看了一會兒，貼上去像隻幼犬似地嗅了嗅她的味道，然後才閉上眼睛，很快就睡著了。

白嬤嬤和葉嬤嬤在前院話家常，沒承想都半個時辰過去了，後院咋沒動靜呢？於是葉嬤嬤喚來丫鬟一問，那丫鬟只說李家少爺令她先回來了，李小芸似乎睡著了。

白嬤嬤一聽便覺得哪裡不對勁，臉上莫名熱了一下。

她非常瞭解自家小主人，李小芸對他來說怕是半個娘親，所以李桓煜同李小芸從來不客氣，親近一下自認順理成章，不覺得有何逾越；可是在外人看來，他倆那完完全全就是男女有別，沒有半分關係呀。

丫鬟怕挨罵，直言道：「我本是想去叫醒小芸姑娘的，可是桓煜少爺轟我走呢。」

白嬤嬤生怕丫鬟再說出小主人隨意說的豪言壯語，急忙接話道：「我曉得了。我們家公子從小是被李家姑娘帶大的，難免當成親人相處，怕是心疼小芸，捨不得叫她起床呢。」

丫鬟立刻點頭。「桓煜少爺倒是說過讓小芸姑娘先睡吧。」反正她不過是個丫鬟，無所謂李桓煜說沒說過，關鍵是順著白嬤嬤說的話接話才是。

白嬤嬤很滿意地揚起唇角。「好吧，這個小祖宗，還是我親自過去看看吧。」

葉嬤嬤瞇著眼睛淺笑，她是個人精，自然曉得李桓煜的性子難搞。

不過讓她一直拿捏不准的是李家人的態度，李桓煜不過是李邵和的養子而已，還是在李家村村長家長大的，憑什麼李邵和都快把兒子當成祖宗供養了？若不是親眼所見，她都難以置信。

再說這白氏的背景，她可是漠北白家出來的，還和靖遠侯世子夫人關係親近，如今一句受了李邵和的恩惠就進入李府幫人家帶孩子，傻子才會信呢。不過這一切同葉氏沒關係，若不是他們家和李家做鄰居，她怕也不會注意這些瑣事。

葉嬤嬤心想對方怕是不樂意自己跟著，順水推舟喚來剛才的丫鬟侍奉白氏。「我們家姑娘快回來了，我去盯著點下人辦差，白嬤嬤有什麼事就直接跟丫鬟說，隨便哪裡都可以去。」

白嬤嬤嗯了一聲，葉嬤嬤不跟著她面子上還好一些。

白氏身穿一身淺灰色長裙，髮型是最為常規的嬤嬤髮型，卻依舊隱隱透著一股貴氣。她畢竟是在侯府服侍過世子夫人的，還曾經進過宮。

小丫鬟對於她的背景並不瞭解，卻曉得京城來的夏氏曾特意拜訪過白氏，於是兢兢業業地領著她穿過小拱門，還不忘介紹一下院子的布局。

白嬤嬤微笑點頭，看不出一點心思，直到來到客房院子。這處院子不大，東南西北各有一間套房，因為府上沒客人，所以李小芸是住在最好的北房裡。

白嬤嬤衝著小丫鬟客氣道：「妳先回去吧，我認得路的。」

小丫鬟急忙搖頭。「怎能使得？葉嬤嬤說了，您是客人她沒法陪著便已然失禮了。」

白嬤嬤猶豫片刻──她主要是不曉得屋子裡到底是什麼情況，就怕小主人造次，對李小芸名聲有礙──直言道：「這樣吧，妳在拱門外候著，若有需要我會派人來喚妳。」她所謂的派人便是指身邊跟著的墨悠。

小丫鬟點下頭。「一切聽嬤嬤的意思。」

她福了個身，回到拱門外站著。

白嬤嬤擦了下額頭的汗水，回頭朝墨悠說：「妳在院子裡看著，我自己進去就好。」

墨悠巴不得不用直接面對李桓煜，立刻應聲說是。

白嬤嬤撇了下唇角，忍不住罵道：「瞧妳這龜縮樣子！」

墨悠憨笑一聲，她怕李桓煜嘛……

白嬤嬤小心翼翼地走進屋，發現屋子裡特別安靜。

她來到床邊，果然看到李桓煜下巴貼著李小芸的後背，右腿抬高靠在人家屁股上，一副極其享受的模樣。她把被踹下地的被單撿起來蓋在兩個人身上，望著李桓煜滿足的睡顏發呆。

小主人是鎮南侯一脈存活下來唯一的男孩，明明該是被眾星捧月的天之驕子，卻淪落到鄉間成了野小子。他越是對李小芸依戀，越是說明曾經只有李小芸對他好吧？這些話她都不敢同宮裡人說，即便是夏氏來了，她也是報喜不報憂。

唉……

白氏頓住好久，還是拍了拍李桓煜的後背，輕聲說：「小主人，醒一醒，今兒個先生還說要同您吃飯呢，您可不能在別人家睡了。」

「嗯嗯……」一聲慵懶的嗓音傳來，李桓煜不但不起來，還咬了李小芸後背一口，繼續睡。

李小芸總感覺這一覺睡得不踏實，她隨意揮手拍了一下，啪的一聲，正好打在李桓煜大腿處。

李桓煜疼了一下，忽地張開眼睛，啪的一聲又拍了回去。

他狠狠拍了李小芸略顯豐滿的屁股一巴掌。李小芸一愣，嘿，什麼東西這麼囂張？她猛地坐了起來，入眼的是渾身光溜溜的李桓煜。

她錯愕得嘴巴微張，一時無言。

李桓煜見她一副凶神惡煞的神色，索性站直起身，雙手扠腰，怒道：「李小芸，幾日不見漲行情了啊，來到我家過門不入，留下一堆破線頭有啥屁用。」

他渾身赤裸挺胸抬頭，理直氣壯，落在白嬤嬤眼裡只覺得畫面不堪入目。

李小芸臉上一紅，也有些生氣道：「什麼叫做破線頭？你知道我做了多久嗎？不要就還給我！」

李桓煜聽她說費神做了很久，不甘心道：「我才不還給妳……說，妳做了多久？」

李小芸眉頭一皺，道：「除了準備考試全在給你做衣裳。」

李桓煜一聽，心裡好受幾分，但是面子上還是趾高氣揚道：「這還差不多！」

兩個人吵著吵著，完全忘記了互打這回事。

白嬤嬤咳嗽一聲。「小主人，先把短褲穿上吧。」

「不要！」李桓煜堅決回絕，斜眼看向李小芸，理直氣壯喊道：「小芸幫我穿褲子。」

李小芸年長一些，懂得害臊，撇開頭道：「你羞不羞，多大的人了。」

「不就是讓妳穿個褲子。」李桓煜咬住下唇，有些受傷，抱怨道：「以前我睡妳的、吃妳的，也不見妳如何；現在倒好，怎麼越來越小氣了？妳趕緊給我穿褲子，少廢話！」把褲子扔給李小芸，一副「天不怕地不怕、妳不給我穿我就光著身出去」的混混模樣。

白嬤嬤在旁邊都快哭了，天啊，她致力於把小主人打造成溫文儒雅的世家子弟的夢想，瞬間破滅。她不願意李桓煜繼續發火，於是看向李小芸。「不然妳就先幫小主人穿上，反正此地只有咱們三個人。」

李小芸硬著頭皮給李桓煜穿上衣裳，當她繫領口時還被臭小子偷親了一口，頓時變成大紅臉，忍不住訓斥道：「李桓煜，以後不許這樣！」

李桓煜一臉得逞的快意，根本沒當回事。

他瞇著細長的鳳眼，右手直接攥住李小芸右手。「這幾天熱，我日日睡不著，妳來陪我吧。」

噗……白嬤嬤剛坐下喝口茶水，差點噴自己一臉。

她急忙插話道：「小主人，小芸姑娘剛考上繡坊，尚有許多課業要做呢。不如這樣，等她休息的時候讓她來陪你？」

李桓煜自然是不肯答應的，於是又費了李小芸一番唇舌。她發現李桓煜越大越難搞，腦子裡都不曉得在想些什麼。

李桓煜無奈之下答應了，又主動踮腳尖蹭了蹭李小芸的下巴，認真道：「下個月妳來陪我，我給妳看我新作的詩，還有持刀弄棒我都能玩一下了，是燦哥兒教我的；妳不知道，我現在和他打架沒那麼不禁打了，我可厲害了！」

李小芸低下頭，望著他好像深夜裡繁星般璀璨的目光，輕輕嗯了一聲。

她忍不住摸了摸李桓煜的小腦袋。「嗯，桓煜可厲害了。好好讀書，你一定會有出息的。」

李桓煜盯著她黑白分明的眼睛，忽地渾身充滿幹勁，攥拳道：「到時候我帶妳遊城。」

李小芸沈默不語，恍了下神。

遊城的典故還是李先生上課時給大家講的，說是狀元郎會騎著高頭大馬在京城繞一圈，光宗耀祖，揚眉吐氣。

「挑一匹胖點的馬，省得妳把馬壓壞了。」李桓煜很實在地說。

一瞬間，李小芸的感傷不在了，悶悶地嗯了一聲。

李桓煜在白嬤嬤的催促下，依依不捨同她道別。

李小芸總覺得彆扭，不好意思繼續在黃家待著，匆忙趕回了繡坊。

她在後院正好和師父撞個正著，索性把葉嬤嬤交給她的繡布底圖等等都交給李蘭。

李蘭接過東西，隨意一邊看著，一邊笑問她在黃家的趣事，待目光落在葉嬤嬤送給小芸的小圖花樣時，卻不由得呆住——

——未完，待續，請看文創風288《繡色可餐》2

文創風 171-173

重為君婦

全套三冊

筆潤情摯，巧織錦繡良緣／花樣年華

前世錯嫁薄倖丈夫，
重生為公府小姐自然得好好挑一門好姻緣！

老天爺真是愛捉弄人，
當她重生為定國公府二小姐後，
自己前世的身軀竟被另一縷靈魂給鳩佔鵲巢，
還陰錯陽差成了對手……
當她想挑一門好親事平穩度過一生，卻接連遭到悔婚告終，
未料，與她一向形同冤家的權貴大少爺歐陽穆莫名轉了性，
不僅一改對她的無禮傲慢，還情真意切地說只對她一人好，
本以為他是犯了怪病或不小心磕壞了腦門，
才會對她這式微的公府嫡女感興趣，
然而，他真立了誓、鐵了心要待她從一而終，
全心全意與她「執子之手，與子偕老」，
她當自個兒這一生覓得了良好姻緣，
誰知，他與她其實是兩世「孽緣」不淺……

流浪貓狗介紹所

為流浪貓狗加油 和貓寶貝 狗寶貝

廝守終生(一定要終生喔！)的幸福機會

對人來說，貓寶貝狗寶貝只是生活的一部分，但妳(你)對牠們來說，卻是生活的全部，領養前請一定要考慮清楚——

▲ 渴望被愛的大橘

性　　別：男
品　　種：米克斯
年　　紀：4歲多
個　　性：不算怕生，喜歡人，愛吃，會撒嬌
健康狀況：已結紮
目前住所：新北市

本期資料來源：http://www.meetpets.org.tw/content/58975

『大橘』的故事：

大橘本來似乎是家貓，不知道為什麼流浪在外。被發現時，牠帶著太緊的頸圈，導致血液循環不良，幸好頸圈拿下來後一切恢復正常。發現牠的朋友送到醫院TNR，但牠好乖，乖順的模樣藏著一絲茫然，讓人非常心疼。

大橘不是怕生的貓咪，第一次和人見面，牠就會湊過去在腳邊磨蹭撒嬌，蓬鬆柔軟的橘毛、漂亮的大臉和大眼睛，看起來好像加菲貓～～但是這麼可愛的貓卻在短時間就換了3個環境和3批陌生人。一下子換太多次環境，可憐的大橘因而心理受傷，也產生陰影。

大橘剛來時，一摸牠牠就咬人。牠從以前的可抱可摸變成不完全信任人，時常擔心你可能要攻擊牠。後來大橘才慢慢地願意再度相信人，從一開始完全我行我素，變成會主動親近人，從剛來不爽的狂咬變成警告性的輕咬。甚至某天早上起床時，竟然看到大橘不知何時跑來躺在身邊呢～～

現在，大橘都會默默地陪我做事，上廁所時會在門口等，用電腦時會趴在旁邊，睡覺時也會主動上來陪伴。看得出來，大橘真的是很渴望被愛的貓咪。而這個渴望被愛的毛孩子，在尋找擁有耐心且對牠不離不棄的家人，如果有把拔或馬麻慧眼識貓，請來信jianwei.ciou@gmail.com，或來電0980866191，大橘在等你。

認養資格：

1. 認養者須年滿20歲，有獨立經濟能力，並獲得家人與同住室友的同意。
2. 非學生情侶或單獨在外租屋的學生，須能提出絕不棄養的保證。
3. 需同意送養人日後之追蹤探訪，需簽領養同意書和合照。
4. 領橘養者需有自信對大不離不棄，把牠當家人，愛護牠一輩子。
5. 不把貓關籠，且注意窗戶安全，認同「貓命第一」。
6. 沒有試養期，但如果人貓不合請盡早送還。

來信請說明：

a. 個人基本資料：姓名、性別、年齡、家庭狀況、職業與經濟來源等。
b. 想認養「大橘」的理由。
c. 過去養寵物的經驗，及簡介一下您的飼養環境。
d. 若未來有當兵、結婚、懷孕、畢業、出國或搬家等計劃，將如何安置「大橘」？

文創風
287

繡色可餐 1

國家圖書館出版品預行編目資料

繡色可餐 / 花樣年華著. --
初版. -- 臺北市 : 狗屋, 2015.04
冊 ; 公分. --（文創風）
ISBN 978-986-328-444-4（第1冊：平裝）. --

857.7 104003395

著作者	花樣年華
編輯	余一霞
校對	沈毓萍　馮佳美
發行所	狗屋出版社有限公司
地址	台北市104中山區龍江路71巷15號1樓
電話	02-2776-5889～0
發行字號	局版台業字845號
法律顧問	蕭雄淋律師
總經銷	知遠文化事業有限公司
電話	02-2664-8800
初版	2015年4月
國際書碼	ISBN-13　978-986-328-444-4
原著書名	**《胖妞逆襲手册》**，由北京晉江原創網絡科技有限公司授權出版

定價250元

狗屋劃撥帳號：19001626

網址：love.doghouse.com.tw　E-mail：love@doghouse.com.tw